바람 따라 물 따라
흘러온 80 세월

바람 따라 물 따라 흘러온 80세월

초판인쇄 | 2014년 6월 5일
초판발행 | 2014년 6월 5일

저   자 | 이선배
발 행 인 | 예영수
발 행 처 | 엠북스
출판등록 | 2008년 10월 1일

주   소 | 448-533 경기도 용인시 수지구 신봉2로 26, 108-504
전   화 | 031) 263-6511, 010-5474-6591
팩   스 | 031) 266-0810

값 15,000원

ISBN 978-89-97883-12-7 03810

바람 따라 물 따라

흘러온 80 세월

이선배

엠북스

차례

사과 한 알의 경제적 가치, 그리고 사랑과 우정

　사과에 얽힌 이야기로 회자膾炙된 것 중에 뉴턴이 만유인력을
발견한 계기가 되었다는 사과의 낙하 이야기가 있다. 또한 윌리
엄 텔이 아들 머리 위에 사과를 올려놓고 활로 쏘아 맞혔다는
믿기지 않는 끔찍한 이야기도 있다.

　상업학교 3학년 경제 첫 시간에, 선생님이 사과 한 알의 가치
에 대해 강의하신 내용이, 사물에 대한 나의 가치관을 소년기에
정립시킨 것으로 여겨진다. 그때 사물에는 절대 가치와 상대 가
치가 있다는 것을 알았고, 절대 가치는 거의 불변이며 상대 가치
는 그때그때의 잣대에 의해 변한다는 것도 배웠다. 물품의 가치
와 가격에 대해서도 그 차이점과 개념을 설명 받았다. 우리가
생명을 유지하기 위해서는 탄수화물·단백질·지방 등 세 가지

주 영양소가 필요한데 그 가치는 절대적으로 변함이 없지만, 그러한 물품의 가격은 공급과 수요의 균형이 유지되느냐 깨지느냐에 따라 크게 달라질 수 있다는 것이다. 〈너희들은 가격에 따라 이리저리 쫓아다니는 삶을 살지 말고 되도록 절대적인 가치를 추구하는 인생을 살라〉는 요지였던 것으로 기억된다.

선생님은 사과와 바나나를 예로 들으셨다. 칠판에 2개의 과일 바구니를 그려 놓고, '여기 두 바구니 중에서 하나를 꺼내 먹으라고 하면 어느 것을 고르겠느냐' 하고 물으셨다. '하나씩 골라 다 먹어봐' 하시는 바람에 폭소가 터져 나왔다. 하지만 반 친구들은 거의가 바나나를 선택하였다. 사과 쪽에 손을 든 학생은 두세 명이었다. 1946년 당시 바나나는 미군 PX에서 새어나오는 희귀 과일로 가격이 사과의 예닐곱 배였다. 요새는 수입품으로 싸게 들여와 가격차가 역전되어 바나나에 손을 드는 학생은 거의 없을 것이다. 선생님 말씀은 사과와 바나나가 과일이라는 절대 가치는 별차가 없을 터이지만 수급에 의하여 가격의 차가 크게 날 수 있다는 것을 극명하게 설명하신 것이었다.

요컨대 뱀의 혀처럼 날름대는 가격이나, 돈벌이에 지배당하지 말고, 하고 싶은 일과 적성에 맞는 일을 생의 목표로 삼으라는 교훈인 것이다.

사과 이야기에 하나 곁들일 것이 있다. 어두일미라는 말에서 알 수 있듯이 생선 한 마리에도 부위에 따라 맛이 다르다는 것을 시사하고 있다. 그렇다고 사과도 부위마다 맛이 다를 수 있다는 이야기는 아니다. 이것은 무슨 학설이 아니라 역시 앞서의 선생 님의 말씀이다. 사과의 맛(가치)은 처음 한 입으로 결정 난다는 것이다. 달고 시고 상큼하고, 씹는 감촉의 좋고 나쁜 점이 드러 나는데, 두 번째 깨물 땐 혀가 그 맛에 이미 익숙해졌기 때문에 좋건 나쁘건 첫입보다 약해진다는 것이다. 따라서 맛만 따진다 면 첫입 맛이 제일 가치가 높다는 설명이다. 그러고는 갈수록 맛이 떨어지기 때문에 같은 사과라도 첫입의 가치가 앞선다는 논리다.

이는 무생물에 관한 이야기이고 인간들 간의 관계는 이와는 정반대이다. 사람과 사람 사이에는 만나면 만날수록 더 좋아지 는 관계가 있다. 구태여 남녀 관계가 아니더라도 만날수록 깊어 지는 정이라는 것이 있기 때문일 것이다. 애정·우정·구정舊情에 다 하다못해 미운 정까지 있다.

이 가운데 가족이나 친족에 대한 정은 본능적인 것으로 당연 지사라 하겠지만, 우정이라는 것은 매우 특별한 가치를 지닌 인 류가 갖는 최고의 유산중 하나라고 생각된다. 우정은 물·심物心 을 서로 주고받음으로써 점차적으로 형성되어가는 특성을 갖고 있다. 물론 물物보다 마음이 더 중요한 요소가 된다는 것은 자명 하다. 하지만 준다는 것만큼 어려운 일도 드물 것이다.

다행히 나에겐 좋은 친구가 있다. 주는 것을 즐기는 사람이다. 유·무형을 마구 퍼줄 정도로 형편이 넘치지도 않지만 꼭 필요하다고 판단되는 대상이 나타나면 서슴지 않는다. 그러고는 대개는 큰 효과를 거둔다. 가령 등록금을 못 내거나 방향을 못 잡고 헤매는 후배를 돌본다든가하는 것은 한낱 일상사이고, 도저히 범인이 상상도 하지 못할 일을 떠맡은 예를 나는 알고 있다. 그의 절친한 친구 하나가 말기 암으로 생사의 경계를 넘나드는 처절한 상황일 때 그는 자진하여 준*호스피스Hospice 역할을 수개월 간 기꺼이 감당한 적이 있다. 도저히 아무나 할 수 있는 일이 아니다.

그는 한때 모교에서 교직 생활을 하면서 오직 사랑으로 학생들이 큰 뜻을 품도록 이끌었다. 그가 금융계에 진출하고자 교직을 떠난 지가 50년이 지났는데, 지금도 그를 따르는 제자들이 수십 명이나 되어, 간단없이 사제 간의 정을 나누고 있는 것이다. 그들 대다수가 우리나라 경제 급 성장기에 각 전문 분야에서 중추적인 역할을 해낸 역군들이라는 것은 말할 나위도 없다.

사랑과 정의 차이는 무엇일까. 둘이 같은 범주에 속하는 것은 의심의 여지가 없다. 하지만 세계 여러 나라 언어에 우리의 정을 표현할 수 있는 낱말은 없는 것 같다. 사랑·애정·동정·연정·자비 등등 아무리 나열하여도 우리의 정이라는 정서는 설명되지 않는다. 사랑과 우정 그리고 그리움이 융합된 것 같은 감정이라고 나 할까.

"고향이 따로 있나. 정들면 고향이지"라는 구절이 상징하 듯이 사랑의 첫 단계가 우정인 것으로 생각된다. 우리민족의 특징이 '정의 민족'이라고 하면 어떨까. 나이가 많은 사람도 관리 여하에 따라 건강하게 오래 사는 세상이 되었다. 그 여생이 보람이 있는 것으로 유지하려면 우정을 서로 나눌 수 있는 사람끼리 힘을 합쳐야 할 것 같다.

시간이 갈수록 값이 가산되는 좋은 골동품 같은 친구가 연령층을 초월하여 이 세상에 많이 생겨났으면 하는 바람이다. 그렇다. 그렇게 되기 위한 노력이 노년들의 여생에 부과된 과제라는 인식을 가져야 할 것이다.

중국을 다시 보자

개인 간의 우정도 중요하지만, 더 중요한 것이 국가 간 우정일 것이다. 특히 이웃한 나라 간에 우호적이냐 적대적이냐 하는 관계에 따라 양 국민 전체에게 막대한 영향을 끼칠 수 있다. 과거에 일본과 그러하였고 지금은 북한이나 중국하고 그렇다. 북한은 차치하고 현 시점에서 중국과의 관계는 적어도 경제적인 면에선 긍정적으로 비친다. 수천 년 역사상 지금처럼 우리가 중국이라는 초거대국超巨大國하고 대등한 관계를 갖는 것은 초유의 일이다. 우리의 위상이 그만큼 격상된 것이다. 의심의 여지없이 현재는 상호 보완관계에 있다고 할 수 있다.

중국이 현 추세로 연간 8%대로 경제 성장을 이어간다면 7~8년 후에는 국가 총생산이 현재의 2배로 16년 후에는 물경勿驚

4배로 커진다. 그 어마어마한 성장의 가장 큰 혜택을 상호간에 주고받을 나라는 우리나라가 모든 면에서 가장 유력하다. 그때쯤에는, 한국이 연간 3~5%의 성장을 지속시킨다고 예상할 때, 선진국 맨 앞줄에 서 있을 가능성이 매우 높다. 중국의 급성장은 우리에겐 더 바랄 나위 없는 기회가 될 것이다.

이제부터 준비를 해나가야 한다. 영어를 배우는 노력의 10분의 1이라도 중국어(漢文)에 쏟아야 한다. 영어의 중요성도 여전하겠지만 중국어의 가치도 그에 버금가는 시대의 도래가 예견된다. 그때에 가서는, 중국은 예상 14억 인구 중 절반 이상이 중산층이 되어 있을 것이다. 우리와 비슷한 동양권 문화를 공유하는 수많은 중국인 고객과 우의를 다지고 물건을 팔고 사려면, 그 나라 말과 글이 서로 통해야 일이 순조롭지 않겠는가. 또한 재언할 필요도 없이, 양국 간의 교역도 중요하지만 개인적이나 국가적으로 우정을 쌓아가야 이웃끼리 오래도록 편안하지 않겠는가.

태고이래, 인류가 추구하는 최대의 이상은 먹는 일 다음에 평화일 것이다. 평화는 우정이 있는 곳에 있기 마련이다. 개인이나 사회 간 그리고 크게는 국가 간에 우정이 유지된다면 인류의 평화는 영원히 지속될 것이다.

일각에서는 중국의 장래에 대해 부정적인 우려를 피력하는 매스컴이 있는 것도 사실이다. 그런 사람들 머리에는 중국의 공산주의 전력前歷에 대해 개운치 않은 선입감이 머리 한 구석에서 여전히 지워지지 않는 모양이다. 특히 중국과 북한과의 밀착을 트집 잡는 투이지만, 그것은 일종의 노파심으로 여겨진다. 중국은 더 이상 공산주의 국가로 간주되지 않는다. 경제는 엄연한 자본주의 국가이다. 물론 정치적으로는 좌 성향 사회주의 노선을 고수하고 있는 것도 틀림없다. 그렇다고 예전의 중국을 계속 머릿속에 담고 있을 필요는 없을 것 같다.

군사 면에서 중국이 현재 북한과 동맹 관계인 것은 어쩔 수 없는 선택임을 이해하여야 한다. 한국 전쟁에서 중국은 무려 100만에 가까운 전사상자戰死傷者를 기록했다. 그런데도 한국과의 국교 정상화 이래 무역고의 획기적인 증가세가 이어져, 작금 우리나라와의 교역규모가 전체 금액 중 23%(2011년 말 기준)를 점유하고 있어, 여타 나라들하고는 격차가 큰 제 1위를 차지하고 있다.

아이러니컬하게도 한반도에서 전쟁이 일어나는 것을 극도로 바라지 않는 나라가 바로 중국일 것이다. 만일 전쟁이 일어난다면, 가장 큰 피해를 입을 나라가 중국이 되기 때문이다. 전면전으로 확대된다면, 2천만 인구의 북한을 도우려고 13억 중국인을 전화戰禍의 구렁으로 밀어 넣을 수는 없을 것이다. 이제까지 수십 년 쌓아 올린 세계 유수의 경제 기반이 파괴되고 붕괴되는 모험을 감행할 리가 있을 수 없다는 것은 자명하다.

중국이 한국 주도의 통일을 원하지 않을 개연성은 높다 하겠다. 친미국인 한국하고 압록강과 두만강을 사이에 두고 대치한다는 것보다, 북조선이라는 형제 나라를 완충 지대로 두는 것이 마음 편하리라는 것은 당연한 심정일 것이다.

하지만 설사 한국 주도로 통일이 되어 국경이 맞대어지더라도, 크게 불편해 할 문제가 발생할 우려는 없다고 사료된다. 한·중·일 동양 3국의 역학 구도에서 중·일은 한국이 쥐게 되는 캐스팅 보트를 서로 얻으려 지속적으로 미소를 던질 것이 확연하기 때문이다.

오히려 중국이 발전을 계속해 더 부자가 되고 더 민주화가 된다면, 통일된 한국하고는 우호적인 이웃나라로 자리를 잡아갈 것이 틀림없다. 가까운 시일 안에 사상을 초월해서 친구 관계로 두 나라가 가까워지는 날이 올 것이 예견되는 이유이다.

내가 만난 3인의 종교인

성인聖人하면 서양에서는 종교상의 성인Saint, 즉 위대한 순교자나 생전의 헌신적인 공헌을 감안하여 사후에 추서된 종교인을, 동양에서는 성인군자라는 범주에 드는 사람 중 공자와 같이 인·덕仁德을 겸비한 특출한 인물을 일컫는 말일 것이다. 내가 여기서 거론하는 성인상이란, 이러한 개념을 떠나서 인류가 자고로 추구하는 '성인다운' 이상적인 그리고 다소는 추상적인 인물을 지칭하는 자아류自我流 성인관이라 할 수 있다.

가령 일제 강점기에 조국의 독립을 위해 가장 고귀한 죽음을 당한 애국자가 누구냐고 나에게 물어온다면, 나는 서슴없이 해란(두만)강 말 달리던 선구자를 떠올릴 것이다. 인구에 회자된 유명 인사에 뒤지지 않는, 이름 없이 초야에 묻힌 독립 운동 투사들에게 마음이 더 기울게 되는 것이다.

성인聖人도 마찬가지다. 세상에 익히 알려지지 않았지만 그에 못지않은 지고지순한 생애를 영위한 사람들에게 더 머리가 숙여지는 것이다.

21세기 과학 시대에 물질을 떠난 정신세계에 전 생애를 걸고 빠져드는 사람들이 세계 도처에 아직도 상당수 있다는 사실이 이채롭다 할 수 있을 것이다. 물론 100~200년 전보다는 그 수가 격감하였을 것으로 짐작되지만, 아직도 정신세계를 지향하는 일부 은둔자나 종교인 중에는 속세와 동떨어져 깊은 산속이나 수도원에서 세속과의 연을 끊고 정신세계에 정진하는 사람들이 실존하는 것도 엄연한 사실이다.

내향적으로는 이들과 비슷하면서도 이와는 차별되는 또 다른 한 무리의 종교인들이 있다. 세속에 묻혀 일반적인 생활을 영위하면서도 물질계(물욕)에서 자유로운, 현실적으로 다소 특이한 존재라고 분류되어야 할 사람들이다. 이런 사람들을 가리켜 우리는 영적인 영도자라고 호칭하는 것이 마땅할 것 같다.

한 불란서인 천주교 사제

1946년 8월 중순께, 나는 학우 정기용의 제안으로 인천 답동에 있는 불란서인 쥴리앙 공베르Julien Gombert(공안세孔安世) 신부의 숙소인 천주교 박문博文성당 사제관 문을 덮어놓고 두들겼다. 안에서 반응이 있어 당길문을 열고 들어가니, 얼굴이 흰 수염으로 반 이상 뒤덮인 파란 눈의 서양 노신부가 안경 너머 의아한 시선으로 우리를 내려다보며 무슨 용건이냐고 묻는다. 정기용이 대뜸 "불란서 말을 배우고 싶어 찾아왔습니다"라고 당돌하게 여쭈었다.

다소 까다로운 문답 끝에 우리는 결국 개인 교습 승낙을 힘들게 받아냈다. 교습 시간은 저녁 7~8시 한 시간이었다. 신부님이 준비한 교재(불어 초급·중급)가 제공되었다. 처음엔 학생 세 명으로 시작되었다가 겨울이 지나면서 학우 노봉유와 성인 두 사람도 가담했다. 수업은 매번 숙제를 내주고, 학습이 시작되면 전일 숙제를 일일이 점검하여 잘잘못을 가리는 식으로, 집에서 하는 예습량이 많아 따라가기가 버거웠던 것으로 기억된다.

1877년 9월생인 쥴리앙 공베르는 1900년 8월 1일 두 살 위인 형 안토니오 공베르(공안국孔安國)와 함께 사제 서품을 받고 그해 10월 9일 파리 외방 전교회 선교사로써 조선에 동반 입국을 하였다. 형 안토니오는 그 해 바로 안성安城 본당의, 그리고 쥴리앙은 다음 해 금사리金寺里 본당의 초대 주임 신부로 각각 부임하여 선교 활동에 들어갔던 것이다.

쥴리앙 신부는 충남 남서부 지방인 부여·논산·영양·예산·홍성·서산·서천·보령 등의 사목을 담당하면서 본국의 재정 지원을 받아 성당 신축 등 포교와 더불어, 서양 문물을 이 땅에 도입하여 민중을 깨우치는 데 전념하던 중 제1차 세계대전이 발발한다. 1915년 11월 그에게도 조국에서 동원 명령이 내려 프랑스로 돌아가야 했지만, 전쟁이 끝나자 조선으로 다시 들어와 사목 활동을 계속하였다. 1923년 논산 본당에 부임 후, 1927년 구鷲성당 건물 신축에 온 힘을 쏟기도 하며 활동하다가 중국으로 발령이 나와, 조선과 형 안토니오의 곁을 또다시 떠나게 된다.

줄리앙 신부님은 그렇게 중국에서 20년 가까이 봉직하다가, 조선에서 사목 활동을 계속하고 있는 당시 이미 70세가 넘어섰던 친형님과 가까이하기 위하여 해방을 전후하여 영영 조선으로 봉직 처를 옮기셨던 것이다. 중국어에 능통하시니까 당연한 일일지 모르지만 줄리앙 공베르 신부님의 한문 지식은 실로 경탄할 수준이었다. 이따금 그가 독서 중에 펴놓았던 라틴어 문헌과 한문 서적 자체가 우리에겐 외경 이외의 아무 것도 아니었다. 나에겐 학문의 길이 멀고 험준하다는 깨달음의 첫 단서이기도 하였다.

내가 그의 생활을 들여다봄으로써 배우고 얻은 것이 한두 가지가 아니다. 거기엔 모든 면에서 질서와 규범과 절제와 논리가 있었다. 어느 날 대충 7시 쯤 되었으리라는 짐작으로 무심코 노크를 하고 방에 들어섰더니 신부님은 식사 중이었다. 그의 눈이 벽시계로 간다. "아 7시로구나. 거기 앉아서 기다려라. 내가 조금 늦었구나. 일이 있어서…." 여름철 어느 날은 "벌써 7시야? 하면서 시계 쪽으로 고개를 든다. "아직 10분 남았어. 나가서 기다렸다가 들어와" 하신다. 다음날부터는 미리 가서 기다리다 7시 정각에 성당의 종이 울리기 시작하면 노크를 하기로 우리는 단단히 마음을 모았다.

우리들 중에는 천주교 신자가 한명도 없었다. 하지만 신부님으로부터 종교 이야기는 단 한마디도 들은 적이 없었다. 여름철 긴 햇살이 드리울 때, 우리가 다소 일찍 도착해 사제관에서 좀 떨어진 나무 그늘 아래에 앉아 잡담을 벌이고 있으면, 신부님은 어김없이 성서를 펼쳐들고 문 앞뜰을 쉴 새 없이 왔다 갔다 하기를 반복하신다. 그 모습이 참으로 멋있어 보여 우리가 말을 멈추고 지켜보고 있으려니, 7시 5분전 쯤 되면 시계도 안 보시고 문을 열고 집안으로 들어가신다. 약속이나 한 듯 곧 성당의 종소리가 울려 퍼지고 우리는 부리나케 신부님께로 달려간다.

그해 겨울은 유난히도 추웠다. 신부님의 생활 여건은 세계 최빈국 상태였던 조선의 일반 서민과 별로 다른 점이 없어 보였다. 그의 일상은 한 마디로 청빈의 모범이었다. 불란서에서 들어오는 선교회와 친지 등의 원조는 전부 가난한 신자의 몫으로 돌리셨다. 분명히 본국과는 천지 차로 벌어진 생활수준을 조금도 불편한 기색조차 내비치지 않으셨다. 만일 교회 측에서 식사나 비품 등 색다른 배려나 물품이 배송되면, 신부님은 "교회를 위하여 보내온 것이지 내 돈이 아니야. 신자를 위해 써야해." 하시며 막무가내였다.

하루는 우리들의 노크에 식사 당번 수녀가 문 밖으로 나왔다. 신부님이 편찮으시단다. 며칠 후 고열과 기침이 가라앉는 것을 기다려 정기용과 나는 병문안을 갔다. 신부님은 초췌한 모습으로 눈을 감고 침대에 누워 계시다가 우리를 알아보시고 몸을 일으키려고 애를 쓰신다. 내가 등 뒤에 손을 넣어 부축해 드렸더니 겨우 앉으신다. 내 손이 푹 젖을 정도로 땀에 젖은 잠옷을 벗겨 드리고 새 잠옷을 입혀 드렸다. 헌데 그 근엄하기 짝이 없는 얼굴에 이전에 목격한 일이 없는 처음 보는 미소를 띠우시고 "어떻게 왔어" 하시며 정기용이 어렵게 구해 온 흰 꽃다발에 눈길을 모으신다. 속세의 보통 할아버지다운 모습을 딱 한 번 발견하는 순간이었다.

그 후 나는 진로를 이과로 돌리는 바람에 수리數理 공부에 밀려 불란서어 공부를 중단했다.

다른 친구들은 계속 정진해, 정기용은 S대 불문학과에 진학을 하였고, 노봉유는 S대 수학과를 거쳐 파리 소르본느 대학에 유학, 그곳에서 교직에 눌러앉았었다. 그런데 유감스럽게도 세상을 떠들썩하게 한 '동독사건'의 주모자로 연루되었다는 혐의로, 몸을 피해 다니다가 모로코 대학 교수로 재직 중 의문의 죽음

(타살)으로 생을 마쳤다. 필자를 포함한 그와 가까이 하던 여러 친구들의 공통된 심증은 노봉유가 절대로 공산주의 신봉자가 아니었다는 확신이다. 그는 열혈한으로 불의를 못 보고 누구보다도 조국과 민족애가 투철한, 차라리 자유 민주주의 우파에 속하는 한국의 대표적 지성인이기에 의심의 여지가 없다. 그는 물리학자가 되어 조국 근대화의 선봉이 되겠다던 청운의 꿈을 강제로 접히고, 남북 분단의 희생양이 되어, 지금은 파리 외국인 묘지 깊숙이 외진 구석에 쓸쓸히 누워 있다.

2000년 9월경에, 경기도 안성에 있는 천주교 안성 본당의 창설 100주년 기념 미사가 봉헌되었다. 안성 성당은 전술한 바와 같이 안토니오 공베르 신부님이 1900년에 건립한 후 31년간 주임 신부로 사목한 곳이다. 구한말舊韓末 의병 운동과 3.1운동 때 왜경에게 쫓기는 민중들을 성당에 수용하여 보호하였던 일화가 전해지고 있는 유서 깊은 장소이기도 하다.

정기용과 나는 만사 제쳐 두고 현지를 찾았다. 그곳에서 우리는 교회 당사자들로부터 공베르 형제 신부님의 6·25동란 중의 수난과 순교자와 같은 죽음에 대하여 자세한 전말을 들을 수가 있었다.

공베르 신부님 형제는 다른 여러 명의 서양인 성직자들과 함께 1950년 9·28수복 시에 퇴각하는 공산군에 의해 납치되어

38선 이북으로 끌려가셨다는 것이다. 공산군은 70이 넘은 두 사람에게도 가차 없이 순 도보의 강행군을 강요하였다는 것이다. 젊은 사람도 감내하기 어려운 고된 걸음을 영양실조 상태인 두 노신부가 어떻게 견뎠을까. 먹을거리·의복·신발·잠자리 등 무엇 하나 제대로 된 것이 없는 지경에서, 서울로부터 압록강 변까지 장장 500여 km를 길도 제대로 나지 않은 산중을 뚫고 그해 11월 10일 경에 당도하였다니 도무지 그 고난이 상상도 되지 않는다. 여하튼 두 신부님을 포함한 납치된 사제단 일행은 눈보라 치는 영하 10도를 밑도는 압록강 근처까지 도달하였다는 것이다. 그러한 사실은, 함께 연행되었다가 정전 후 구사일생으로 살아 돌아온 몇몇 서양 신부들의 증언을 통하여 알려진 것이다. 우리는 그 중 한 사람으로부터 공베르 형제 신부님들의 숭고한 선종善終 이야기를 직접 들을 수가 있었다.

그것은 이들이 지상에서 겪은 마지막 고난이었다. 기진맥진하여 쓰러진 형님한테 동생은 고해 성사를 듣고 "형님 이제 그만 이 무거운 고통에서 벗어나세요. 이 세상에서 형님은 충분히 속죄贖罪를 하신 거예요. 어서 하나님의 품에 안기세요. 영원한 평화와 안식 속에 형님이 먼저 들어가 편안히 쉬도록 하세요"라고 하였다는 것이다.

그리고 그 다음날 동생 줄리앙 공베르 신부도 형님에게 뒤질세라 바로 뒤를 따라 여한 없는 영원한 안면의 세계에 드셨다는 것이다.

예종도芮鐘道 목사(1898~1998)

예종도 목사는 현재 범세계적인 목회 활동을 영위하고 있는 예영수芮煐洙 원로 목사의 선친이시다.

1933년생인 예영수 목사 자신도 화려한 교직 생활을 정년으로 마치더니, 곧바로 미리 준비해 두었던 기독교 목회 활동에 들어간 특이한 경력자이다. 일찍이 미국 오리건 대학 영문학 철학 박사(Ph.D) 학위를, 그리고 미국 Faith 신학대학에서 교육학 박사 학위를 받았으며, 또한 86년에는 뜻이 있어 장로회 신학대학 대학원을 졸업하고 목사 칭호를 지니게 되었다. 그 후에도, 그의 학구열은 더욱 불타올라 90년 후반에 미국 퍼시픽 International 대학에서 신학 박사 학위까지 받아냈다.

예영수 박사는 40여 년간 미국의 몇몇 유수 대학과 국내 주요 대학에서 명 강의로 명성을 떨쳤으며, 한신 대학 대학원장을 끝으로 정년 후에는 조용한 여생을 즐기려니 하였더니, 끝내 기독교 목사로 재등장한 것이다.

나와 예영수 목사의 만남은 6·25 전쟁이 한창이던 1951년 5월, 충주 교외 남한강에 UN군 공병대가 설치 중이던 목향교 공사 현장에서다. 9·28수복 후 북진하는 연합군 통역으로 필자가 평안남도까지 따라갔다가 1·4후퇴로 밀려 내려와, UN군이 중부 지방에서 격전을 치르고 다시 재 반격에 성공하였을 무렵이다. 전선에 근접한 후방에서 군사 도로망을 정비 중이던 미 육군 공병대에서 만난 것이다. 당시 예영수는 대구 계성중학교 5학년이었고 나는 S대 입학 1년 후였다. 임시 교량 건설과 도로 정비 작업은 다수의 동원된 노동력이 수반되었기에 영어를 몇 마디라도 하는 사람이 절대적으로 부족한 상태였다. 예영수는 부지런히 뛰어다니며 내가 책임진 통·번역 일을 몸을 아끼지 않고 성심껏 도와주었다.

두어 달 후 교량 공사가 끝나자 우리 둘은 대구로 내려가 시내 삼덕동에 있는 예영수의 집을 방문하게 되었다. 집은 적산敵産가옥으로 마당에는 자그마한 채소밭과 한쪽 구석에 닭장이 있어 열 마리 안팎의 닭이 사육되고 있었다.

우리를 반가이 맞아주시는 예영수의 양친은 생각보다 많이 노쇠해 보였다. 두 분 다 자애롭고 온화한 미소가 인상적이었다. 부친이 담임 목사직을 은퇴하였다는 사실은 알고 있었지만, 그러한 연륜이 쌓인 탓인지 범상치 않은 인품에 금세 마음이 끌린다.

정성껏 차려 주신 조출한 밥상을 물리고 어머님과 이모저모 전쟁 관련 이야기를 나누고 있는데, 아버님이 짚으로 엮은 계란

꾸러미 두셋을 들고 외출을 하신다. 밖으로 나와 인사를 하고 돌아서는데 예영수의 입에서 뜻밖의 설명이 나온다. 웃으면서 대뜸 하는 소리가 "형, 오늘 특별 대우받은 거야."라고 한다.

무슨 엉뚱한 소리인가 하였더니 아들인 자기도, 아니 식구 중 누구도 계란만은 먹지 못한단다. 아버지가 귀중품처럼 정성껏 모았다가 시장에 내다 파신다는 것이다. 나는 깜짝 놀랐다. 놀랄 정도가 아니라 가슴이 뜨끔했다. 대형 교회의 담임 목사직을 은퇴한 원로 목사의 집안 형편이 이렇게까지 어려울 줄이야. 전쟁의 참화를 실감하는 기분이었다.

그런데 예영수의 표정은 여전히 웃음을 띠고 있었다. 나는 의아한 눈으로 그를 뚫어지게 쳐다보았다. 그런 게 아니라는 듯이 그는 설명을 이어갔다. 아버지는 요즘 닭을 키우면서 계란을 내다 파는 재미로 사신다는 것이다. 그 돈을 가지고 매주 일요일 아침 일찌감치 집에서 이십 리쯤 떨어진 인근 화원이란 곳에 걸어서 가신다는 것이다. 그곳에 세운 천막으로 된 개척 교회에 나가시는 것이란다. 헐벗고 굶주린 30여명의 고달픈 농부들의 길잡이가 되어 주기 위하여, 마음은 틀림없이 한시 바삐 달려가고 있을 것이었다.

그 귀한 계란 한 개를 나는 특별히 대접받은 것이다. 지금도 그 생각을 하면 가슴이 뭉클해진다. 민중의 정신적인 지주支柱가 되어주기 위하여 베적삼 중의바지에 고무신을 끄시고 이십리

흙먼지 길을 희망찬 걸음으로 사뿐히 걸어가시는 뒷모습이 긴 여운을 띠고 망막에서 지워지지 않고 오래도록 명멸한다.

예종도 목사는 일제의 야수가 먹구름처럼 조선반도를 덮치기 시작한 19세기 말에 경북 청도에서 독실한 기독교 집안에 태어나 장년이 되어 목회의 길로 들어섰다. 일제하에서 조선의 모든 지성인이 겪은 일이지만, 특히 그는 일제 말기에 소위 적성 국가의 신앙이라는 기독교 목사로서 일제의 부당한 황국신민화皇國臣民化 정책에 반항적이며, 비협조적이었다. 곧 그자들의 가혹한 핍박이 뒤따랐고 예 목사는 생사가 걸린 그 고통을 감내해야 하였다. 결국 반反제국주의자로 몰려 현풍에서 왜경에게 피검, 형무소에 수감되어 있던 중 1945년 8월 17일을 기해 처형당할 운명이었다. 다행히도 불과 이틀을 앞두고 8월 15일 일본이 패망하는 바람에 예종도 목사는 기적적으로 목숨을 부지하고 해방을 맞이한 것이다.

예종도 목사의 제2의 인생은 대구 동인교회 등에서의 헌신적인 목회활동으로 이어졌다. 스스로도 청빈의 화신이나 다름없었지만, 예 목사는 광복 후의 시대적 극빈의 생활환경 하에서 영적으로나, 물적으로도 오직 가난한 신자들에게 그의 모든 역량을 쏟아 붓기에 심혈을 기울였다. 교회에서 건네지는 그 얄팍한 봉투가 집안까지 온전히 전달되는 경우는 가뭄에 콩 나기였다.

아버님 목사는 귀가 도중에 길가에 널린 굶주리고 병약한 군상들을 그냥 지나치지 못했다. 구태여 기독교 신자가 아니더라도 병자를 거느린 낯익은 노점상들 앞에서 눈을 가리지 못하는 거였다. 덕분에 집안 살림살이와 두 아들의 학비는 어머님이 꾸리셔야 했다는 차남 예영수의 회한어린 회고담이다. 대구 근방에서는 남의 이목 때문에 목사 부인으로서 차마 광주리를 머리에 이고 거리를 돌아다닐 수가 없어, 어머님은 근교와 멀리 전라도까지도 행상을 며칠씩 나다니셨단다. 예영수 자신도 중학 2학년 때부터 스스로 신문배달로 학비를 일부 조달하였다는 것이다. 예 박사가 지금도 가슴 아파하는 것은 어머님이 무리한 행상강행의 후유증으로 만년에 목 디스크와 수전증으로 고생하신 일이다. 그가 학업을 계속할 수 있었던 것은 전적으로 어머님의 지극한 헌신 덕이었다고 술회한다.

지금 회상하건데 - 그렇게 헐벗고 배고프던 시대가 반드시 가난과 고통만으로 점철된 시공時空이 아니었다는 상념이 문득 고개를 든다. 오히려 가난이나 고난 속에서 더욱 강렬하게 발현되는 인간성의 진가야말로, 어둠 속에서 광채를 내는 찬란한 참보석처럼, 한층 더 빛나 보인다. 가진 것이라고는 밥 한 그릇, 방 두 칸뿐이면서도 나눠 먹고 같이 사는, 그런 정다운 세상은 영영 이 땅에서 사라져 버린 것일까? 역설적으로 이 시대의 불행은 너무 배불러서, 너무 많이 소유한데서 오는 것일 수도 있다는 생각이 들기까지 한다. 가령 가상의 환상 하나를 꿈에서처럼 떠올려본다. 사실은. 세상을 뜬지가 한참 되었지만 필자가 잘 아는 실지 상존했던 사람, P씨에 관한 이야기다.

언덕 위 대저택의 불이 꺼지자, 집 위 겨울 밤하늘에는 차가운 별빛이 아스라이 점멸한다. 금·은이 잔뜩 쌓인 휘황찬란하게 장식된 위층에서 외로움에 지친 한 노인이 잠시 샹들리에를 끄고 창 앞에 서서 산재한 아랫마을 판자 집들 불빛에 시선을 쏟고 있다. 어둠 속 저 아래 빈 공터에 누군가 피워 놓은 모닥불이 눈길을 끈다. 갈 곳 없는 떠돌이 영세민零細民 가족이 오순도순 둘러앉아 불을 쬐는 모습이 안쓰럽다기보다 무척 정겨워 보인다.

한동안 내려다보고 있던 노인의 눈에 부지중에 이슬이 맺힌다. 회한인지 부러움인지, 그가 지금 행복하지 않은 것은 확연하다. 그는 사회적인 지위도 재산도 남부럽지 않게 성취하였고, 자식들도 외국 유학을 보내 그곳에 자리를 잡았다. 그에게 남다른 불행이 있었다면 얼마 전에, 평생 시녀 역할이나 시킨 부인과 사별을 한 것이다. 그가 시운을 탔던지, 아니면 수단 방법을 가리지 않고 밀어붙인 탓인지, 엄청난 부와 지위를 얻은 것까지는 크게 잘못된 일이 아니라는 사회적인 묵인이나 시샘 정도로 결말난 지도 오래되었다. 그의 불행은 두 발로 그물을 잡고 놓지 못하는 조망鳥網에 걸린 새처럼, 그가 잡고 있는 금덩이를 선뜻 놓지 못하는 데에 있다는 사실을 아무도 모르고 있는 것 같다. 사회 전반에 대한 기부·희사喜捨까지는 몰라도, 적어도 그가 부당한 권세와 부를 축적하는 과정에서 밀치고 짓밟고 이용한 자들에게는 상응하는 보상이 지불되어야 함에도, 그에겐 너무나 인색하다는 악명 높은 낙인만이 늘 붙어 다녔다. 그러면서도, 그 무게에 깔려 숨이 영영 막힐 때까지 그는 그 아까운 금덩이를 놓지 못하고 어느 날 영락없이 관 속에 들어갈 것이었다.

그가 예종도 목사처럼 계란 한 개까지도 민중에게 나눠 주지는 못하더라도, 더 늦기 전에 가진 금의 반의반만이라도 남을 위해 베풀었다면, 그는 훨훨 나는 새처럼 얼마나 가벼운 마음으로 하늘 높이 날아올랐을까 상상만 해도 내 가슴마저 후련해질 것 같다.

은혜(가명) 스님

여러 해 전, 인연이라고는 옷깃만 잠깐 스친 것과 진배없는 한 스님에 관한 이야기이다.

대원군이 거주하였다는 운현궁雲峴宮은 궁이라는 이름에 걸맞은 궁궐다운 건물은 보이지 않는다. 그가 누렸던 권세에 비하면 조촐하다고나 할까. 당시의 건물군은 남김없이 소실되었거나 일제에 의해 철거되었고, 현재 있는 사랑채와 안채는 복원된 지가 얼마 안 되었으며, 전체 규모도 150칸 남짓하다. 그럼에도 도심 한가운데 자리한 위치 덕으로 오다가다 들를 수가 있어, 자연스럽게 사람의 발길을 끄는 이점이 있다.

한여름 햇빛이 눈부시게 내리쬐는 흙 마당을 건너 사랑채 툇마루 앞에 서니 실내는 어두컴컴하여 천장 구조가 얼핏 내 눈에 잡히지 않는다. 한동안 눈을 익혀 살펴보니 역학 구조도 절묘하거니와 아름다움도 각별하였다. 이따금 빠져드는 조선 건축미의 삼매경에 들었던지 웬 사람이 옆에서 말을 걸어와도 나는 얼핏 마음을 옮기지 못한 모양이다.

고개를 돌리니 나이 지긋한 스님 한분이 바로 옆에서 나를 빤히 마주 보며 미소를 띠고 있었다. 스님도 조선 건축에 각별한 애정을 갖고 있는 것 같았다. 지붕을 지탱하고 있는 노출된 천장 구조를 넋을 잃고 유심히 살피는 모습에서 내가 무슨 그 방면의 전문가로 보였던 모양이다. 질문 내용이 대못 하나 쓰지 않고 얼키설키 뭉쳐 있는 지붕 받침대가 기둥에 전달하는 하중의 처리 기능에 관한 것이었다. 마침 서양 건축의 구조 역학으로 설명이 가능하였음으로 그의 기대를 저버리지 않은 것이 인연의 고리가 되었다. 둘이서 경내를 돌고 밖으로 나오자 서로 약속이나 한 듯이 길 건너 한식 찻집으로 옮겨가 녹차를 놓고 마주 앉았다.

스님은 강연 초청을 받고 일본에 가는 길인데, 비행기 출발 시간까지 네댓 시간 여유가 있단다. 나는 평소에 불교에 관해 궁금한 것이 있어, 한때 이기영 교수의 불교문화원에서 불교 강의를 들은 적도 있었다. 소년 시절에는 히말라야 산을 배경으로 인도의 힌두교 성자들이 가부좌를 틀고 바위에 앉아 묵상하는 모습이 하도 멋있어 신비감마저 들 정도로 마음이 끌렸던 것으로 기억된다. 스님은 나의 호기심이 어린 질문에 주섬주섬 진정으로 대답해 준다. 그가 밝힌 그의 생활은 내가 소년기에 품었던 종교적 성자에 대한 관념을 되살리고도 남음이 있을 내용이었다.

뜻밖에도 이 스님이야말로 내가 그리던 성자의 삶을 살고 있는 바로 그러한 사람이었다. 그 전날이 다년간의 토굴 생활에서 벗어나 사바세계에 처음 나온 외출이라는 것이다. 경북 영천시 서쪽, 팔공산 동남쪽 기슭에 조계종 은해사銀海寺라는 창건 1200여 년 된 고찰이 있다. 스님은 은해사 뒷산 너머로 멀리 이슥히 들어간 인적이 없는 외진 움막에 은거하여 독거로 8년의 묵상 수련을 마치고 나왔다는 것이다.

나는 다짜고짜로 식食을 어떻게 해결하였나를 물었다. 스님의 거처를 아는 사람은 은해사 주지 스님뿐이었는데, 사동 하나를 정해 놓고 한 달에 한번 곡류와 최소한의 기초 식재가 배달되었으며, 나머지는 계절 산채로 충당하였다는 것이다. 그리고 당연한 응답이었지만 밤낮을 묵상으로 정신세계를 추구하는데 정진하였다는 것이다. 나는 차마, '그래서 스님은 무엇을 얻었느냐?'고 묻지는 못했다. 하지만 나는 이것만큼은 서슴지 않고 물었다.

"스님 그러다가 갑자기 병이라도 나서, 그곳에서 아무도 모르게 쓰러져 다시 못 일어난다면 다년간의 고난의 수행이 아깝게 아무 소용이 없게 되는 것 아닙니까." 스님은 편안한 낯빛으로 도리어 미소를 띠운다.

"그럴지도 모르죠. 애당초 나의 정진으로 인류의 고난이 가벼워지는 방도가 나올 것이라고 생각한 적은 없습니다. 하지만 원래 물질계와 정신세계가 양립하는 것이 인류의 기본 질서였는데, 작금 물질 만능으로 기울어 버린 것이 현실이죠. 내가 설사 아무 흔적도 없이 사라지더라도 추호의 미련도 없지요. 하나의 미약한 혼이 정신세계를 추구하다가 갔다는 사실 자체가 사라지는 것은 아니죠. 알려져도 좋고, 알려지지 않아도 상관없는 일이죠." 세속적인 이득하고는 전혀 무관한 자아의 추궁이었을 뿐이라는 것이다.

그야말로 내가 아득히 경외敬畏의 눈으로 바라보던 히말라야의 성자 못지않은 사람이 내 앞에 앉아 있는 것이었다. 사시사철 장장 8년간을 움막을 떠나지 않고 오직 명상에 몰두해 세월을 보냈다니 도무지 그 끈기와 정신력에 경이로운 감마저 든다. 세간에선 자칫 비생산적이며 시간의 낭비로 비칠 수도 있는 일일지 모르겠다. 하지만 나에게는 추호도 그렇게 생각되지 않았다. 무엇인가 설명할 수 없는 일종의 숭고함 같은 분위기가 그에게

서 풍겨 나오는 감까지 드는 것이었다.

그는 내게 큰 충격과 인상을 남기고 떠나갔다. 나의 간절한 요망에 다시 만나기를 흔쾌히 받아 줘 연락 방법과 찾아갈 주소지를 한자로 적어 받았던 것이 그나마 아쉬움을 감해 주었다.

세월은 흘러 어언 10여 년 전 일이다. 그는 지금 어디서 어떻게 지내고 있을까. 그간 여러 번 생각났던 얼굴이다. 단 몇 시간의 우연한 만남이 이렇게 여운이 길고 클 수가 없다. 외로울 때 여행 삼아 휴가 삼아 가 보고 싶은 곳, 그가 은거하던 골짜기가 떠올랐다. 하지만 그것은 누워 있을 적 상념이었다. 정신이 들면 그의 묵상을 깬다는 염려가 앞을 가로막았다.

지금 이 글을 쓰면서 한 가닥 유혹과 자기 합리화가 눈앞에 다시 아롱거린다. 최근 발간한 나의 졸저 한 권을 들고 동갑내기인 그를 찾아야겠다는 욕심이 뭉게구름처럼 피어오른다. 나름대로 수년간 심혈을 기울인 것인데, 왠지 그가 반가이 맞아 줄 것만 같다.

혁혁한 무훈을 세워 동작동 국립묘지 드높은 언덕에 잠들어 뭇 사람의 숭앙을 받는 전쟁 영웅 못지않게, 그 아랫녘에 누워 있는 무명용사에게 마음이 더 쏠리는 일이 있듯이, 뭇 신자를 거느리고 화려하게 사찰·성당·기독교 목회 등을 영도하고 있는 세상에 널리 알려진 저명한 성직자보다 차라리 나의 마음은 생을 아낌없이 신앙에 바치는 무명의 말 없는 구도자에게 더 이끌린다. 그 쪽에서 더 차분하고 편안한 마음의 안식을 얻을 수 있기 때문일 것이다.

위 세 분의 종교인에겐 특이한 공통점이 있는 것 같다. 그들에게선 세상이라는 흐린 냇물이 그들 주변을 맴돌고 내려오면서 맑은 물로 정화되는 서기瑞氣를 자연 세계의 방사능처럼 발산하고 있는 것일지도 모르겠다. 청렴결백·사회적 모범이라는 수식어는 이들에겐 어울리지 않는다. 이들은 스스로 나 여기 있다고 내세우지 않지만, 그냥 이들의 존재 자체가 많은 사람들에게 인생을 되돌아보게 하는 순기능 역할을 은연중에 하고 있다는 믿음이 절로 우러나오게 하는 사람들임에 틀림없다.

서부전선 잊힌 전사戰史

인류는 수많은 크고 작은 재화災禍를 겪어왔다. 재화의 대소
는, 인명 피해와 물질 피해로 나눌 수 있는데, 아무래도 인명손
실의 크기로 구분되어야 할 것 같다. 불행하게도 지구상에는 수
만에서 수십만에 이르는 인명 피해를 수반하는 자연 재해가 빈
번히 발생한다. 그 대표적인 예가, 근래 지진이 원인으로 수십만
의 인명을 앗아간 동남아 일원과 일본 동북 지방에서 일어난
쓰나미로 인한 막대한 피해는 아직도 진행 중이다.

다행히도 지진과 같은 대규모 자연 재해는, 앞으로 내진 설계
등 대비 여하에 따라 피해 규모를 획기적으로 축소해나갈 수
있다는 것이 전문가들의 공통된 의견이다.

그런데 인류가 겪는 재화는 자연적인 것보다 인위적인 것이

훨씬 규모가 크다는데 심각한 문제가 있다. 바로 전쟁 때문이다.

　제2차 세계대전에서 일본이 입은 600만 명의 전사상자戰死傷者는 남의 나라 일로 치부하더라도, 정작 한국전쟁에서는 민간인 희생자말고도, 전체 참가국의 전사상자 수가 250만 명이나 기록되어 있다. 이 많은 사상자를 낸 크고 작은 각 전투 장면 하나하나가 어느 것도 처참하지 않은 것은 없을 것이다. 무엇하고도 바꿀 수 없는 귀중한 생명을 걸고 전력을 다해 사투를 하는 것이다. 이러한 전투 장면은, 기록한 영상만 보더라도 가슴을 에는 아픔이 절로 스며든다.

　한국전쟁 전사戰史에서, 9·18인천상륙작전과 더불어 자주 거론되는, 1950년 12월 9일에서 24일 사이의 「흥남철수작전」영상은 지금도 눈앞에 선명히 아물거린다.

　1950년 11월 말경, 영하 20도를 밑도는 눈보라치는 동토의 극한 속에서, 미군 제10군단과 한국군 제1군단은 장진호 일대 산악 지대에서 좌우로 넓은 범위에 걸쳐 동부 전선을 형성하고 한창 북진 작전 중이었다. 이때 압록강의 결빙을 기다렸다는 듯이 서부와 동부 전선 전반에 걸쳐 25만의 중공군이 갑자기 노도와 같이 밀어닥쳐, 아군은 도처에서 꼼짝없이 포위를 당하고 말았다.

　장진호에서 흥남 부두까지 유일한 탈출구인 좁은 협곡을 통하여, 두터운 포위망을 뚫고, 적의 측면 공격을 물리치며 90여

km를 나가야 하는 긴박한 후퇴 작전이 강요된 것이다. 이 과정에서 아군이 악전고투하는 처절한 장면은 「흥남철수작전Hung-nam Evacuation」이라는 항목으로 미국에서 발간된 『한국전쟁사』에 많은 지면이 할애되고 있다.

특기 사항은 강풍·혹한이 몰아닥치는 악천후 속에서, 미 해병 제1사단의 용맹스런 분투가, 포위망에 혈로를 뚫는데 결정적인 선도先導 역할을 감당하고, 성공적으로 흥남 부두에 당도한 것이다. 인해전술을 쓴 중공군의 무더기 희생자가 눈 덮인 산야를 피로 물들인 것은 말할 것도 없고, 아군의 고귀한 사상자도 상당하였으리라는 가슴 아픈 상념을 지울 수가 없다.

50년 12월 9일 UN군 총사령관 맥아더MacArthur 장군은 마침내 동부전선 미 제10군단 휘하 부대에, 흥남으로부터 바다를 통해 남한으로 철수하라는 명령을 내렸다. 가장 격렬한 난전을 겪은 해병대를 필두로 「흥남철수작전」이 10일부터 실천에 들어가 12월 24일 철수가 완결될 때까지 14일간, 군인 105,000명, 탱크와 기타 차량 17,500대, 35만 톤의 화물, 그리고 피난민 91,000명을 철수시킨 것으로 기록되어 있다.

이상은 중공군의 대대적이며 돌발적인 개입으로 격변을 겪은 1950년 12월 전후의, 한국전쟁 동부 전선에 관한 상황을 대충 간추린 것이다.

한국전쟁은 전선을 서부와 동부로, 또는 서부·중부·동부로 나누기도 한다. 어느 전선의 전투가 가장 치열하였나를 가린다는 것은 별 의미가 없을 것이다. 단순히, 때와 경우에 따라 달라질 수 있기 때문이다. 그런데 50년 11~12월에는, 중공군이 동·서부 가릴 것 없이, 전선 전반에 걸쳐 갑자기 덮쳐와, 전면전 양상을 띠고 있었던 것이다.

단도직입으로 말하면 서부 전선도 동부에 못지않게 전투가 격렬하였다. 도리어 사단 규모의 아군이 포위되는 등 긴박한 장면이, 서부 전선 여러 곳에서 더 빈번히 벌어졌던 경우가 허다하였다는 것이다. 서부에는 동부처럼 중공군의 남하속도를 지체시키는 험준한 산악 지대가, 즉 자연 장애障碍가 없는 지리적 특성 때문이다. 중공군의 전근대적 인해 전술이 제법 기능을 발휘해, 걷잡을 수 없는 기습 공격으로 이어져 아군의 초기 대처가 혼란스러울 수밖에 도리가 없었던 탓이다. 중공군의 남침 속도에 따라, 서부전선의 아군의 후퇴도 동부전선과는 비교할 수 없을 정도로 빨라졌다.

아군은 12월 3일에, 이미 북한의 수도인 평양을 포기하고 대동강을 건너기 시작하였던 것이다. 대다수의 철수 병력은 차량과 도보로 대동강 남쪽의 새 방위선으로 후퇴를 하였다. 하지만 직접 남한으로 철수되는 장비와 한국군 부상병을 포함하는 일부 군 병력은 평양 남서쪽 대동강 하구에 위치한 진남포항을 통하여 선박 편에 의해 남한으로 철수된 것이다.

전술한 바와 같이 동부 전선에서 「흥남철수작전」이 세인의 이목을 끈데 반하여, 서부 전선의 철수 작전에 관한 전사戰史기록은 너무나 미약해, 희생자 수나 전투의 치열 도에 비해서도, 거의 무시된 느낌이다. 서부 전선에서 산화한 영령들에게도 불공정하다는 애잔한 감상이 지워지지 않는다.

후퇴시의 긴박한 상황은 서부 전선도 동부 전선에 못지않았다. 아군의 후퇴는 주로 차량이나 장비가 통행할 수 있는 도로를 따라 남하할 수밖에 없었다. 장비가 도로 중앙에, 보병들은 양쪽 길가를 따라 외줄로 도보 행군하는 것이 부대 이동의 전형이다. 그런데 서부 전선의 도로 양편은 대체로 과히 높지 않은 산악의 능선이 도로와 평행하여 따라가는 데가 적지 않다. 무수한 개미 떼처럼 중공군은 무리를 지어, 그러한 능선을 따라 아군의 이동 속도보다 때로는 더 빠르게 마구 달려가면서, 소총·기관총 등 보병 무기로 아군에게 측면 공격을 퍼부었던 것이다.

아군은 예상치 못한 중공군의 초기 기습적 인해 전술로 상당 수의 인명·장비 손실을 피할 수가 없었다. 중국 통일 내전 때에 게릴라전 경력을 쌓은 중공군 정예 부대는, 야간을 이용하여 나팔·타악기에 함성까지 지르는 심리전과 인해 전술로 아군을 혼란에 빠트리려는 전술로 나왔다. 초전初戰에서 아군은 지그재그로 흩어진 전선을 일직선으로 정비하고, 새로운 전선을 신속히 구축하여 악전고투하며 이에 치열하게 대응했다.

하지만 악천후 속에서 점차 더욱 가중되는, 파도처럼 밀려오는 끈질긴 적의 공세에, 서부 전선 방위선은 12월 4일을 전후하여 평양을 뒤로하고 대동강 남안으로 옮겨졌다.

미 해군 극동사령관 터너 조이Turner Joy 부제독은 1950년 11월 28일, 동부 전선의 UN군을 한국 동해안 흥남에서 바다를 통하여 남으로 철수시킬 경우에 대비하는, 준비 작업을 하도록 휘하 해군부대에 이미 지시한 바 있다. 그 덕에 12월 10일부터 흥남 철수작전이 순조롭게 진행되기 시작한 것이다.

터너 사령관은 다른 한편, 태크리Thackrey 사령관 예하의 별도의 함대를, 진남포와 인천으로부터의 철수를 담당할 목적으로 서해안에 파견토록 하였다. 이에는 영국, 오스트레일리아, 캐나다의 선박들도 포함되어 있다.

무려 1,123쪽에 달하는 『Korean War』 Spencer C. Tucker, ABC-CLIO, Inc.에는 「진남포·인천철수」에 관해 다음과 같이 몇 줄 기술할 따름이다.

The mission at Chinnamp'o was accomplished between 4 and 6 December 1950, although most of the Allied forces made their way south in vehicles or on foot.
(서부전선 대부분의 UN군 병력은 차량이나 도보로 남하를 하였지만, 진남포철수 임무는 1950년 12월 4일과 6일 사이에 수행되었다.)

이 세 줄의 글이 「진남포철수Chinnamp'o Evacuation」에 관한 유일한 전사戰史기록의 전부인 것이다. 그리고 위 글에 바로 이어져 다음과 같은 「인천철수」에 대한 기술이 뒤따른다.

In addition, during December 1,950 and early January 1,951, Thackrey's ships pulled 69,000 military personnel, 64,000 refugees, 1,000 vehicles, and more than 55,000 tons of cargo out of Inch'on.
(진남포철수 임무에 가중하여, 1950년 12월과 1951년 1월 초 동안에, 태크리 사령관 예하의 각종 선박들은 69,000명의 육군 병력과 64,000명의 피난민, 1,000대의 차량, 그리고 55,000톤 이상의 화물을 인천으로부터 철수시켰다.)

위에서 눈길을 끄는 것이 인천에서 철수시킨 64,000명의 피난민들이다.

동부전선의 동해 쪽은 험준한 태백산맥이 종으로 길게 막혀, 당장 닥친 철수 방편이 선박 편 외길뿐이었다. 육로 대피가 거의 불가능하였던 흥남 철수 피난민 수가 총 91,000명인 것에 견주면, 수십만 명의 피난민이 서해 쪽 육로를 통해 서둘러 남쪽으로 대피 길에 오른 것을 제외하고도, 이렇게 서해안에서 6만 4천여 명의 피난민 대집단이 또다시 UN군 선박 편으로 안전한 남해안에 철수되었다는 것이 놀라울 따름이다. 이중에는 진남포 일

원에서 피난한 사람들도 분명 다수 포함되었으리라고 유추類推
된다.

이상과 같이, 서부 전선 「진남포철수」작전 상황에 대한 전사
기록은 사건의 규모와 중요성에 비해 미약하기 이를 데가 없다.

진남포항은 북진 작전을 벌인 UN군 서부 전선 전체에 대한
방대한 보급 기지 역할을 혼신으로 감내한 서해안 유일무이의
항구이다. UN군 병참 기지가 설치되어 있었지만 막상 철수 명
령이 떨어지자 기지는 초비상 상태로 빠져들었다. 황급한 시간
에 쫓겨 미처 선적하지 못한 각종 장비와 전략 물자가 산적山積
된 부두의 포기는 적의 역이용이 우려되며, 이에 따른 아군의
예상되는 손실이 지대하리라는 것이 확연하였다.

공산군의 발 빠른 남하로 12월 3일, 아군이 평양까지도 포기
하여야 하는, 시각을 다투는 긴박한 후퇴 작전 상황 하에서 서부
전선 서해 관문인 '진남포 철수임무'는 어떻게 진행되었을까.

1950년 11월 10일부터 12월 6일까지 약 4주간, 필자는 UN
군 진남포 병참기지Chinnam'po Logistical Command에서 민정
담당 미군 참모를 보조하며 근무한 전력이 있다.

다음 쪽에서 이 기간 동안에 일어난 제반 사항을 필자가 직접
겪은 실지 상황에 비추어 충실히 더듬어 보려고 한다.

진남포 철수작전

북한에 납치되었던 앞서의 「곰베르 형제 신부들 이야기」중에 1950년 11월 10일 경에 눈보라가 몰아치고 영하 섭씨 10도를 밑도는 압록강변 운운한 기술이 비현실적이라고 의아해 하는 독자가 있을 것 같다. 하지만 이는 진실이다. 우연히도 필자가 직접 겪었던 산 증인이다. 60여 년 전의 그날이 지금도 나의 기억에 뚜렷한 영상으로 남아 있는 특별한 사유가 있다.

위 신부이야기와는 전혀 관계없는 일이지만 공교롭게도 필자는 당시 정확히 1950년 11월 10일, 곰베르 신부가 선종善終한 같은 날 같은 밤에, UN군 종군 통역으로 평안남도 진남포에서, 과장해 얼어 죽을 뻔한 경험을 한 것이다. 그날 우리 일행 40여 명이 승선한 UN군 수송선은, 3일 전에 인천항을 떠나 수뢰 제거 작업이 한창이던 서해 연안 바다를 피해 황해 바다를 멀리 좌회左回하여 항해한 끝에 대동강 하구 깊숙이 자리한 진남포항 부두에 닻을 내렸다.

그날 밤 우리는 시가지가 빤히 내려다보이는 산 중턱에 자리한 학교 교실에서 숙박하게 되었다. 말이 교실이지 창유리가 거의 다 깨져 있어 한데나 다름없었다. 비는 아침에 그쳤고, 저녁 때까지도 바람은 몹시 몰아쳤지만 견딜 만하였다. 그런데 점차 한파가 몰아닥치기 시작, 기온이 급강하하더니 자정이 다가오면서 추워서 도저히 견디기 어려운 상태로 돌변해갔다. 지급 받은 군용 담요 한 장으로는 어림도 없었다. 아침에 부대본부 앞에 내걸린 수은주를 살피니 화씨華氏로 16도(섭씨 영하 9도)였다. 하물며 훨씬 북쪽인 내륙 압록강 변에 눈보라가 몰아치고 기온이 섭씨영하 10도 아래로 내려간 것은 당연한 현상일 것이다.

11월 10일 밤을 너무나 혹독한 추위 때문에 거의 뜬 눈으로 새고, 이튿날 나는 미군 병참기지사령부에 배속되었다. 나의 담당은 민정책임참모인 미 육군 중령을 도와 민정 전반을 살피고 조사하는 일이었다. 지프차를 타고 중령과 함께 시내 공공 기관을 순회하여 상수도원 등 군이 필요로 하는 제반 정보를 수집해 서류로 꾸미는 작업을 돕는 일이었다.

시내는 예상외로 평온하였다. 거리를 나다니는 시민들이나 우리가 만나는 사람들은 어디를 가나 매우 우호적이며 환영 일색이었다.

전시임을 감안하더라도 시민의 생활상은 궁색하기가 이를 데 없었다. 식생활은 말할 것도 없고 외양도 때가 찌든 흰 누비옷에 귀마개가 전부였다. 지프차로 중령과 함께 둘러본 진남포 시가지는, 전화戰禍가 막심한 평양 거리와는 달리, 손상된 곳이 없는 것이 그나마 다행이었다. 경찰서를 위시한 공공 기관의 치안은 시민자위대가 맡고 있었다. 공산치하 때 협력자들은 대부분 도피하였지만, 아직도 상당한 수가 자위대에 의해 경찰서에 수감되어 있었다.

11월 들어 서부 전선의 북진 전황이 순조로워, 진남포항은 공전의 활기를 띠고 있었다. 부두에는 각종 군수 물자가 산더미처럼 야적되어 계속 전선으로 송출되는 한편, 간단없이 실려 오는 병기·탄약·휘발유·식품 등을 만재한 군 수송선이 줄지어 입항했다. 그런데 진남포항의 간만의 차가 9m에 달해 간조 때에는 부두에 접안한 LST(상륙전용수송선)의 뱃바닥이 개펄에 주저앉아 한 치도 옴쭉 못한다. 대동강 하구의 폭은 부두 근방에선 썰물 때 불과 1km 남짓하며, 밀물 때에도 2km 안팎이다. 간조 때 빠지는 물 흐름은 격류나 다름없었다. 한번은 LST가 앞문을 열어젖히고 만재한 군용 일용품과 레이숀상자 등을 한참 하역 중일 때 간조가 되면서, 빠르게 빠지는 조수潮水가 뱃머리를 밀어, 선복을 잡아맨 로프가 전부 끊겼다. 배가 갑자기 떠내려가기 시작한 것이다. 미처 닫지 못한 앞문으로 바닷물이 걷잡을 수 없이 밀려들어와 문을 닫았을 때는 배안 바닥에 물이 상당히 차고 말았다. 침수된 내용물은 부두 한편에 야적되어 폐기물이 되었다.

11월 25일경 시내 곳곳에 아군이 신의주 25km 지점까지 진격하였다는 벽보가 나붙었다. 벽보 앞에 웅성거리는 시민들 얼굴이 환하게 펴진다. 남북통일이 조만간 온다고 지레 들뜬 소리가 들린다. 아침에 식당에서 만났던, 전날 밤 상륙한 미국 기갑부대 탱크 병사의 모습이 떠올랐다. 그의 대대가 서부 전선 최전방에 투입된다면서 별로 긴장하거나 두려운 기색도 없이, 곧 전쟁이 끝날 것 같은 분위기여서 아쉽다는 말투였다. 젊은 혈기에 무슨 모험이라도 즐기려는 기색이었다. 그가 끝내 전쟁 경험을 못하게 될지 모른다는 생각이 들어 야릇한 기분이었다.

한국전쟁에 중공군의 개입이 소문으로 퍼지던 중, 실지 전선에 모습을 드러낸 것은 50년 11월 6일이 처음으로, 맥아더 장군이 발표함으로써 확실해졌다. 조·중 공동소유인 수풍댐 수력발전소를 보호한다는 명분으로 7만 명 내외의 중공군이 이미 압록강을 건너 들어왔다는 것이다. 이에 고무된 공산군은 인민군 잔존 세력과 합세하여 도처에서 국지적 반격으로 나와, UN군은 공격 전선의 지그재그 돌출 부위를 상당 부분 후퇴시켜 전체

전선을 정비·정돈하게 된다. 하지만 압도적으로 우세한 UN공군의 폭격이 압록강 철교를 비롯한 중공군 보급로에 집중되자 공산군의 공세는 곧 사그라졌다.

이에 UN군은 크리스마스 이전 종전을 목표로 총공격에 나섰다. 중공군의 개입으로 한때 평양 북쪽 박천 아래까지 후퇴하였던 UN군은 11월 11일 힘차게 총공격을 개시, 다시 북진을 시작한다. 폭격으로 보급선이 끊긴 공산군은 속수무책으로 모든 전선에서 빠른 속도로 조·만 국경에 밀려들어갔다. 11월 24일 결전 단계에 도달한 UN군은 전쟁을 끝낼 총공격을 개시, 중북부 혜산진 방면에서는 이미 압록강에 다다랐고, 서부 전선에서는 25일 정주를 지나 신의주를 향하고 있었다.

11월 26일 운명의 날이 밝았다. 이제껏 하천과 강의 결빙을 기다린 듯, 교전을 회피하고 있었던 중공군 정규 부대 25만의 대군이 갑자기 얼어붙은 압록강을 건너 일시에 조선 땅에 밀고 들어오기 시작한 것이다. 그간 별 저항 없이 파죽지세로 밀고 올라가던 UN군이 예상치 못한 적의 대반격을 졸지에 당한 꼴이다.

27일 진남포 병참기지 내 분위기가 갑자기 급변해 갔다. 중공군의 인해人海 전술로 아군이 밀리고 있다는 불길한 소식이었다. 12월에 들어서자 전세는 더욱 불리해져 아군의 전반적 후퇴작전 저지선이 대동강 남쪽으로 결정된 듯, 항구에는 수십 척의 군함과 수송선이 대거 입항하며 철수 준비에 들어갔다. 곧 중장비·무기·탄약 등 군수품의 탑재가 진행된다.

12월 3일 오후가 되자, 중령이 긴장한 낯으로 나를 찾는다. 한국군 부상병 500여 명을 수용할 건물을 물색하라는 명령을 받았다는 것이다. 병원선이 들어올 때까지 하룻밤 대기시킬 장소인 모양이다. 부리나케 지프차를 직접 몰고나온 중령과 함께 몇몇 공공건물을 살피다가, 여의치 않아 차를 부두 쪽으로 달려가도록 하였다.

부둣가에는 붉은 벽돌로 된 대형 미곡 창고가 즐비했다. 일제강점기 때 일인들이 조선에서 수탈한 미곡을 본토에 이출하기 전에 탈곡을 하여 출하량을 조절하기 위해 저장하였던 시설들이다. 얼마 전까지는 인민군 군용 양곡 저장 용도로 사용되었지만 이때는 다 빼먹고 텅 빈 상태였다. 중령은 병사와 노동자를 동원하여 창고마다 내부 청소를 시키고 부상병 수용 준비 작업에 들어갔다.

저녁때가 되자, 이게 웬 날벼락인가. 먼지를 온통 뒤집어쓴 2.5톤 트럭이 줄을 이어 전선으로부터 당도한다. 트럭마다 한국군 부상병으로 가득 차 있는 것이다. 먼저 들것에 실린 피투성이가 된 중환자가 내려져 창고 안으로 옮겨진다. 다음에 목발을 짚은 부상병들이 차례로 내려져 지정된 창고 안으로 보내진다. 그 큰 창고가 다 채워지면 다음 창고가 차례로 채워지기 시작한다. 어느덧 어둠이 깔려 트럭 전조등이 점을 이어 줄지은 끝이 멀리까지 아물거린다. 엎친 데 덮친 격으로 날씨마저 빙점 아래로 급랭해지며 모진 찬바람이 몰아친다. 끝날 것 같지 않던 긴 줄이 잦아들면서 자정까지는 창고도 거의 다 채워져 갔다.

창고 안은 그야말로 아비규환 속에 아수라장이었다. 바깥은 영하 10도의 강추위인데도, 창고 안에서 피우는 모닥불 연기를 뽑아내려 창고문은 일부 열어놓은 채였다. 가까운 창고 안에 들어서니, 매운 연기로 눈을 뜰 수가 없었다. 여기저기서 터져 나오는 단말마의 처절한 절규가 쉴 새 없이 메아리친다. 인간이 악에 받칠 때 태고의 동물적 본성이 튀어나오는 것일까. 알아들을 수 있는 외마디 외침은, 주로 '어머니!' '간호병!' '나 죽어!' 등이다. 이러한 가슴을 에는 통한의 절규는, 금세 입에 담을 수 없는 욕지거리에 묻혀버린다.

연기를 피해 고개를 깊이 숙이고 눈을 떠본다. 창고 한 가운데에는 모닥불이 검은 연기를 뿜으며 활활 타오르고 있는데 주변에는 비교적 경 부상자가 에워싸고 있고, 불꽃에 비친 바닥 전체에는 피범벅이 된 중상자들이 아무렇게나 뒹굴며 소리를 질러 대는 것이다. 소리를 지를 기운이 남은 사람은 나은 편이고, 태반은 죽은 듯이 움직이지 않고 신음소리만 내고 있다. 간혹 간호병과 종군 간호사가 눈에 띄지만 속수무책이었다. 의사도 약품도 전무 상태였다.

전쟁의 비참함이 새삼 폐부에 스미도록 각인되는 장면들이었다. 기관병 몇 명이 땔나무를 나르는 것과 레이숀 상자Rations box를 나눠주는 일이 이들에 대한 봉사의 전부였다. 지옥을 방불케 하는 길고 긴 한밤을 간신히 지새우고 아침 동이 트이기 직전에, 병원선의 입항 소식이 들어왔다. 다행히 병원선은 밤사이 들어와 창고 바로 앞 바다에 정박해 있었다.

어둠도 다 걷히기 전에 이내, 중상자 들것을 앞세운 부상병들의 도보 행렬이 말 한마디 없이 묵묵히 질서정연하게 부두로 이어졌다. 그간 겪은 처절한 전쟁과 간밤의 아비규환을 그들이 어찌 잊을 수가 있을까. 영원히 지울 수 없는 한낱 악몽으로 돌리기를 바랄뿐, 나는 길고도 느린 힘겨운 승선 과정을 속수무책으로 방관할 따름이었다.

정신적 충격에서 빠르게 벗어나며, 신체적 부상에서 하루 속히 완쾌되기를 비는 나의 미약한 기원을 뒤로 하고 그들은 목발에 의지한 채 힘든 발길을 지지부진 서서히 옮겨간다. 아마도 다른 한편 이들은 살아서 고향에 돌아간다는 벅찬 희망으로 배에 오르는 것이었을지도 모를 일이었다.

두세 시간 눈을 붙이고, 식당엘 가니 며칠 전에 전방으로 떠났던 미군 탱크 병이 살아서 돌아와, 온 몸과 얼굴에 흙먼지를 두텁게 뒤집어 쓴 채 눈만 반짝이며 아침식사를 하고 있었다. 그는 지옥 같은 전선에서의 탈출경위를 설명하면서 고개를 설레설레

저었다. 전쟁이 자칫 생명을 걸만한 게임이 아니었다는 투였다. 며칠 전 하고는 말이 바뀐 것이다.

그가 속한 기갑 부대는 적의 아무런 저항도 받지 않고, 순조롭게 전방 가까이 다다랐다는 것이다. 그런데 무슨 영문인지 보병 부대가 길 양편으로 걸어서 남쪽으로 계속 내려오는 것이었다. 처음에는 교체 병력이겠지 하는 생각이었는데, 탱크를 도로 양편 밖에 세우고 길을 비켜주니 부상병을 실은 트럭이 수도 없이 줄을 이어 내려오는 것이었다. 천둥소리와 같은 폭음이 점차 가까이 울리고, 전선이 그다지 멀지 않음을 이내 알 수가 있었다. 도로 위 상황은 한눈에 아군이 후퇴 작전에 들어갔음이 역력하였다. 그럼에도 기갑 부대의 진격은 멈추지 않았다. 드디어 최전방임이 확연한 산등성이에 이르러 진을 치고 적의 남진을 저지하는 역할을 하는 것이었다.

하지만 백주에는 적의 동태가 잠잠하였다. 간단없이 울리는 굉음은 아군의 일방적 포격과 공습으로 야기되는 폭발음이었다. 겨울 짧은 해가 지고 어둑어둑해지자 보병 부대의 철수도 거의 마무리되어가고 기갑 부대에 내려진 목표물 좌표에 대한 포격이 마무리되면서 새로운 방어선으로의 후퇴 명령이 떨어졌다.

기갑부대의 후퇴는 전진 시와는 반대로, 적 기갑 부대의 공격에 대비·대처하면서, 보병들의 후미를 느리게 뒤쫓는 꼴이 되었다. 어두워지자 도로 좌우 양편 능선을 타고 내려오는, 중공군과 산악 지대로 숨어들었던 인민군 잔당들인지 구별할 수 없는 무리의 함성과 북·징·꽹과리·나팔·피리 등의 괴음·괴성이 소총·기관총 소리에 섞여 울리는 가운데, 적의 심리전을 동반한 측면 공격을 밤새 받았다는 것이다. 일부 탱크 부대는 보병 부대 사이사이 끼어서 시시각각 대응 사격을 가했지만 어둠 때문에 목표 설정이 곤란하였다는 것이다.

그나마 다행인 것은, 적의 화력이 아군의 폭격으로 위축되어, 주로 인해 전술에만 의존하는 까닭에, 적군과 아군의 인적 손실 비율은 천지차로 벌어졌다. 그럼에도 한국군의 손실은 서부 전선의 부상병만도, 불과 20여 일간 4,000여 명에 달했다. 그중 500명 내외가 후퇴 막판에 진남포로 이송된 것이며, 기갑 부대 일부도 대동강 철교가 폭파되는 바람에 진남포로 내려와 LST 편으로 새로운 남쪽 방위선으로 향한 것이다.

병원선과 기갑부대가 곧바로 떠난 그 날, 부두에는 전날에 이어 LST 여러 척이 철수 부대의 장비와 기타 군수품을 싣기에 여념이 없었다. 한편 오후가 되자 부두에는 진남포 시민들이 모여들기 시작하였다. 부대가 철수를 하고 있다는 소식에 놀란 사람들이 제각기 보따리를 짊어지고 앞을 다투어 부두로 달려 나왔다. 부두 일대는 삽시간에 헤아릴 수 없는 하얀 인파로 덮여 갔다. 적하積荷 시설이 안 된, 부두에 딸린 강가의 개펄에는 수십 척의 돛단배가 이들 피난민을 싣고 있었다. 대부분 흰 누비 솜옷을 걸친 청장년들이었다. 공산 치하에 다시 들어간다면 생명의 위협에 직면할 것에 겁먹은 일반 시민들이 집과 가족을 등지고 정처 없는 대피 길에 오르는 것이다.

어느덧 해가 지고 어둑어둑해지자 미처 배에 타지 못한 사람들이 우왕좌왕 날뛰며 개펄은 거의 패닉Panic상태로 변해갔다. 때마침 밀물 때가 되면서 강물 수위가 점차 올라간다. 먼저 돛단배가 물에 뜨기 시작하였다. 아직 올라타지 못한 사람들이 발목까지 빠지는 갯벌에 무턱대고 뛰어들어 떠나려는 뱃전 위로 필사적으로 기어오르려 매달린다. 이미 만선으로 위험을 느낀 사공과 사생을 건 실랑이를 벌이는 장면이 도처에서 목격된다. 돛단배들은 승선을 원하는 사람들을 절반도 싣지 못하고 앞을 다투어 서둘러 떠나갔다.

먼 바다로 나갈 수 없는 나룻배와 전마선 등 다수의 소형 목선에도 개미 떼처럼 매달린 사람들을 쉴 새 없이 대동강 건너편에 나르기를 반복한다. 이들은 도보 남진을 각오하고 무턱대고 강을 건너 진남포를 떠나려는 것이다. 다행히도 이들의 대부분은 황해도 남쪽 해변에 도보로 당도하여 선편으로 남한에 무사히 대피할 수가 있었다.

적재가 완료된 LST선단도 만조가 가까워지며 물에 뜨게 되자, 하나 둘 부두를 떠나 강 가운데로 옮겨간다. 나를 포함해 병참기지 요원들이 마지막 LST에 전원 올라탔다. 더 이상의 화물 적재 작업을 단념하고 철수 작업을 대충 끝내려는 것이었다. 그런데 배안은 빈 공간이 아직도 많이 남아 있었다. 너무나 아까운 공간이라는 생각이 드는 것은 인지상정일 것이다. 그때 갑자기 닫혔던 LST 앞문이 다시 활짝 열린다. 동시에 배를 타지 못한 시민들이 일제히 배로 쇄도해 들어온다. 갑판 위로 달려 올라가 밖을 내려다보니 그 많던 피난민들은 거의 떠났거나 흩어지고, 아직 갈 곳을 찾지 못한 수백 명이 LST로 달려 들어오고 있었다. 미련을 못 버리고 부두 언저리에서 서성이던 사람들 전부가 병참기지 사령관의 인도주의적 결단으로 뜻밖의 행운을 얻은 것이었다.

아직 초저녁인데도 밤이 진남포 일원을 어둠으로 완전히 감싸며, 대동강 하구 일대 해상에는 지상군 철수 작전 지원 차 입항한 수십 척의 UN군 함선에서 새어나오는 불빛이 전쟁도 잊은 채 차라리 고즈넉하였다. 대오를 정연하게 갖춘 모습으로 보아 출항 준비가 완료된 상태였다.

이때 아무런 예고 없이 조명탄이 하늘로 솟아올라가 인적이 끊긴 을씨년스런 부두 일원을 잠시 밝히고 소멸되었다. 그러자 온천지가 칠흑으로 돌아가더니, 돌연 수없이 많은 섬광이 명멸하는 동시에 귀가 먹먹해지는 함포 사격이 바로 눈앞에서 대대적으로 일제히 벌어졌다. 포탄은 불과 1~2km 정도를 날아가 부두에 산적한 철수 못한 군수품과 부두 시설을, 적의 사용을 막기 위해 집중적으로 때리는 모양이었다. 함포탄은 야적된 유류 저장소에 명중되어, 불길이 하늘로 솟아오르며 부두 일대가 대낮처럼 환해졌다. 포탄은 시가지 뒷산도 때려 통신소로 짐작되는 건물이 불타오른다. 곧 닻을 올린 LST 수송 선단은 함대의 천지를 진동하는 포격을 뒤로 하고 서서히 하구·서해 바다를 향해 줄지어 떠나기 시작했다.

나 자신이 사지에서 빠져나왔다는 안도감보다도, 흰 바지저고리를 걸친 북한 동포들의 필사적인 탈출 장면이 눈앞에 선하게 되살아나, 좀처럼 눈이 감기지 않는 밤의 시작이었다. 가족 동반은 전혀 눈에 뜨이지 않았었다. 그들 거의 전원이 끝내 아무도 되돌아가지 못할 기약 없는 탈출이며 가족과의 생이별이 되고 만 것이다.

배는 어느덧 대동강 하구를 빠져나와 허허 서해 바다가 펼쳐진다. 함포사격의 포성도 먼 천둥소리처럼 잦아들고 전쟁의 격랑에서 벗어난 철수 선단은 잔잔한 파도를 헤치는 기관소리만이 선실을 울릴 뿐인데, 좀처럼 눈은 감기지 않는다. 한국군 부상병들의 처참한 이송 장면하며 전쟁의 비참이 골수에 사무치는 수일간의 기억이 영영 나의 뇌리에서 사라질 것 같지 않다. 며칠간 겪은 지옥같은 환영幻影이 새삼 망막을 모래알처럼 쑤신다. 그나마 마지막 순간, 사령부의 인도주의적 결단으로 우리 배에 운 좋게 쇄도해 들어올 수 있었던 수백 명 필사적인 피난민들의 모습이 애써 큰 위안거리가 되어 준다. 사람의 생과 사는 종이 한 장 차로 갈린다는 현실에 아연啞然할 따름이다.

1950년 12월 5일, 이틀 전 철수가 온전히 수행된 북한의 수도 평양에 공산군이 입성하고 시가지는 불바다가 되었다는 후문이다. 전선은 대동강을 사이에 두고 잠시 남북으로 대치된다. 이후 평양에 이어 진남포 항구도 다시는 우리가 들어갈 수 없는 북녘 땅이 되고 만 것이다.

Refugees on Green Beach.(National Archives)

인천 월미도해변에 설치한 UN군의 '그린비치GREEN BEECH' 칠수지역에서, 51년 1월 초 UN군 피난민 수송전담선편으로 몰리는 사람들

'나이가 들수록 세월은 왜 빨리 흐를까'
'생체 시계 느려지면 시간은 쏜살처럼 느껴진다'에 대하여

　일전 모 일간지에서 '나이가 들수록 세월은 왜 빨리 흐를까'
라는 홍주희 기자 글이 내년부터 중학 국어 교과서에 수록된다
고 해당 출판사가 밝혔다는 기사를 읽은 적이 있다.

　이 기사는 나이가 들수록 시간이 빨리 흐른다고 느끼는 현상
에 대한 심리학적·생리학적 가설을 소개했는데, 객관적인 시간
이 주관적으로 여겨지는 학문적 이유를 쉽게 설명하고 있다는
것이다. 이 기사의 교과서 수록을 추천한 방민호 교수는 "어려
운 자연 과학 기사인데 적절한 비유를 사용해 재미있고 명쾌하
게 설명했다. 지식의 즐거움이라는 측면에서 중학생이 읽으면
도움이 될 것"이라고 하였다는 것이다.

수록되는 기사 요지(신문기사 인용): "시간은 때로 순식간에 날아가 버리고, 때론 영원처럼 느껴진다. 또 하나 신비로운 시간의 법칙이 있다. 나이가 들수록 시간이 빨리 흐른다고 느끼는 것이다. 학자들은 이 수수께끼를 풀기 위해 몇 가지 가설을 제시했다.

첫 번째는 '노인과 젊은이가 가진 시계의 속도가 다르기 때문'이라는 가설이다. 나이가 들수록 혈압·맥박 등 몸 안의 생체 시계 속도가 느려지면서 시간이 빨리 흐르는 것처럼 느껴진다는 것이다.

두 번째는 '정보량에 따라 시간 감각이 달라진다.'는 것이다. 어릴 때는 매일 새롭고 인상적인 기억으로 하루하루가 생생하다. 하지만 어른의 경험은 반복적이고 일상적이라 뚜렷한 인상 없이 흐리멍덩해지고 시간은 날아가듯 사라진다."

교과서 수록이 확정된 문장이므로 좋은 문장으로서 갖춰야 하는 요소는 빠짐이 없으리라 믿는다. 주제도 방 교수가 밝혔듯이 '사람들이 늘 궁금해 하고 흥미롭게 여기는 시간'이다.

하지만 머리가 갸우뚱해지는 문제가 있는 것 같다. 어려운 자연과학이라 하면서 두개의 가설을 다룬 깃인데, 믹싱 과학적인 근거가 안 보인다. 따라서 반론은 아니더라도 적어도 이론異論이 있을 수 있다는 뜻이다. 또한 위 가설을 떠나서 전혀 다른 새로운 학설이나, 기존의 여러 학설과의 비교 검토도 요망된다고 할 수 있다.

그중의 하나가 '노인의 시간 흐름이 빨라지는 현상은 나이가 들면서 점차 쇠퇴해가는 기억력의 생리학적 뇌기능 저하에 원인이 있다'는 주장이다. 이는 세포 재생 기능의 저하라는 노쇠 현상이며, 그 누구도 거스를 수 없는 자연 법칙이다. 예컨대 젊은이의 하루와 노인의 하루는 그 차가 매우 크다. 하루의 생활을 마감하고 잠자리에 들 때, 젊은이는 그날 있었던 일을 거의 다 기억해 낼 수 있다. 아침 6시 기상부터 밤10시 취침 시까지 16시간의 긴 기록이 거의 재생될 수 있다. 하지만 노인은 다르다. 사람마다 뇌의 생리적 연령차가 크기 때문에 차이가 있겠지만, 대다수 노인들은 대동소이하게 거의 단 몇 시간 기록도 재생이 불가능하다. 인간의 기억력과 재생 능력은 어김없이 나이에 반비례하는 것이다. 이 간단한 자연 법칙을 간과해서는 안 된다. 진부한 이론이라 일소할지 모르지만, 진리는 하자가 발견되지 않는 이상 불변이다.

먼저 시간의 객관적 특성을 살펴보자. 첫째로 시간은 일정한 속도로 쉼 없이 영원히 흐른다. 둘째로 시간에는 흘러간 과거와 흐르고 있는 현재와, 앞으로 흘러 갈 미래가 있다. 그런데 인간이 느끼는 주관적인 시간의 경과 속도는 사람이 갖는 각기 상이한 개개인의 특성과 처해진 상황에 따라 다르게 느껴지는 것이지, 연령이 주된 요인은 아니다.

한마디로 노인이 시간의 흐름을 과거, 현재, 미래의 구분 없이 빠르게 느낀다는 표현은 잘못된 것이다. 노인이 느끼는 시간의 속도가 빠른 것은 현재 흐르고 있는 진행 중인 시간이 아니라, 이미 흘러간 과거의 시간에만 한정되는 것이다. 현재 진행 중인 시간의 흐름에 대한 느낌은 나이와 상관없이 누구나 대동소이하다. 노인들이 지금 진행 중인 현재의 시간이나, 기다리는 미래의 시간이 빠르게 느껴진다는 것은 어불성설이다.

그런데 위 기사에서 주로 논의되고 있는 것은 보편적인 노인들의 시간에 대한 생리적인 반응에 관해서이다. 물론 노인들의 생리적인 반응이 젊은이에 뒤떨어지는 것은 어쩔 수 없는 일이다. 그렇지만 그 차가 쏜살처럼 느껴지듯 몇 배식 나는 것이 아니고 기껏 몇 할割일 뿐이다.

노인의 기억력 쇠퇴 문제

노인의 시간이 빨리 흐른 것처럼 느껴지는 이유

　노인의 시간이 빨리 흐른 것처럼 느껴지는 가장 큰 이유는 노인들의 기억력 감퇴에 있다고 생각된다. 위에서 당일 단 하루에 있었던 여러 사건의 기억량 차이도 그렇게 큰데 한 달, 일 년, 십 년으로 거슬러 올라가면 그 차이는 더 커지는 것이 당연하다. 흘러간 시간 중에서 각기 기억되는 시간의 양만큼만 그가 살았던 것으로 느껴 오는 것 아닌가. 다시 말해 흘러간 과거 OO년 중에서 기억해낼 수 없는 시간의 양은 마치 잠을 잔 시간처럼 망각의 시간 속으로 사라져 버린 것이다. 그러니 시간이 빠르게 흐른 것으로 느낄 수밖에 없는 것이다. 연령에 관계없이 시간이 길게 느껴지는 때를 열거하면, 가장 두드러진 것은: 기다리는 시간, 지루한 시간, 고통스런 시간, 즉 정신적으로나 육체적으로 통증을 느낄 때 등등이다.

학자들이 주장한 앞서의 '노인과 젊은이가 가진 시계의 속도가 다르기 때문에, 나이가 들수록 생체 시계의 속도가 느려지고, 행동이 둔해져서 시간이 빨리 흐르는 것처럼 느껴진다'는 생체 시계 가설의 이론을 알렉시스 카렐Alexis Carrel의 비유에 따라 검토해 보자.

"시계에 표시되는 물리적 시간은 강물처럼 일정한 속도로 흐른다. 청소년들은 강물보다 빠른 속도로 강둑을 달릴 수 있다. 그러나 중년이 되면 그 속도가 조금 느려지는데 그래도 아직 강물과 보조를 맞출 수 있다. 노년이 되면 몸이 지쳐 버리면서 강물의 속도보다 훨씬 뒤처진다. 그렇다보니 강물이 훨씬 빠르게 느껴진다. 그러나 강물은 청소년기나 중년기나 노년기 모두 한결같은 속도로 흘러간다."

위 내용은 A와 B 간의 상대적 속도 관계를 나타내는 하나의 현상 설명이지 무슨 원리 설명이 아니다. 더구나 생체 시계하고는 동떨어진 이야기이다. 아인슈타인의 상대성 원리를 적용한 물리학적 이론일 뿐이지 어떠한 생체 시계 가설에 부합되는 것이 아니다.

연령에 관계없이 인간이 느끼는 시간의 특성을 열거해 보자. 시간이란 그것을 보내고 있는 사람의 경우에 따라 다르게 느껴진다. 집중된 시간이냐 산만한 시간이냐에 따라 다르며, 병들었을 때와 건강할 때, 즐거울 때와 괴로울 때, 연령별로도 청소년기와 중장년기와 노년기의 시간은 약간씩 다르게 느껴질 수 있는 것도 사실이다.

하지만 나이 든 사람들이 일상적으로 자주하는 '세월이 빠르다. 쏜살같다.'라는 표현은 흘러간 과거를 지칭하는 말이지, 현재 살고 있는 현실적 시간을 말하는 것이 아니다. 도리어 무위하게 시간을 보내고 있는 노인들에게 현실은 지루하거나, 기다리는 일(예컨대 자식이나 손자가 찾아오는 일, 필요한 물품이나 사람이 오는 것 등)이 많아지며, 반대로 시간은 느리게 흐르는 것으로 느껴지는 경우가 젊은이보다 도리어 많을 수 있다. 또한 나이가 들면 사물의 변화에 대한 흥미가 현저하게 줄어든다. 젊은이가 푹 빠지는 TV의 오락프로나 게임도 그렇고, 웬만한 사건에도 관심은 반감한다. 즐거운 시간이 별로 많지 않다. 노인의 시간은 그 만큼 다시 더 길어진다.

결론적으로 노인의 시간이 쏜살처럼 느껴지는 것은 흘러간 시간과 세월에 대해서만 성립되는 것이다. 그리고 그 원인은 생체 시계가 느려지는 때문이라기보다는 노인의 기억력 감퇴가 주된 원인이라고 하겠다. 젊은이가 보낸 과거의 시간은 그 기간

동안 겪었던 사건의 기억량만큼 길게 느껴지는 것이며, 노인들은 같은 시간에 겪은 사건의 기억량의 차이만큼 짧게 느껴지는 것이다.

그렇지만 현재 진행되고 있는 시간에 대해선 노인과 젊은이의 시간 개념은 대동소이하다고 생각된다. 생체 시계와는 거의 관계없이, 기다리는 시간은 누구에게나 지루하고 길게 느껴지며, 즐거운 시간이나 사물에 정신이 몰입되는 시간은 연령의 차이 없이 쏜살처럼 흘러간다.

기억력과 이해력의 상관관계

중학교 3학년 물리 시간에 있었던 일이다. 수업이 시작되자마자 선생님은 칠판에 다짜고짜로 X 자를 크게 하나 그리셨다. 좌편 밑에서 위로 올라간 사선은 이해력이고 반대로 위에서 오른쪽으로 내려간 사선은 기억력이라는 것이다. 이것이 기억력과 이해력의 나이에 따른 상관관계를 나타내는 그래프라는 것이다. 기억력은 대략 20세 전후에 정점에 달했다가 감퇴로 반전하여 40대까지는 완만하게 60대부터는 급격하게 떨어져, 80대에 이르러서는 10~20%대로, 그리고 심하면 70대 전후부터라도 상당수가 건망증이나 치매상태가 될 수도 있다는 것이다.

반대로 이해력은 태어날 때 제로(영)에서 시작해 점차 꾸준히 늘어나, 노력 여하에 따라서는 노년기까지도 불편함 없이 유지된다는 것이었다. 그 당시 이 말씀을 귀담아 들은 학생은 별로 없었을 것이다. 전혀 실감이 안 나고, 남의 이야기로 들렸던 것이다.

선생님의 의중은 어떤 학문이든 사물의 현상이나 이론을 암기할 생각만 하지 말고 원리를 이해하려고 노력하는 습관을 미리 붙이라는 것이었다.

더구나 물리학이라는 학문은 자연 현상을 지배하는 법칙을 발견하고 그것을 이론적으로 설명을 하는 학문인데, 그 원리를 이해해야지 암기로는 더 이상 발전하기가 힘들다는 말씀이다. 비단 물리학뿐만 아니라 거의 모든 학문이 이해가 앞서야 오래가지 암기한 것은 조만간 잊게 된다는 것이다. 지금 나이가 들고 보니 선생님의 말씀이 백번 옳았다는 사실이 절실하게 사무친다.

나이가 들어 기억력이 급격히 떨어지는 것은 어쩔 수 없는 자연현상이다. 당한 사람만 아는 일이지만, 생활이 불편해지는 것이 한두 가지가 아니다. 집안을 다 뒤져서 물건 찾는 일이 잦아진다. 늘 사용하는 전화번호가 가물거린다. 예를 더 들자니 한도 끝도 없을 것 같다.

그렇다고 마냥 당하고 있을 수만은 없다. 무슨 방편이 없을까. 그 답 중 하나가 생활에 습관을 붙이는 방법이다. 평소 자주 사용하는 물건이나 잘 보관해야 될 물품 등 모든 것을 분류해 각기 일정한 장소를 정해놓고 사용 후에는 제자리에 갖다 놓는 것이다. 작은 칸이 여러 개 달린 전용 캐비닛Cabinet에 칸마다 레이블Label을 붙이면 작업 끝이다. 또한 약속 시간이나 기억해 두어야할 사항은 달력이나 수첩에 기입해 둔다.

기억력 감퇴를 지연시키거나, 더 나아가 노인들의 기억력 향상을 도모하는 길은 없을까. 고 서정주 시인의 그러한 노력이 세인의 주목을 끈 적이 있었다. 시인은 생전에 매일 1,800여 개의 산 이름 외우기를 실천하였다는 것이다. 그러한 정진의 효과가 어느 정도 있었는지 알려진 바는 없다. 필자의 경험으로는 별로 신통치가 못했다. 반복의 대상이 되는 낱말들은 당연히 반복의 빈도에 정비례하여 효과가 컸다. 하지만 자주 사용하지 않는 낱말이나 다른 사물에 대한 기억력은, 다시 말해 나의 뇌 전체의 능력에는 변동을 감지하지 못했다. 나이를 거슬러 기억력이 더 좋아지는 방법은 적어도 생리학적으로는 아직 길이 닫혀 있는 것 같다.

나이가 들어감에 따라 기억력이 감퇴하는 이유는 뇌세포 재생의 기능 저하로 어쩔 수 없이 기억력 담당 부위 뇌신경 조직 축소가 불가피하다는 것이다. 현재로서는 뇌의 노화 속도를 줄여 주는 노력이 최선의 방법이라는 것이 전문가들의 공통적인 의견인 것 같다. 뇌의 활성화를 꾸준히 이어 가는 노력이 필수적이라는 것이다. 수학적인 계산이나 사물에 대한 외향적 호기심에, 적극적인 생활 태도 등 일반적인 치매 예방법의 실천 의지도 불가결이다.

장차 바이오 등 새로운 화학 물질의 발견과 과학의 획기적인 발전으로 뇌세포 재생의 길이 열려, 인류의 숙원이 이뤄져 가기를 바라는 마음은 누구나 간절하다고 하겠다. 자기 집을 찾지 못하고, 자기 가족을 알아보지 못하는 치매를 예방하고 치료할 수 있는 세상의 도래가 먼 꿈이 아니기를 비는 마음이다.

그런데 위 서술과는 전혀 상반되는 기억력 감퇴에 대한 관점이 있다. 나이가 들음에 따른 기억력 쇠퇴는 자연의 섭리로 마련된 축복으로, 적어도 긍정적으로 받아들여야 한다는 주장이다.

인간이 피할 수 없는 가장 심한 고통은 육체적이라기보다 정신적인 것이다. 가령 육친이나 사랑하는 이의 죽음 같은 초기의 비통이 잊히지도 않고 줄어들지도 않으며 계속된다면, 그러한 고통을 노랫말처럼 시간이 치유해 주지 않는다면, 이 세상에서 웃음은 해당자에게서 영원히 사라질 것이다. 이럴 때야말로 망각의 효력은 특효약처럼 중요한 역할을 해준다.

또한 인간의 영원한 숙제인 죽음에 대한 공포에서의 해방도, 기억력 감퇴나 의식 불명이라는 생리적 현상이 앞장서 준다. 막상 죽음에 임해선 단말마의 고통이란 예상과는 달리 실지로 목격되는 일은 거의 없다는 것이 임종에 여러 번 임한 많은 전문 의사의 공통된 증언이다. 다시 말해 슬픔이나 침통한 얼굴은 살아남은 연고자의 몫이지, 망자의 낯빛은 거의가 평온하다는 것이다. 희로애락의 표정이란 산 사람만이 지니는 것이기 때문일 것이다. 의식이 끊어짐과 동시에 어떠한 표정도 생체 원리에 의해 거둬지는 모양이다. 어떤 시신에서 표정을 읽는다는 것은 해당자의 주관적 허상이지 제3자에겐 무관한 일이다.

특히 노인들의 기억력의 단속성은 의심의 여지없이 그러한 고통에서 벗어나는데 큰 도움이 되어준다. 과거는 아름답다는 말처럼, 다행히도 노인들의 기억력은 먼 옛날이, 가까운 과거사보다 더 많이 더 또렷이 재생되는 특성이 있다. 어릴 적이나 젊은 날의 즐거운 추억이 더 많이 세세히 되살아나는 것이다. 뇌속 깊숙이 자리 잡아 저장된 덕에, 손상·마모에서 벗어난다고 하더라도 지나친 억측이 아닐 성 싶다.

제1차 세계 대전 때 영국의 한 시골 읍에서 한 청년이 소학교 동창들과 함께 참전하였다가 훈장을 받을 정도로 공을 세우고 종전을 맞이했다. 한동네 친구들은 제대를 하고 고향에 돌아갔지만, 그는 사관학교를 택했다. 2차 세계 대전에서는 장군으로 아프리카 전선에서 용맹을 떨쳐 유명해졌다. 그가 80이 넘어서 반세기 만에 고향에 옛 친구들을 찾아왔다. 이름은 몽고메리로 해두자. 친구들은 동네에 옛날 그대로 남아 있는 선술집에 모여 맥주잔을 기울이며 옛날이야기에 빠져 들었다. 시시콜콜한 졸병 생활에서 할망구가 된 애인과의 이야기 등 재미있는 화젯거리가 끝없이 이어졌다.

그렇게 몇 저녁을 노닥거리다가 몽고메리 장군의 1·2차 대전 회고담이 아무래도 인기 속에 진행되었다. 다음날도 그 다음날도, 친구들은 오랜만에 즐겁기만 하였다. 꿈같은 며칠이 흘러 그가 떠나야 할 날이 다가왔다. 그런데 기다리던 2차 세계 대전 전공戰功이야기는 아직 머리만 조금 내밀고 있었다. 고향과 친구들의 큰 자랑거리인 고명한 노장군의 2차 대전 중의 활약상은, 그가 떠나기 전날까지도 줄거리는 겨우 1944년을 맴돌고 있었을 뿐이다.

이튿날 그들은 손을 맞잡으며 나머지 이야기는 이듬해 재향군인의 날로 미루기로 하고 아쉬운 이별을 고했다.

인간의 속성을 잘 드러낸 이야기인 것 같다. 60여 년 전 옛 친구들과의 회고담은 몇 날을 두고 이야기를 해도 다 못하고 재회를 약속할 정도로 반갑고 즐거운 잊히지 않는 추억거리가 넘쳤던 것이다. 하지만 아마도 현재에 가까워 올수록 이야기 거리는 줄어들 것으로 짐작된다. 강하게 인상에 남을 만한 사건도 기억력도 어김없이 줄어들었을 것이기 때문이다.

한국인의 자조自嘲

우리는 걸핏하면 '한국 아직 멀었어!' 하는 자조의 소리를 종종 주변에서 들어왔고 지금도 간혹 듣는다. 이것을 '어느새 여기까지 왔네!'로 바꿀 수는 없을까. 50년 전에 하늘에서 찍은 한반도의 사진하고 지금 찍은 사진과 비교한다면 그 차는 상전벽해의 유가 아니다. 산천은 유구하다는 옛말이 무색할 것도 자명하다. 그만큼 큰 변화가 일어났다는 것을 일목요연하게 보여주고 있다.

그 변화는 보는 사람의 시각에 따라 느낌이 다를 수도 있을 것이다. 대부분의 내국인에게는 좋게 보일 것이고, 일부에게는 신통치 않게 보일 수도 있을지 모르겠다. 전례 없이 주어진 폭넓은 자유 민주주의를 기화로 하여, 사사건건 한국의 성취를 외면

하고 북조선을 찬양하는 소수의 극좌파와 종북 세력의 존재감
이 어느 때보다 뾰죽이 솟아나와 있어서이다. 한국전에 참전하
였던 외국인이 본다면, 아니 실지 본 사람들은 그저 눈을 의심할
따름이며, 이것은 세계에 유례가 없는 기적이라고 외마디 탄성
을 지를 뿐이다.

자화자찬으로 우리가 이룩한 성취를 과대평가하려는 의도는
전혀 아니다. 오히려 그 반대이다. 우리가 여기까지 오는 과정에
서, 겪고 극복한 제반 고난과 고통을 반추하여, 더 높이, 더 멀리
달려가는데 스스로 반면교사로 삼자는 의도이다.

한국이 여기까지 올라오는데 일등 공신은 누구일까. 두말할
나위 없이 전적으로 대한민국 국민 전체이다. 세계 최빈국 탈출
시기에 시시때때로 시의 적절하게 좋은 선장, 다시 말해 훌륭한
지도자와 그러한 무리가 나타났던 것도 빠트릴 순 없지만, 무엇
보다도 우수한 자질을 지닌 국민 개개인의 헌신과 분투가 주된
요인이다. 일일이 열거하자면 한도 끝도 없을 것 같다. 통틀어
요약하면, 우리가 이룩한 성취 결과로 유추하건데, 우리의 과거
는 긍정적 요인이 부정적 면보다 월등히 많았다고 단언할 수
있을 것 같다.

그렇지만 돌이켜 보건데, 이 모든 엄청난 성과에도 불구하고,
우리의 매스컴은 빈번히 부정적인 면에 초점을 맞춰 무슨 큰일
이나 났거나 날 것처럼 대서특필하여 국민들에게 불안한 심려

를 끼치게 하기가 일쑤였다. 실지로는 긍정적인 면이 부정적인 면보다 작지 않거나 오히려 더 크고 많더라도, 나쁜 쪽만 상투적으로 크게 부각시켰던 것이다. 이는 아마도 매스컴의 속성상, 좋은 일은 뉴스거리가 안 되어, 주로 나쁜 일만 보도하게 된다고 옹색한 이유를 대는 모양이다. 하지만 그 결과는 보도 내용하고는 거의가 상반되게 진행되어, 한국의 발전이 끊임없이 지속되어 온 것이다.

다른 나라들의 시각은 우리와 판이하게 다르다. 선진국은 물론이고 우리보다 형편이 더 나쁘고 개선될 기미도 보이지 않는 여타 나라들 매스컴은 대체적으로 우리와 다르게 사실 그대로, 보다 객관적인 견지에서 자국의 실상을 보도하고 있다는 사실을 간과해서는 안 된다.

5·16혁명만 하더라도 군사 쿠데타 자체는 부정적 사건임에 틀림없지만, 경제 개발 초기에 입안된 계획에 대한 일부 국민의 반발과 언론의 비판은 국익과 국가의 장래를 염두에 두지 않은 경우가 태반이었다. 대일청구권, 새마을운동, 가발·섬유 제품으로 시작된 취약한 경공업, 경인·경부 고속도로, 부산·인천의 항만, 포항제철·현대조선을 비롯한 중화학 공업 등등 그 어느 하나도 예외 없이 비판·반대 천지 아니었던 것은 없었다. 당연히 찬반양론이 공평하게 보도되었어야 하지만 거의가 반대론자의 의견만 실리는 판국이었다.

군사 정부의 필사적인 경제 개발 추진의 부작용은 막대할 수밖에 도리가 없었지만, 지금 아무리 반추하여도, 분명 국민의 희생을 무릅쓰지 않을 다른 선택이 보이지 않는다. 당시 어차피 국민 일부의 희생은 필연이었음을 인정하지 않을 수가 없다.

나라 전체가 가난과 굶주림이 너무나 심각한 상황에서, 앉아서 굶는 것보다는 비록 취약한 작업 환경에서나마 혹사당하더라도 입에 풀칠이라도 하려고 몸부림치는 당위성을 묵인하지 않을 수가 없는 지경이었다. 우리의 일 세대들은 그렇게 하여 생을 유지하고 온갖 고난을 감내해내며 2세들을 키우고 공부를 시켰던 것이다.

말하자면 월남 파병, 서독 광부·간호사 파견 등으로 가득稼得되는 외화가, 사용처가 제약받는 차관이나 원조를 제외하면, 당시 한국이 자체 조달할 수 있는 유일한 경제 개발 금원이었기 때문이다. 따라서 인권이니 신변안전이니 따지는 것은 후대 사람들의 안이한 자기중심의 편협偏狹된 사견私見에 불과하다고 여겨진다.

국외 파견을 희망하는 군상들이 현재 아프리카의 난민 수용소 철조망 너머에서 입소를 기다리는 군중들 못지않게 넘쳐났던 것이다. 따라서 사지死地로 내몰리는 견지에서가 아니라, 이 일은 순전히 경제적 측면 위주로 평가·계산되어야 한다고 생각된다. 더구나 이 모든 희생이 반드시 강제성을 띤 것은 아니었다. 오히려 작은 소득이나마 얻으려는 국민의 자진 참여가 대부분이었던 사실을 잊어서는 안 된다.

한국이 세계 최빈국 상태였다는 실상이 어떠하였나를 현 세대들은 상상도 못할 것이다. 근래 아프리카의 난민촌에도 들어가지 못해 순번을 기다려야 하는 군상들을 떠올리면 짐작이 갈 것 같다. 조선 왕조 근 600년 간 인구의 큰 증식 없이 평균 수명 40세에도 미치지 못한 사실을 염두에 두어야 한다. 현대의 과학 문명의 혜택을 입지 못한 전근대적 자연 환경의 탓으로만 돌리고 말 일이 아니다. 그러한 시비를 지금 우리가 가릴 이유도 없지만, 근본적으로는 인류 생존의 기본 요소이며 영원한 숙제인 먹을거리 즉 식량 문제와 관계가 있는 것이다.

다행스럽게도, 한국인에게 이 문제가 역사 이래 처음으로 해결된 것이 불과 40~50년 전이다. 이러한 일을 해낸 주체는 물론 국민 전체이지만, 당시 대한민국 경제 개발의 주도적 역할은, 비록 강제성을 띤 것이지만, 의심의 여지없이 박정희 대통령 정권이 한 것이다. 반세기만에 우리의 인구는 거의 두 배로 늘어났고, 작금 우리의 평균 수명은 80세 안팎이 되었으며, 의료 수준과 함께 전반적인 생활환경이 어언 선진국 수준에 도달하였다.

그럼에도 불구하고 이러한 한국의 중대한 경제개발 과정은 우리나라 역사 교과서 근대사에 그 내용이 거의 기재되어 있지 않다. 아마도 박정희의 독재 경제 개발 과정에서 범하여진, 비민주적 혹독한 시련을 겪은 세대들이, 박정희의 영웅화로 비칠 우려 때문에 박정희 시대를 도외시한 것으로 여겨진다.

박정희가 이룩한 성과는, 그와 동시대의 국민 개개인의 성과이기도 하다. 그는 독재자들 대개가 영락없이 빠져 들었던, 자신과 가족을 위한 축재가 전혀 없었다는 것도 특기할만하다.

돌이켜보면 박정희에게는 분명 적지 않은 잘못이 있는 것이 사실이다. 그는 자기 아니면 안 된다는 망상에 사로잡혀 초법적인 독재의 사슬을 휘둘러 많은 반체제 인사들을 비민주적으로 억압했다. 유신이라는 초헌법적 체제하에서 고문·투옥, 때로는 생명의 위협까지도 서슴지 않았다. 그로 인해 여러 사람이 억울한 삶을 강요당한 것도 비일비재였다. 여느 다른 나라 독재자들처럼 총칼로 대량 살상까지는 저지르지 않았지만, 피해자 입장에선 골수에 사무치는 원한이 맺혔을 것이다.

박정희의 공과功過는 반반씩 잡아도 극과 극인 것 같다. 근세에 시행되고 있는 정치 체제 중에서 최악으로 낙인찍힌 군부 독재 정치를 자행하였음에도, 그 결과는 적어도 경제적 면에서는 더 바랄나위 없이, 전 세계에 전례가 없는 최대의 성과를 자아낸 것이다. 좋게 해석하면 그는 독재를 경제 개발의 수단으로 이용한 것이다. 그 부작용이 또한 비민주적 악의 극으로 평가되는, 언론 자유 박탈, 반체제 세력 탄압, 독재 수단으로 유신 헌법 제정, 각종 통제로 시장 경제 왜곡 등이, 독재 경제의 큰 성과에도 불구하고, 점차 국민의 반감과 저항에 부딪히게 되었다.

좋던 나쁘던 간에, 이와 같은 변화는 우리나라 근대사 중에서 가장 비중이 큰 역사적 사건들임에 틀림없다. 박정희의 공과는 둘 다 빠짐없이 역사 교과서에 기재해야 한다. 한강의 기적은 박정희 혼자의 공이 아니다. 온 국민의 것이다. 사학자들이 한강의 기적을 상세히 사실대로 기술 못하는 우를 저지른 것은 분명 국민감정이 허용 못할 일이다. 이 자랑스러운 성과를 우리의 후대와 온 세계에 내세우지 못하는 것은 자기 비하이며 「아직 자랑거리가 없다」하는 일부 한국인의 자조自嘲일 뿐이다.

과거 수년 간 주요 사건에 대한 매스컴의 편파적 보도의 비근한 예를 들어 보겠다.

광우병 소동: 한때 세상을 온통 들끓게 하였던 광우병 이야기를 또 꺼내면 진부하다고 머리를 젓는 사람이 있을지 모르겠다. 애당초 너무나 뚜렷한 조작극이었는데, 매스컴은 그 진위를 앞장서 밝혀내지 못했을 뿐 아니라, 사건 전체가 무고誣告라는 법정 판결이 난 후에도 별로 문제를 삼지 않았다. 허위 조작된 괴담으로 무슨 큰 재앙이라도 곧 닥칠 것처럼 선동된 군중들의 밤마다의 촛불 바다 시위, 유모차를 끌고 시위대 앞줄에 섰던 꼭두각시 아기 엄마들, 그 뒤에서 음모를 꾸며 부추겼던 정치인들의 쇼맨적인 절규 등등만 매일 신문 지면과 TV화면을 메웠지 정작 이에 맞서, 결과가 허위로 드러난 광우병 소동이 잘못되었

다는 비판적 보도는 보기 힘들었던 것이다. 자신自信은 없고, 허위 날조된 공작 선동에 놀아난 수백만 한국인의 어이없는 자조였다고 생각된다.

한미 FTA 비준: 이 문제만큼 한국인의 자조를 극명히 드러내 보인 명제도 흔치 않을 것이다. 주지하는 바와 같이, 한국의 번영은 수출로 이루어졌고 또한 작금도 지탱되고 있다고 하겠다. 수출로 가득한 외화가 아니라면 원자재·에너지·식량 등을 수입할 그 어떤 다른 방도가 안 보인다. 식량 자급률 60%는 나은 편이고, 원자재와 에너지 자급률은 달랑 3~5% 내외이다. 도시 국가 말고는 자원資源 세계 최빈국이다. 한국의 존망은 수출에 달려 있다고 하여도 과언이 아니다. 2009년도 통계청 통계연감에 의하면, 한국은 위에 열거한 세 종목과 에너지 관련 화학제품을 합친 수출과 수입액 총 합계가 각각 693억 불에 1,585억여 불로 892억여 불의 적자라는 무역역조가 발생하였다.

이 금액은 수입한 원자재를 가공한 수출 제품에서 부가 가치를 창출해야 밸런스가 맞는 것이다. 2010년도 한국의 총 수출과 수입은 각각 4,663억여 불과 4,252억여 불로 무역 수지는 411억여 불의 흑자였다. 이 해에 한국이 거둬들인 가장 큰 무역 흑자국은 중국이며 1,168익여 불 수출에 수입이 715억여 불로 453억여 불 흑자였으며, 다음이 미국으로 498억여 불 수출에 404억여 불 수입으로 94억여 불의 흑자였다. 이어 2011년과 2012

년도에는 드디어 한국의 연간 수출입 무역 규모는 연달아 1조 달러를 넘어섰다. 특히 중국과는 2,000억여 불로 늘어났다.

다년간 미국이 한국의 가장 큰 무역 상대국이었던 것이 2002년도부터 중국에게 추월당한 것이다. 하지만 세계 최대 시장인 미국이 수출에 사활을 걸고 있는 한국에게는 여전히 중요한 교역국이라는 것은 두말 할 나위가 없다. 브랜드 가치 제고와 기술·특허 등의 취득과 상호 교환이 필수이기 때문에, 특히 IT·전자·자동차 같은 첨단 산업 분야는 미국과의 교역 증진이 한국에겐 절대적 요체이다. 근래 주춤거리고 있는 대미 교역의 돌파구를 찾는다는 것은 매우 긴박하고도 긴요한 사항이다. 경제계의 대다수가 한미 FTA 비준을 학수고대하고 있는 사실은 무엇보다도 FTA가 우리를 먹여 살리는 수출 산업에 유익함을 시사해 주는 것이라고 여겨진다.

그럼에도 불구하고 한편에서는 FTA 반대론자들의 반발이 거세게 지속되고 있다. 그것이 경제적인 논리에서보다도, 정치가들 간의 정치 논쟁으로 비쳐지는 것이다. FTA로 인하여 덕을 보는 산업과 손해가 예상되는 산업이 당연히 있게 마련이다. 따라서 정치인들은 불이익을 당하는 산업을 보조·육성하는 방안을 세워야 할 일이지 왜 국익을 거슬리는 반대 투쟁에만 매달리는 것인지 알 수가 없다. 국민을 대표하도록 위임을 받은 의원들이 투표로 결정을 지을 생각을 걷고서 폭력이나 휘둘러서야……

만에 하나 의원들의 다수결로 가결된 의안이 국민의 반대에 봉착한다면 다음 선거에서 호된 심판을 받게 하면 되는 거 아닌가. 소수당이 무슨 권리로 다수결을 결단코 반대하는 것일까. 이는 엄연히 민주주의 자체의 부정이다. 그와 그가 속한 당이 선거구민의 지지를 얻을 것인지, 아니면 퇴출되고 말 것인지 다음선거가 기다려진다.

광우병·FTA 괴담의 후일담

2012년 대통령 선거에서 괴담을 줄기차게 내세웠던 야당이 패배하고 FTA를 관철시킨 여당이 승리하여 현 박근혜 정권이 들어섰다. 2013년 3월 18일, 한미 FTA 실시 1년간의 무역통계가 신문지상에 발표되었다. 괴담의 주요 메뉴였던 농업 분야와 중소기업의 무역 수지 성적표는 괴담과는 정반대로 나타났다. 두 분야 다 한국이 불리해 무역수지가 크게 적자로 돌아설 것이라는 주장과는 달리 도리어 흑자가 늘어난 것이다. 미국 소고기를 수입하면 먹은 사람이 광우병에 걸릴 우려가 있다는 주장도, 미국·한국 할 것 없이 단 한 사람도 발병한 사람이 없다. 근거 없는 괴담으로 허위 선동을 벌였던 세력은 결과적으로 총선에서의 패배와 아까운 국력만 허비시킨 꼴이다.

4대강사업 전말

환경오염 반대론자들의 4대강 개발 반대 운동과 이를 정치적
으로 이용해 국민 정서를 반정부 쪽으로 유도하려는 한국 야당
의 4대강 개발 방해 공작만큼 격렬하고 장기적인 투쟁도 보기
드문 사건이었다. 정부의 개발안에 대한 야당의 반론은 경제적
인 논리가 아니었다. 정부안 속에 숨겨진 운하의 전 단계 공사라
는 음모론과, 공사로 인해 발생할 가상적인 부작용을 과대하게
부풀려 내세워, 범야 세력은 수년간 극렬한 반대 투쟁을 벌여왔
다. 그럼에도 정부는 재야 세력의 불법적인 방해 공작을 무릅쓰
고, 모든 공사를 2011년 여름 우기 전에 힘들게 끝냈다. 때를
맞추듯이 그 해 하절기에 기상관측 사상 최대의 강우량이 기록
되었다. 예년 같으면 강의 범람이 심대하게 우려되는 상황이었

지만, 여름철 누차의 집중호우에도, 제방 정비와 준설로 강바닥이 충분히 낮아진 4대강의 범람은 발생하지 않았다. 강물이 전보다 더 많이 더 빨리 빠지는 바람에 저지대의 침수도 획기적으로 줄어들었다. 야당이 주장했던 부작용이라는 것은 그들만의 기우에 지나지 않았던 것이다.

그런데 이때에도 매스컴의 보도는 거의 묵묵부답이었다. 그들의 주장이 턱없이 어긋난, 이렇게 엄청난 성과를 걷어 들인 4대강 사업의 반대론자들의 잘못에 대한 반성·비판이 있을 법한데, 매스컴의 보도는 엉뚱하게도 호우로 인한 낙동강 왜관洛東江倭館 구철교의 한 교각붕괴에 집중되었을 뿐이다. 이 구舊철교라는 것은 수명이 다하여 이미 새 교량이 바로 옆에 세워져, 철거 대상이었으나 임시 보행용으로 계속 사용되던 것인데, 하저 준설때 철거를 전제로 보완을 하지 않은 건설회사의 잘못이 교각붕괴의 원인이었다. 이것을 자칫 4대강사업의 대단한 하자로 비치게 비난조로 TV가 보도를 한 것이다.

그러나 TV의 바람직한 영상은 그 일대를 상공에서 내려다본, 즉 수심이 깊어지고 잘 정비된 제방 안쪽에 갇힌 홍수가 노도와 같이 유유히 흘러가는 장관을 비쳐주는 일이었을 것이다. 낙동강과 주변의 평야 지대가 여러 날 계속된 호우 속에서 예년같으면 물바다가 되어 강이 어딘지 구별을 못하던 그림이 간데없이 사라진 장면을, 많은 국민들은 자기 일처럼 반가워하였을 것이다. 그런데 TV화면은 엉뚱하게도 쓰러진 교각의 잔해에다 초점을 맞춘 영상만 여러 번 되풀이 방영할 뿐이었다. 4대강 사업의 대성공을 자랑하지는 아니할지라도 구태여 사족 같은 다소의 부작용만을 트집 잡는 것도 또한 거의 상투화된 일부 '한국인의 자조'이며 자학이라 하겠다.

이와는 반대로 물난리를 혹독히 치른 태국의 수상이 4대강 치수사업을 배우려고 한국을 방문하겠다는 외신 보도가 표적을 맞춘 참으로 귀가 번쩍 뜨이는 소식이었다.

2012년 3월 25일, 잉락 친나왓 태국 총리는 사업효과를 직접 확인하고 기술협력 방안을 논의하기 위해서, 4대강 사업의 일환으로 설치된 '한강 이포보'를 방문했다. 우리나라 통합물관리 시스템에 대한 설명을 들은 잉락 총리는 한국의 강 관리에 큰 관심을 가졌다. 이후 국토해양부는 8월 태국에서 통합물관리 사업을 위한 '한·태국 수자원 기술협력 양해각서(MOU)'를 체결해 수출 발판을 마련했다.

9월 20·21일 열린 '2012 세계 강 포럼WORLD RIVER FORUM'에 참가한 세계 각국의 대표들의 최대 관심사는 홍수조절 및 물 부족을 해결한 강 개발과 강 주변을 레저문화 공간으로 바꾼 한국의 노하우에 쏠렸다. 참가국들은 이번 포럼을 4대강 기술 전수 기회로 삼고 있다. 페루는 한국의 수자원정책 및 개발 노하우를 자국의 강에 접목하기 위해 실무자 면담을 요청해 왔다.

모로코와 알제리는 강 관리 및 수자원 개발 등을 위한 협력을 희망했다. 또 인도네시아는 강 복원 시범 사업에, 베트남은 누어-디아강과 동나이강 수질 개선 사업에 한국의 강 관련 기술을 접목하길 바란다. 미얀마 등 다른 국가도 강 개발을 주도한 한국 수자원공사 관계자 면담과 양해각서 체결 등을 희망하고 있다. 등등……

9월 18일 국토해양부에 따르면 금년 들어 태풍이 세 번 왔지만, 지난달 말 태풍이 강타한 4대강 유역의 평균 홍수위는 하천 준설효과로 보洑 설치 전인 2008~2009년 여름철 대비 평균 3m가량 낮아진 것으로 나타났다. 2008년 8월과 2012년 8월의 장마기간에 두 번 다같이 1200mm 안팎의 기록적 강수량이 내린 한강(강천보·여주보)과 낙동강(낙단보·구미보)의 최고수위 변화를 보면 한강은 6.20m에서 3.12m로, 낙동강은 3.68m에서 0.27m로 3.08~3.41m씩 수위차가 난다. 금년에는 태풍뿐 아니라 장마기간에도 예년에 비해 피해가 적었다. 4대강 유역의 재산 피해는 945억원을 기록했다. 비슷한 강수량이 내린 1998년의 1조543억원이나 2006년의 1조5356억원에 비해 10분의 1 수준에 불과하다. 4대강 유역의 침수 피해가 예전에 비해 적었던 데엔 4대강 사업에 따른 수위 저감 효과가 있었다는 게 국토부 관계자의 설명이다. (한국경제 9월 19일 자 참조)

이러한 신문 기사에 의거하지 않더라도, 4대강 사업의 효과는 여러 면에서 두드러지게 나타나고 있다. 완공 직후인 2011년에 드러났듯이 뛰어난 홍수 조절 기능과, 상수도원·공업용수를 위시한 수자원 확보 외에도, 레저문화 공간과 자전거길 등의 부산물이 국민의 정신 건강에 미치는 기여도는 엄청나다.

방문객이 1년도 안 돼 1,000만 명을 돌파했고, 4대강에 연결하는 자전거길 1,757km에도 자전거 애호가들로 하루 22만 명씩, 연간 이용자 연인원 1억 명을 바라본다는 발표가 나왔다.

4대강 방해 공작에 몰두하였던, 결과적으로 국익을 해친 세력들의 할 말이 무엇인지, 사업 귀추에 깊은 관심을 품었던 국민의 한 사람으로써 꼭 듣고 싶다. 그들의 4대강 논란은 여전해 시공施工을 맡은 건설회사의 비리 의혹을 제기한다든가, 지난 여름철 한강과 낙동강에 확산됐던 녹조가 4대강 보 탓이라는 지적이 제기되고 있다. 하지만 시공 비리가 있었다면 범법자 개개인의 사법 처리 문제이지 사업 자체의 부당성과는 전혀 관계없는 사건이다. 녹조도 이상기온이 주원인이지 보 건설하고는 무관한 일이다. 최악의 경우 보가 없는 셈치고 수문을 열어 녹조를 흘려보내면 간단히 해결될 수 있을 것이다. 마땅히 추후 수년간 사태의 추이를 지켜보면서 대응할 일이다.

4대강 개발로 얻어지는 홍수 예방, 수자원 활용, 레저산업 활성화 등의 막대한 이점에 대해서는 언론조차도 일체 입을 다물고 있다. 이 땅에서 국가 장래를 위한 공정한 비평은 언제쯤에나 실현될 것일까. 수많은 얼빠진 반대세력은 과거 60여 년간 자칫하면 대한민국이 당장 망할 것처럼 호들갑을 떨어 국민을 불안 속에 밀어 넣으려 헛되이 애써 왔지만, 그와 정반대로 세계에서 가장 빠르게 발전을 거듭해 오늘의 선진국 한국이 우뚝 서 있는 것이다.

야당에 적을 둔 서울 시장이라는 사람이, 국민의 세금으로 정부가 건설한 귀중한 보를 과학적 근거도 없이 녹조 피해의 원인이라고 일방적으로 단정 짓고 보를 철거해야겠다고 발표를 한 바 있다. 아직도 야당 입장에서 4대강 사업 비하의 늪에서 헤엄치고 있는 꼴이다. 저수량으로 대비하면 보는 댐의 100분의 1도 되지 않는다. 녹조도 댐에 생긴 것이 100배가 넘을 것이다. 국가의 경제력과 국민의 생명을 지탱해주는 수자원의 원천인 댐조차도 녹조 때문에 서울시장이 제거를 검토 중이라는 보도가 나올지 염려스럽다. 일 막의 코미디로 끝나기를 바랄 뿐이다.

한국식 민주주의

　이 말은 박정희 대통령이 미국의 카터 대통령에게 대 놓고 당당히 해댄 말로 기억된다. 이 말 속에는 미군이 철수하면 한국 자체의 핵무장도 불사하겠다는 뜻이 담겨져 있었던 것이다. 그 결과 미국이 기획 중이던 '주한미군철수'안이 백지화되었고, 그 후 한국의 안보가 보장됨에 따라, 일로―路 경제개발에 매진하는 길이 열려, 「한강의 기적」의 발판이 된 것으로 알려져 있다.

　박정희는 조국이 세계 최빈국 상태에서 벗어나기 위하여, 그가 이끈 정권이 고안한 독재 경제개발 계획안을 일괄되게 추진해, 성공을 봄으로써 선과 악의 양면 야누스로 그 명성을 온 세계에 드높였다. 하지만 그 과정에서 독재에 저항하다 희생된 일부 국민들의 원성 또한 못지않아, 불귀의 객이 된지 30여 년이 흐른 현 시점에서도, 그에 대한 나라 안의 평가는 여전히 좌·우로 갈라져 갈피를 못 잡고 있는 실정이다.

　박정희가 이끈 군사혁명 사태의 후유증으로 그에 맞서 대두한 것이 민주화 세력의 출현이다. 박정희에 이어 들어선 전두환에 의한 또 하나의 군부 독재정권이 전 국민의 민주화 압력으로 물러나고서야 비로소 민주적인 정권이 수립된 것이다. 온 세계는 한국이 수많은 개발도상 국가 중 유일하게 경제개발과 민주화의 두 마리 토끼를 다 잡은 것으로 찬탄하는 무형의 보관寶冠을 우리에게 씌워주게 된 것이다.

　도대체 '민주주의란 어떠한 것인가'라는 명제를 잠시 짚어보자. 아마도 불란서 혁명 당시, 민중들이 부르짖은 자유·평등·박애가 민주주의의 효시로 보는 것이 일반적인 경향인거 같다. 단적으로 미국을 민주국가의 표본으로 비견하는 것이 복잡한 용어 해설보다 쉽게 우리의 머리에 와 닿을 것 같다. 그렇다고 미국이 이상적인 완전한 민주국가라는 뜻은 아니다. 미국도 나름대로 여러 문제를 안고 있는 것이다. 가장 큰 문제가 평등과는 상치되는 여러 차별 문제가 있다. 인종차별이나 빈부의 격차 등 어느 사회에서나 있을 수 있는 보편적인 문제들이다.

　민주주의에는 거의 절대적인 요건이 있다. 다수결의 원칙, 법의 준수, 인권과 인격의 존중, 종교와 사상과 언론의 자유, 그리고 경제활동의 자유 등이 우선 열거될 수 있다. 이중에서 가장 중요한 것은 「다수결의 원칙」과 「법의 준수」 두 가지로, '민주주의'의 골간骨幹으로 간주된다.

민주주의가 정치체제로서는 최선이라는 것은, 동서 진영을 가릴 것 없이, 세계 어느 나라치고 민주주의 국가라고 내세우지 않는 나라가 없는 것으로 미루어, 이미 결말이 난 것이다. 한국의 경우는, 북의 조선민주주의인민공화국과 차별화하기 위하여, 자유민주주의라는 용어를 사용하고 있다.

한국의 민주화는 어느 정도로 진척된 상태일까. 거의 모든 분야에서, 북한과의 대치로 인한 안보 분야를 제외한다면, 선진국 수준에 다가왔다고 말할 수 있을 것 같다. 단 '한두 가지를 빼고서'라는 단서가 붙는다. 한쪽은 정권에 붙어서 기생충처럼 이권을 파먹는 일부 실세라는 자들이다. 다른 쪽에는 대한민국 입법기관인 국회의원들 중 민주주의라는 용어의 기본인 '다수결 원칙'을 모르는 것인지 무시하는 것인지, 분간이 안 되는 사람들이 있다. 안건 의결을 당리당략 차원에서 최루탄까지 터트리며 막무가내로 기피해버리는 무식한 당과 상당수 의원들이 엄연히 존재한다.

이명박 대통령은 그의 임기 중, 세계금융위기에서 슬기롭게 벗어나는 등, 상당한 경제적 성취를 이루었음에도, 그의 업적은 측근의 부정 의혹으로 인해 상당부분이 퇴색해버렸다. 불행히도 그는 측근의 인사 관리가 대통령 직무수행 기능 가운데, 매우 긴요한 부분이라는 것을 간과한 것 같다.

그는 한때 대기업의 CEO로써 명성을 떨친 전력에서 드러났듯이, 전문적인 현장 경험과 날카로운 감각·판단으로, 2008년에 불어 닥친 세계 금융위기에서 한국이 OECD 국가 중 가장 먼저 탈출하는데 앞장서 나왔다. 또한 오일 머니가 풍부한 중동에서 수백억 불에 달하는 원전을 비롯한 플랜트·건설 수주를 따냈으며, 자원외교에도 힘써 도처에서 에너지·철광석 등의 개발권과, 남미에서도 세계 최대의 리튬 광권鑛權을 확보하는데 성공했다.

젊은 층에서는 실업률 상승을 트집 잡지만, 한국은 양호한 편이라는 것이 국제 통계기구의 수치 비교에 나와 있다. 더구나 중소기업의 실업률은 오히려 마이너스이어서 외국인 130만 명 이상을 데려다 일을 시키고 있는 실정이다. 이는 전인구 대비 2.3% 대이다. 일본의 외국인 노동자 전체가 40만 명, 총인구 대비 단지 0.3% 임을 참조하면 입이 절로 벌어진다. 결국 실업률 중 상당한 수치가 3D 업종을 싫어하는 젊은이의 사치스러운 사고방식의 소산으로 여겨진다. 세계 최고의 고등교육 이수율이 한국의 고도 경제성장을 이끈 주된 동력이었던 반대급부로, 넘쳐나는 고학력자들의 3D 업종 기피 현상은 어쩔 수 없는 부작용이라고 할 수 있다.

의사당 단상에서 벌어진 의원들 간의 격투기 경기는 안방에서 혼자 관람하기에는 재미있었지만 그것이 전파를 타고 지구를 한 바퀴 돌겠지 하는 생각에 미치자, 식은땀이 절로 나고 스스로가 창피해져 "저런X들" 하는 소리가 절로 터져 나온다.

이 세상 어떠한 유토피아에서도 전 국민이 다 만족스러워 하는 법안은 있을 수가 없다. 대략 찬반이 반반으로 나눠진다고 일단 가정해보자. 문명인들이 원시적인 물리적 충돌로 답을 정하는 방법을 버리고, 평화적으로 답을 가리는 가장 합당한 방법이 '다수결원칙'이라는 철칙이 있다. 남녀노소 빈부 관계없이 일정한 자격을 갖춘 집단에서 어느 쪽이든 단 한 표라도 많은 쪽이 전체를 차지하는 룰(법)이 다수결 원칙이다. 이 법을 모르는 민주국가 국민은 단 한 사람도 없을 것이다(우리나라 일부 국회의원을 빼고).

국회가 존재하는 주된 이유는, 사사건건 일일이 전 국민의 찬반을 묻기가 불가능하기 때문이다. 그리하여 전국의 유권자 지역구와 각 정당의 득표율에 따른 비례대표를 포함해 3백 명의 국회의원이 선출된 것이다. 각 지역구민의 투표권을 위임 받아, 각 구역을 한 표로 정하여, 각 정당 비례대표의원과 함께 국민을 대리하여 표결을 하도록 한 것이다. 각 지역구를 대표하는 이상, 의원이 할 일은 다양하다 하겠지만, 그 중 상정된 의안과 법안의 심의와 결의가 대표적인 업무라고 할 수 있다.

소속된 당의 당론에 따라야 하는 제약이 있지만, 기본적으로는 국민을 대리하는 공복의 성질이 강한 게 사실이다. 따라서 당의 정책을 따르는 무조건의 추종보다 국민·국가의 이익이 반드시 우선되어야 한다.

앞서의 글 「한국인의 자조」에서 경제적 측면으로 논한 미국과의 FTA 문제를 정치적 측면에서, 다소 중복되더라도, 다시 예로 들어 검토해보자. FTA는 해당 국가 서로가 다 같이 득을 본다고 하지만, 일단 장단점은 엄밀하게 검토해봐야 한다. 각 분야의 예상되는 손익을 따져보고 찬반을 결정하되, 중대한 하자가 내포되었다고 중론이 모아지거나, 손익 계산이 자국에게 불리하다고 판단되면, 그 사실을 명확한 근거에 기반을 두어 제안자와 국민에게 알려야 한다. 또한 그러한 이견異見에 대한 제안자나 찬성 측의 반론도 귀담아 들어야 한다.

이렇게 찬반양론을 충분히 거친 다음에는 이 중대한 사안은 당연히 표결에 붙여져야 되는 것 아닌가. 그리고 각 의원은 소신껏 투표에 응하여, 비록 소수파에 가담하였더라도, 당당히 이름을 기록에 남겨 선거구민에게 잘잘못을 평가 받아야 하는 의무가 있다고 생각된다.

그런데 우리나라의 어느 당과 국회의원은 국민을 설득시킬 수 있는 경제 논리를 내놓지 못하고 자기류의 추상적인 정치 선전에 골몰하고, 최루탄과 격투기로 투표 자체를 강압적으로 방해하는 난동을 부렸다. 이들은 표결로서는 불리하다는 것을 숙지하고, 좌경(소위 진보세력) 당략에 눈이 멀어 수단방법을 가리지 않고 표결을 무작정 막으려는 행동을 한 것이다. 이들이 야말로 대다수 국민의 소망에 역행하는, '민주주의'의 기본인 다수결 원칙을 부정하는 무식한 자들과 다름없다고 하겠다.

이들이 상투적으로 즐겨 쓰는 말이 있다. 선진국의 복지가 어 떠니, 검찰이 어쩌고저쩌고 등등 우리가 아직 멀었다는 비판의 소리 말이다. 하지만 정작 국민의 비판은 법을 잘 안 지키는 사 이비 선량들에게 쏠려 있다는 사실을 깨닫고, 당사자는 즉시 시 정해 나가야 할 일이다. 선진국 운운 하는데 정작 그들은 충분한 토론을 거친 후에는 철두철미 다수결 원칙으로 답을 찾는다. 우 리나라 의원들처럼 당리당략에 얽매이는 사람은 별로 없다는 사실을 명심해야 할 것이다.

만일 당신이 지금 태어난다면……

2010. 8. 30일부 『뉴스위크 News Week '100개 국 최선 Best 순위'』 모두冒頭기사는 '만일 당신이 오늘 태어난다면, 어느 나라가 당신이 살기에 건강하고, 안전하고, 알맞게 번영하며, 그리고 상 지향적인 역동적 삶을 누릴 수 있는 최선의 기회를 줄 수 있을까?' 라고 묻고 있다. 이러한 특이한 조사 방법으로, 그러한 나라들의 순위를 결정하는 기준으로, 뉴스위크는 무슨 잣대를 사용하였을까. 고려할 사항이 너무나 복잡다단하다는 것은 자명한 일이다. 우선 전문 기관·학계 등에 의뢰해, 국가의 복지 항목을 세분하여 교육, 보건, 삶의 질, 경제적 경쟁력, 그리고 정치적 환경 등의 다섯 분야로 나누기로 하였다. 자료는 되도록 현재에 가까운 것을 이용하였다. 과거는 아무리 화려하고 빛

이 난다해도 참고하지 않았다.

뉴스위크는 말한다.

"갑부 워런 버핏Warren Buffett이 그에게 일어난 모든 좋은 일들은 그가 미국이라는 알맞은 나라에서, 알맞은 때에 태어난 덕이라고 말하기를 좋아한다. 하지만 최근 부富와 힘이 서에서 동으로 이동 중이고, (경제)위기 후에 새로운 질서가 계속 잡혀가고 있는 이 시점에서, 버핏이 미국 오마하Omaha에서 태어난다는 것이 과거처럼 더 이상 어떠한 이점이 있다는 확실한 증표는 없다. 지구상 어느 나라든 간에 출중한 인물이 나타날 수 있으니, 어떤 나라들은 자국민에게 어느 시점에서는 다른 나라 사람들보다 훨씬 더 큰 성공의 기회를 준다."

이는 한국을 포함해 동아시아 국가들이 높은 순위에 올라 있는 이유를 설명하고 있는 것이다.

만일 같은 질문을 60년 전에 세계 최빈국 상태에 있었던 한국인에게 던졌다면 어떠한 답이 나왔을까. 대부분은 다른 나라에 대한 정보에 접할 기회가 없었기 때문에 질문 자체가 실생활과 동떨어져 대답에 궁했을 성싶다. 하지만 일부 도회지 청소년들에겐 꿈에서라도 미국이라는 나라가 동경의 대상이었으리라고 짐작된다. 주한 미군을 통하여 들이닥친 서양 문명에 누구나 눈이 휘둥그레지던 일이 엊그제 같다. 하루 두세 끼 먹을 것을 구해 전전하던 우리들 눈에 미군은 하늘나라 사람들이었다. 손목에 찬 $15짜리 형광시계 하나만 해도, 우리의 전 재산 목록 일호에 해당 되었다. 보통의 일반인이 그것을 사려면 먹거나 입지 않고 두 달을 일해야 하나를 살까 말까했다. 만일 새로 태어날 곳을 선택할 수 있다면 당시에 미국을 지목하지 않을 사람이 없었을 것이다.

내가 눈이 파랗고 머리카락이 노란 서양인을 처음 본 것은 1943년경 영국군 포로들이 싱가포르에서 인천으로 끌려와, 염전에서 강제 노동을 당하고 있을 때였다. 그 당시는 일제의 세뇌 교육으로 미·영의 군인들이란 축생畜生(짐승)이라고 알고 있었기 때문에 포악한 하등 동물이란 선입감을 갖고 학교 동무들과 여름 방학 때 염전에 일부러 구경을 갔었다.

포로들은 군데군데 경비병으로 에워싸인 가운데 고무래로 소금을 긁어모아 가마에 담는 작업을 하고 있었다. 모두 웃통을 벗은 채, 햇볕에 그을린 피부가 검붉지 않고 불그스름한 적색을 띠고 있었던 것이 특이해 보였다. 예상과는 달리 건장한 체구를 지닌 포로는 한 명도 없었다. 모두 키는 훌쭉히 큰데 가슴팍은 납작하며, 하나 같이 갈비뼈가 튀어나와, 말라빠진 팔다리가 느리게 흐느적거리는 모습이 흉악한 짐승처럼은 보이지 않았다. 그 당시에는 미처 알아차리지 못하였지만, 그들은 극도의 영양 실조에 걸려 있으면서도 중노동을 강요당하고 있었던 것이다.

포로 전원이 본래의 몸매에서 살은 거의 빠지고 뼈만 앙상히 남아, 그야말로 피골이 상접한 상태로 목숨만 간신이 유지하고 있었던 것이다.

1945년 8월 15일 일본이 항복을 하자마자, 며칠 후부터 미국의 항공모함에서 날아온 함재기艦載機가 하늘을 쉴 새 없이 누비기 시작했다. 그리고 포로수용소 언저리에 하늘에서 낙하산이 먹을거리를 매달고 수없이 떨어졌다. 인천 앞바다에는 곧 미국 함선과 더불어 병원선이 들어와 포로들 전원이 긴급 후송되었다. 이러한 여러 상황을 목격한 우리들에겐 꿈에도 상상 못할 놀라움이었다. 미국이란 나라는 우리의 현실과는 너무나 격차가 큰 환상 속의 나라였다.

그런 나라에 태어난다면 하는 심리는 인간의 본성이라 할 수 있을 것이다. 이러한 흐름은 그 후에도 수십 년 이어졌던 것이다. 필자도 그런 심경에서 자유로울 수는 없었다고 실토하지 않을 수가 없다. 특히 74년 월남 붕괴 직후 자칫 미국 이주를 저울질한 일도 있었다고 고백하겠다. 실지로 학교 동기 중에는 구미로 유학을 떠나 아예 그곳에 정착하고 있는 학우들이 상당수가 된다.

하지만 세상은 새옹지마처럼 돌고 돈다. 지금은 단연코 아니다. 한마디로 1950년대에 대한민국(선택권이 있다면 태어나기를 가장 기피하였을 나라)에서 태어난 사람들은 발전 지향적인 면으로 본다면 세계에서 가장 축복 받은 사람들이다. 왜냐하면 과거 60년간의 국가 성취도에서 대한민국은 세계에서 의심의 여지없이 맨 꼭대기에 우뚝 서있기 때문이다. 국가 자체뿐 아니라 그 국가를 구성하는 국민 개개인에게도 당연히 그만큼 성취의 기회가 돌아왔던 것이다. 1945~50년대 $50~$60에서 2011년도 $23,000 즉 400배 이상이 향상되었다. 물가 상승률을 감안해도 40~45배라는 천문학적 수치이다. 이에는 추호의 과장도 없다. 이것이 전 세계가 한국을 주목하는 이유인 것이다.

대한민국의 비상飛翔

앞서의 미국 시사 주간지 '뉴스위크Newsweek'에는 세계 최우수Best 100개국의 서열이 매겨져 있다. 종합 평가 순위 외에, 생활의 질, 경제의 역동성, 교육, 그리고 건강(보건 의료) 등 5개 분야로 나누어, 각 분야별로 매긴 순위표를 해설부로 발표한 것이다. 한국이 30위 정도에는 들겠지 하는 선입견이 들어 기대 반 불안 반으로 종합 순위를 더듬어 갔다. Korea가 얼핏 눈에 뜨이지 않는다. '아 참, South Korea로 표기되지' 하는 생각이 들어 다시 거꾸로 훑어 올라간다. 욕심을 부려 20위 안까지 지나서 유럽 선진국 이름이 즐비한 데까지 가도 역시 안 보인다.

40여 년 전에 자주 겪던 일이다. 한국이 세계 최빈국에서 개발도상국으로 빠져 나올 때 말이다. 랭킹 일백 몇 십 위에서 몇

자리만 올라가도 그렇게 반가울 수가 없었다. 다음 발표가 기다려지는 심정이었던 기억이 되살아난다.

두어 장을 넘기자 나는 눈을 의심하였다. South Korea가 눈에 꽉 차오른다. 한국이 경제 역동성 분야 랭킹에서 미국에 이어 세계 3위를 한 것이다. 일본은 10위로 한국보다 한참 뒤졌다. 한국 경제의 강력한 역동성이 좋은 평가를 받은 것이다. 필자의 놀라움은 여기서 끝나지 않는다. 다섯 개 분야 중 경제에 이어 교육 분야에선 더 높은 평가를 얻은 것이다. 핀란드에 바짝 붙어 2위를 하였지만 각 분야를 대표하는 특별 해설을 교육 분야에서 유일하게 한국이 차지한 것이다.

뉴스위크 해설: 이 분야에서 '핀란드'가 앞섰지만 한국이 2위라 하여 그렇게 뒤처진 것은 아니다. 이 아세아 국가는 전통적으로 교육의 질과 학생들의 배움의 열기에서 정평이 나 있다. 이 나라 학생들은 2단계 교육인 중·고등학교를 마치는 것은 말할 것도 없고, 더 나아가 대학에 진학하여 학위를 획득할 확률이 세계에서 가장 앞서 있다고 보인다. (한국 부모들은 자녀들 시험 준비 학습에, 막대한 자금을 쏟아 붓는 것으로 악명이 높다 - 유명하다.) 지금은 상상하기도 힘들지만 1960년대를 되돌아보면 한국의 국가 자산은 '아프가니스탄'과 동등하였다. 오늘날 한국은 세계에서 가장 부유한 나라 중의 하나이다. 그러한 성과는 대부분 한국이 그들의 역량을 교육에 집중한 덕이라고 여겨진다.

놀랍게도 한국은 종합 순위에서 전 세계 200여 개 국가 중에서 당당히 15위를 차지한 것이다. 한국이 프랑스·이태리·스페인·오스트리아 등을 넘어선 것이다.

그렇다. 대한민국은 이제 더 이상 가난한 나라이기는커녕 개발도상국가도 아니고, UN 총회 의장국이며, UN이 개발된De-veloped 국가로 분류하고 있는 지가 오래된 OECD 회원국이다.

뉴스위크 해설에 언급된 바와 같이 1960년대의 한국의 국가자산은 아프가니스탄과 동등하였지만, 현재는 세계의 최선 국가 100개국의 순위(Overall Ranking List of The world's 100 Best Countries) 중 내로라하는 선진국들 한가운데 당당히 끼어 있는 것이다.

대한민국(한강)의 기적은 어떻게 일어난 것일까. 새삼 이러한 문제를 논한다는 것이 진부하다고 젊은이들은 고개를 돌릴지 모르겠다.

하지만 이러한 질문은 우리 스스로가 아니더라도 근래 전 세계 여러 나라에서 끊임없이 제기되고 있는 것이다. 자기나라에 앉아서 호기심으로 물어만 보는 것이 아니라, 직접 한국까지 찾아와서 한국의 성취를 확인하고 그 노하우를 배우겠다고 야단들이다. 비단 저개발국들뿐 아니라, 믿거나 말거나, 심지어 한때 우리의 기업들이 추종의 대상으로 삼았던 일본의 유수 기업체들조차도 많은 인원의 연수단을 삼성전자를 비롯해 현대자동차,

현대중공업, 포스코, LG 등의 세계 최정상급에 올라있는 기업체에 연구차 보내오고 있는 실정이다.

수많은 개발도상국들이 한국을 자국 경제 개발의 모델로 삼고, 자원 개발과 인프라 구축에, 한국과 손을 잡아 보려는 나라들도 부지기수이다.

60여 년 전 조선이 세계 최빈국 상태로 일제의 마수에서 해방되었을 당시, 조선에는 문맹률 80%의 전 인구 중 80%가 농민이며, 10%대의 공업인구 기반은 가내공업 수준이었다. 자본도, 기술·기술자도, 생산 시설도, 자원도 없었다. 가장 중요한 식량자급률은 80% 미만, 중등교육 시설조차도 교육 대상자의 5%도 수용할 수가 없었다.

교육 분야를 제하고, 이러한 상태는 1960년 대 전후까지 근 20년간 지속되었다. 그간 설상가상으로 3년여의 6·25라는 전란으로 전 국토가 잿더미로 변한 적도 있었다. 그 나마 미국의 식량 지원으로 기아를 면한 것만도 천만 다행이었다고 할 수 있다. 한 가지 이 기간에 한국인이 아니면 그 누구도 할 수 없는 성취가 있었다는 것이 특기 할만하다. 한국인의 교육열로 회자되는 인재 양성이었다. 밥을 굶더라도, 소를 팔고 땅을 팔아서도 자식 교육을 시키는 조선 민족의 특성이 유감없이 발휘된 것이다. 이 시기에 줄잡아 무려 230만 명의 6년제 중·고등학교 수료자와 40여만 명의 4년제 고등 교육(대학 이상) 이수자를 배출시켜 놓은 것이다.

이는 일제가 위와 동일한 기간인, 해방 직전 강점기 20년간에 배출한 누계 22만 명의 3~5년제 중등 교육 이수자와 1만 6천 명의 3년제 고등(전문대) 교육 이수자의 각각 10~20배 이상에 해당하는 수치이다.

한국의 고도 경제 성장기가 시작되는 제1차(1962년~1967년)와 제2차(1968년~1973년) 경제개발계획을 실행할 때, 주도적 역할을 감당할 인재들을 미리 양성하여 대기시켜놓은 거나 진배없었던 것이다.

경제 개발의 3대 요소인 자본·기술·인재 중 인재 양성이 우리 민족 고유의 교육열 덕으로 미리 갖추어진 것이며, 기술 습득도 우수한 인재들에 의해 초고속으로 해결되었다. 다만 자본이 걸림돌이었다. 당시의 군사독재정권은 야당을 비롯한 매스컴의 들끓는 반대를 무릅쓰고, 온갖 수단을 다 부렸다. 대일청구권·차관, 미국의 경제원조에 필사적으로 매달리다 못해, 서독광부·간호사의 파견, 월남 파병, 열사熱砂의 중동 건설 붐 등으로 가득稼得하는 외화를 누차에 걸친 경제개발계획에 집중적으로 쏟아 부었던 것이다.

자원 빈국인 한국이 가난에서 벗어나는 유일한 방도가, 제조 산업을 일으켜 수출입국輸出立國밖에는 다른 길이 없다고 판단한 통치세력은 62년 제1차 경제개발5개년계획 수립을 시작으로, 연달아 제2, 제3, 제4차 계획을 성공적으로 추진·실시해 나갔다. 가발, 신발, 의류, 잡화 등의 손쉬운 경공업 공략을 시작으로, 점차 규모를 키워 제반 타 분야로도 넓혀 나갔으며, 동시에 중화학 공업과 인프라 구축에도 눈을 돌렸다. 누가 보더라도 황당한 모험으로 비치는 포항제철을 착공하였고, 경인·경부 고속도로의 준공과 동시에 부산·인천의 항만 확장을 서둘렀다. 다른 한편 새마을운동을 제창하여 농촌의 근대화에도 힘을 쏟아 부었다.

천연자원이라고는 무연탄과 시멘트 원료인 석회암이 전부나 다름없었던 한국으로서는 어렵게 마련한 외화로 원자재를 수입해 와서 가공을 하여 수출을 하는 식으로, 외나무다리를 곡예 하듯이 건너온 것이다. 1970년도를 전후하여, 조선반도 수천 년 역사상 처음으로 전 국민의 먹을거리가 해결된 것이다. 이에 따라 전체 인구가 급격히 증가하기 시작하였으며 경제 고도성장에 가속도가 붙은 것이다.

한편 북한의 사정은 남한과는 상반되게 전개되었다. 1945년 8월 15일 해방과 동시에 조선반도가 38선으로 갈라졌을 때, 북조선에는 남조선과는 달리 일제가 두고 간 유산이 지대하였다. 전체 공업 시설의 90%와 수·화력 발전설비의 94%가, 풍부한 지하자원과 함께 북한 일원에 쏠려 있었다. 이러한 방대한 공업 시설에 기반을 두어, 구류된 일본인 기술자와 소련의 도움으로 북한 공산당정권은 소위 독재 통제 경제 시책을 일시적이나마 성공적으로 펼쳐나갔다. 당연히 초기 경제 발전 속도는 남한보다 앞서 나갈 수 있었다. 그러나 불행하게도 공산 정권은 발전에서 얻은 과실果實을 재투자나 민중에게 돌리지 않고, 인민군 육성과 군비 확충에 쏟아 부었다.

일반적으로 제3자 입장인 외국의 경제학자들은 1968~9년을 기점으로 남한이 경제면에서 북한을 앞지르기 시작하였다고 평가하고 있다. 박정희 대통령과 김일성 주석과의 싸움에서, 전자는 현명하게 경제 발전에 총력을 기울였고 후자는 어리석게도 이념에 사로 잡혀 국민들 배를 굶겨 가면서 군비·병력 확충에 몰두하였다고 그들은 냉소한다.

40여년이 지난 지금 남북 간의 격차는 더욱 극과 극으로 벌어졌다. 북쪽은 식량난으로 주변국에 구걸의 손을 내민 상태에서, 아직도 핵무기 개발에 사활을 걸고 있고, 남쪽은 세계 유수의 첨단 공업국으로 발돋움하여 선진국 문턱을 밟고 올라섰다. 불과 반세기만에 한국은 세계 최빈국에서 선진국에 진입한 유일한 나라로 역사에 기록될 것이 확연하다.

한국의 경제 발전사 뒤안길에는 너무나도 크나큰 난관과 장애물이 시시때때로 도처에 도사리고 있었다. 어느 하나도 그 고비를 넘기지 못하면 파탄이나 좌초가 불가피하였을지도 모르겠다. 물론 그에 따른 개인이나 집단의 희생이나 헌신은 불가피했다.

첫째, 만일 월남 파병이나 사우디 열사의 건설 시장이 없었다면, 당시로선 공업화에 필요한 그 막대한 외화 가득을 대체할 방도가 달리 없었을지도 모르겠다. 충분한 외화 없이는 독자적인 초기 경제 개발은 타국에의 예속 없이는 불가능하기 때문이다. 따라서 경제 개발 속도는 정체될 수밖에 없다.

둘째, 73년도 석유파동, 79년 대통령 시해사건과 80년 5·18 광주 민주화 운동, 97년도 IMF 사태, 2009년도 금융 위기 등 정변과 경제 파탄 촌보 직전까지 갔었던 사건 등을 한국인은 애국애족의 정신으로 슬기롭게 넘겼던 것이다. 특히 IMF 사태의 조기 탈출은 거의 기적과 같은 일이었다. 최근 조그만 나라인 그리스 경제 위기 사태가 전 유럽을 침체의 늪에 끌어들이고 있는 실정을 감안하면 남의 이야기 같지가 않다.

전 세계의 모든 선진국들이 아직도 최근의 금융 위기의 후유증에서 벗어 나오지 못하고, 경제 성장이 멈췄거나 후퇴한 가운데, 유독 한국이 가장 먼저 빠져나와 비록 저성장이나마 발전을 이어가고 있는 것이다.

더구나 이러한 모든 한국의 성취는, 공산 집단의 끊임없는 위협에 내비하기 위해 해마다 GNP의 3~5%를 60민 대군의 육성·유지에 투입하면서도 이루어졌다는 사실이 특기할 사항이다.

인천공항과 일본 간사이공항

　최근 오랜만에 인천국제공항에 들를 기회가 있었다. '세계 최우수 공항상'을 7년째 연속 수상하였다는 플래카드가 눈길을 끈다. 전 세계 177개국 1,640개 공항 중 ACI(세계 공항 대변기구) 1등상을 한 번 받는 것도 대단한데 연속 7회라니 출중한 성과이다.

　성시를 이루고 있는 여객터미널을 둘러보면서, 문득 20세기 말을 전후하여 곧 완공을 눈앞에 둔 인천공항 부실 시공설이 연일 요란스럽게 매스컴을 타던 기억이 떠올랐다. 이와 같은 보도의 발단은 1994년에 완공한, 일본이 자랑하는 신 간사이국제공항이 바다 속으로 가라앉고 있다는 외신보도가 기폭제가 되었던 것으로 여겨진다.

일본은 오사카만에다 육지에서 4km 떨어진 바다 한가운데를 일부 매립하여 인공 섬을 조성해, 허브HUB 공항을 목표로 간사이국제공항을 건설하였다. 하지만 개항 후 5년이 지난 시점에서 여객터미널을 비롯한 방대한 시설물들이 바다 속으로 5cm 내외나 가라앉고 있다는 보도가 나돌았다.

일본은 '그러한 경우의 대책으로 건축물 기둥 밑에 디지털 자동 잭Jack을 일일이 설치해 큰 참사를 예방할 수 있게끔 대비가 되어 있다'고 하면서, 인천공항도 바다를 매립한 땅에다 건설 중이니 '지반 침하 경우에 대비해 어떠한 대책이 마련되어 있느냐'하는 힐책詰責성 보도 일색이었다. 이어 흠집 내기에 열을 올려 사소한 시공상의 문제점 들춰내기 경쟁을 벌이기까지 하였다.

정부가 수조 원의 자금을 투입해 의욕적으로 벌이고 있는 대역사가 자칫 하자투성이 괴물로 전락해버리는 것이 아닌가 하는 기우와 불안감 속으로 온 국민을 몰아넣고 있었던 것이다. 필자는 상식을 벗어난 보도 내용에 더 이상 궁금증을 참을 수가 없었다. 일부러 시간을 내어 영종도 공사 현장을 찾아가기로 마음을 정했다.

인친 월미도에서 페리를 타고 택시로 연계해 공항건설 본부 홍보관으로 달려갔다. 때마침 서울 모 대학 토목·건축과 학생 수십 명이 인솔교수와 함께 도면을 중심으로 에워싸고 홍보 담당자의 공항 설계와 시공에 대한 상세한 설명을 듣고 있는 중이었다.

나의 유일하고도 최대 관심사는 건축물 각 기둥의 기초 파일 설계 도면이었다. 외국계 건축설계회사에서 토목·건축 설계 작업에 직접 관여하고 있었던 관계로, 나도 나름대로의 지식을 쏟아 노골적인 전문적 질문을 설명자에게 던졌다.

그 결과 얻은 답은 신문 보도가 문제의 핵심에서 멀리 벗어난 것임을 금시에 알아차리게 되었다. 나는 가슴을 쓸어내리고 콧노래를 부르며 홍보실을 나섰다. 인천공항 건설 현장에는 아무런 문제도 일어날 우려가 없었던 것이다.

천만 다행으로 공항 매립지 지층 깊이 50m 이내에 암반층이 존재하고 있었다. 보링Boring 도면 전체가 암반으로 표기되어 있었던 것이다. 이것은 각 기둥의 하중을 지탱할 파일 끝이 암반 위에 얹혀 있다는 것을 말해 준다. 다시 말해 인천 공항의 모든 건축물 기둥의 부하負荷는 암반 위에 맞닿은 파일이 받아주고 있어 지반 침하의 가능성은 추호도 없다는 뜻이다. 더욱 안심이 되는 일은 공항 시공 과정이, 세계 유수의 외국계 전문 감리단의 현장 입회하에 철두철미 확인되고 있음을 알게 되었기 때문이다.

인천국제공항 구축물의 지반 침하 우려는 매스컴이 과학적 근거도 없이 여건이 전혀 다른 간사이공항을 빗대어 쏟아낸, 한

날 억측과 기우에 지나지 않았던 것이 확연해 보였다.

애초에 나의 관심은 인천공항에 못지않게 일본의 간사이공항 쪽에도 적잖이 기울었던 것이 사실이다. 나는 여유로운 마음으로 간사이공항에 발이 닿을 기회를 엿보기로 하였다.

2000년 초 멕시코에서의 용무를 마치고 LA에서 서울행으로 환승을 하게 되었을 때, 나는 일부러 오사카 경유 서울행 편을 선택하였다. 하늘에서 내려다 본 간사이공항은 부지가 믿기지 않을 만큼 소규모였다. 일본 제2위의 국제허브공항 규모에 대한 선입감에 터무니없이 못 미치는 크기였다. 활주로 하나에 계류장과 여객·화물 터미널, 그리고 부속 건물을 빼면 여유 땅은 한 평도 없는 것 같았다. 한 발만 헛디뎌도 바다에 빠질 것만 같은 감이었다.

급유 관계인지 재이륙까지 두어 시간의 여유가 있었다. 잘 되었다 싶어 대합실 안내원에게 부탁해 공항 시설 관계 정보 책자를 구했다.

현재 사용 중인 간사이공항의 제1단계 공사는 1994년에 완공되었다. 급증하고 있는 항공 수요를 관동지방의 나리타공항과 분담시킬 목적으로 건설된 간사이關西지방을 대표하는 국제공항이다. 오사카시 59km 남쪽의 해안에서 3.75km 길이의 연육교로 연결해 바다를 매립한 총면적 190만 평 규모의 인공 섬을 조성한 것이다. 애당초 한국·중국·동남아 일원과 서방 제국과의 연계를 염두에 둔 허브 공항을 기획하고 그에 상응하는 방대한 부지를 추가적인 바다 매립으로 확보할 양이었다. 그런데 2000년이 다가오는, 제2단계 확장이 절실히 요망되는 시점에서 지반 침하라는 심각한 난관에 부딪치게 된 것이다. 결국 그 후 확장 공사는 상당한 기간 재론되지 않았다.

이 문제는 공항 개발 계획 초기에 내포되어 있었다. 기초 조사 시, 예정지의 지반의 전반적 보링Boring은 기본이며 필연이다. 보링 결과는 아무도 예상치 못한 기상천외의 것이었다. 해저에서 땅 속 밑으로 500m 정도가 점토층인 것이다. 당연히 그 곳을 포기하고 다른 후보지를 찾아야 했다.

하지만 나리타공항에서 겪었듯이 주변 지역민의 결사적인 반대로 육지에서 수백만 평의 공항 부지를 구한다는 것은 현실적으로 불가능하였다. 그렇다고 아무 바다에나 인공 섬을 만들 수도 없고 설사 만들다하더라도 경제적인 접근성이 고려되어야 한다. 다른 선택의 여지가 없었다. 거기엔 일본 토목 기술의 자존심도 관계되는 일이었다. 모든 토목 기술과 구조 역학을 동원하여 도전 못할 일도 아닐 성 싶었던 것이다.

엄연한 자연의 섭리에 인간의 교만이 얼마나 무력한 가를 의심하는 사람은 별로 없었던 것 같다. 온갖 아이디어를 집성하여 만들어낸 작품이, 물 위에 철로 된 배를 띄우듯이, 500m 깊이의 점토층 위에 공항이라는 초대형 배를 띄우기로 한 것이었다.

그리고 만일의 경우에 대비해 여객터미널 건축물의 906개 기둥 전체에 전자식 자동 잭(Jack-Up)을 달기로 한 것이다.

그 후의 결과는 우리가 다 아는 바이다. 간사이공항의 제2단계 확장은 시행되지 않았고, 허브는커녕 세계의 기준으로 볼 때, 국제선 계획 여객수 연간 1200만 명, 국내선 1300만 명을 취급할 수 있는 이류 공항으로 정착되고 만 것이다.

일본의 토목 기술자들이 무엇을 간과한 것일까? 점토에는 마찰계수가 거의 없다. 따라서 고체로 된 하중이 점토층 위에 얹히면 아래에 깔린 점토가 옆으로 밀려날 가능성이 있으며, 또한 새로운 하중을 수년 간 견디다보면 점토층에 물리적 '피로Fatigue'가 올 수도 있다. 여기서 피로라 함은 생물체뿐만 아니라 무생물체에도 피로가 생겨 재질의 수축이 미소하나마 일어날 수 있다는 뜻이다. 예컨대 강철에 인장력Tension이 오랫동안 작용하면 피로가 생겨 길이가 늘어나고, 물체가 과부하 압력Compression을 받으면 오그라드는 것이 철칙이다.

이러한 간단한 이론을 일본 기술자들이 왜 간과하였는지 짐작이 가지 않는다. 물론 500m 깊이의 점토층이 위에서 과도한 하중을 받았을 때 그것이 어떠한 반응을 일으킬 것이라는 실지 상황이, 전대미문이라는 사정은 이해할 수 있다. 철골 기둥에 잭을 단 일에서 알 수 있듯이 일본 기술자들이 사전에 최선의 예비적 노력을 기울인 것은 평가 받을 만한 일이다. 분명히 설계자들의 유추의 한계를 넘어선 자연조건 탓으로 책임을 돌릴 수 있을 것 같다. 여기서 인천공항에 대해 그 후의 귀추를 좀 더 알아보자.

매스컴의 멋대로의 터무니없는 오보 소동과는 달리, 공사는 지체 없이 견실히 이루어졌다. 2000년 6월에 여객·화물 터미널 등 기본시설이 순조롭게 완공되어 시운전을 거쳐 2001년 3월에 개항, 국제 항공계에 그 웅장한 모습을 자랑스럽게 드러냈다. 학을 형상화한 아름답고 우아한 주 건축물의 날개를 퍼덕이기 시작한 것이다.

아이러니컬하게도 인천공항은 일본의 어느 공항보다도 일본인 환승객 수가 더 많다. 일본의 중소 도시에서 구미歐美 여행 때, 나리타나 간사이를 통하여 환승하는 것보다 인천공항에서 환승하는 것이 비행편수도 다양하고 시간도 절약되며 경제적인 것이다. 비행장 수용 능력 까닭에 일본의 중소 도시에서 나리타·간사이행 편수보다 인천행 편수가 훨씬 더 많아졌기 때문이다. 인천공항의 위치가 일본인 여객에게도 안성맞춤인 것이다.

2013년 현재 인천국제공항은 극동 지방을 대표하는 허브 공항으로 자리가 굳건히 잡힌 상태임을 다음 쪽 표가 웅변으로 여실히 나타내고 있다.

완공된 제1 및 제2단계 인천공항 제원諸元

공 항 부 지: 1,437만 평(확보된, 최종 제5 단계 예정지 포함)

활　주　로: 2본 X 3,750m 및 1본 X 4,000m

여객터미널: 연건평 12만 평, 별도 탑승동 5만 평,
　　　　　　총 연건평 계 17만 평

탑　승　객: 연간 4,400만 명 목표
　　　　　　2011년 실적 연간 3,500여만 명, 환승객 566만 명

화물터미널: 연간 450만 톤의 화물 처리 시설 완비

제5단계 최종목표

공 항 부 지: 1,437만 평(이미 확보)

활　주　로: 2본 X 3,750m 및 3본 X 4,000m, 계 5본

여객터미널: 총 연건평 약 30만 평

탑　승　객: 연간 8천만 ~ 1억 명

화물터미널: 연간 1천만 톤의 화물 처리 시설

삼성전자 봉쇄 성전聖戰

  이 표제는 2012년 5월 5일 자 일본의 주간지 『동양경제』에서 따온 것이다. 지면에는 '아시아 특보' 란에 표제가 「홍하이 곽 회장의 성전聖戰, 샤-프와 제휴하여 삼성 봉쇄」로 크게 나와 있다. 글자 그대로 대만의 홍하이 곽 회장이 '삼성전자를 상대로 성스러운 전쟁을 벌이다' 이다.

  제목에 비하면 기사내용은 별스러운 것도 아니다. 명색이 경제 전문지이면서, 요란스럽고 자극적인 표제가 붙어, 눈길을 끌었던 것인데 그냥 웃고 지나치기엔 얼떨떨한 내용이었다. '삼성전자와 라이벌 관계인 일본의 한 유수 전자 회사가 획기적인 신제품으로 도전장을 내밀었나보다' 하는 식의 애초의 예상은 어긋났다. 일본의 적자투성이의 제3위 가전 회사인 샤-프와, 대

만의 한 전자 회사 간의 단순한 자본 제휴 기사인데, 어떻게 아무
관련이 없는 제3국의 세계적인 삼성전자를 도마 위에 올려놓고
무슨 라이벌이니, 성전이니, 봉쇄니 하며 스스로 소인배임을 자
처하는 어불성설을 쏟아내고 있는 것인가 하는 개탄이 치민다.

　기사 내용인즉 - 2011년도 결산에서 3,800억 엔(한화 약 5조
원)의 적자를 낸 일본의 샤-프전자와, 1,300억 엔의 출자를 하겠
다는 대만의 대형 전자기기수탁생산(부품조립)업체인 홍하이鴻
海精密工業 간에 자본 제휴를 맺었다는 것이다. 샤-프의 주된 적자
요인은 60인치 대형 LCD(액정 PANEL)생산 과잉 설비에다,
주요 전자 제품에서 삼성·LG에게 가격 경쟁에 밀렸기 때문이
다. 홍하이는 애플의 i-폰을 수탁 생산하고 있는 회사인데, 가까
운 장래에 예상되는 애플의 대형 i-TV 수탁 생산에 대비해, 샤-
프의 유휴 대형 액정 패널 생산설비를 이용할 계산에서 나온
선제 투자라는 것이다.

　그런데 애플의 일개 하청 업체에 불과한 홍하이가, 어떻게 애
플의 강력한 라이벌이며 세계적으로 초대형 기업인 삼성전자를
감히 '성스러운 전쟁'의 대상으로 삼았다고 주장하는 〈아시아
특집〉을, 왜 『동양경제』가 다루고 있는 것일까. 그 의도가 모호
한 기사는 이렇게 맺고 있다.

　"(생략) 즉, 샤-프에 대한 투자는 i-TV 수주 전에 대비해, '홍하이'로

서는 하지 않으면 안 될 결정이었다. 애플은 지금, 삼성전자·LG 디스플레이 등 한국회사로부터 액정패널 수급 비율을 줄이려 하고 있다. 이런 와중에, 가장 가격이 높은 액정패널에 있어, 이번 제휴를 통하여 샤-프가 애플의 최대의 공급자로 될 가능성이 생긴 것이다. 이 일이 실현된다면, 홍하이는 애플과의 관계를 이제까지 이상으로 긴밀화 시킬 수 있다.

텔레비전 혁명이라는 새로운 싸움터에 임함에, 애플의 i-TV에서 수주를 획득하는 것은, 홍하이로서는 애플 제품의 주요 부분을 손에 쥐는 것일 뿐 아니라, 동시에 최대의 라이벌인 삼성전자를 봉쇄해 버리는 일이 된다."

도대체 위 특집 기사의 취지가 무엇인지 모르겠다. 난데없이 삼성전자가 갑자기 홍하이의 최대 라이벌이라고 기사는 확언하고 있다. 그리고 더욱 괴상한 것은, 그 말은 곽 회장이 아니라, 『동양경제』가 자의로 만들어 내고 있는 것이다. 표제는 요란스럽게 '대만 홍하이 곽郭 회장의 삼성전자에 대한 성전'이라고 선전포고를 하였는데, 진작 곽 회장은 그 기사에서 삼성에 대해 일언반구도 없었고, 존망의 기로에 선 샤-프에 자금을 출자해 구세주가 되었다는 내용뿐이다.

새삼 삼성전자가 일본 전자업계에 던지는 위상과 공포감을 『동양경제』를 통하여 실감할 수 있는 본보기라 하겠다. 이 기사에서는, 한때 잘 나가던 일본 전자 산업계를 밟고 뛰어 넘은 삼성전자에 대한 선망과 시기심을 읽을 수 있을 뿐이다. 일개 일본의 저널리스트가 속성상 직접적인 표출을 못하고, 대만의 곽 회장 입을 무단으로 사칭하여, 기사로나마 삼성전자를 봉쇄하기를 꿈꾸고 잡지기사에 멋대로 실은 희망 사항인 것이다.

작금의 세계 생활 가전 업계는 특대인 애플과 삼성전자가 앞서나가고 있고, LG·SONY·PANASONIC, 그리고 중국의 몇몇 회사들이 그 뒤를 쫓고 있다. 아날로그 시대를 이끌던 일본의 전자 회사들이 디지털 시대로의 변환에 꾸물대는 동안, 삼성과 애플은 재빠른 대처에 성공, 두 회사는 디지털 시대의 선두 주자로 자리를 잡았다.

애플은 i-PAD와 i-Phone에서 독보적이고 독창적인 착상과 기술개발로 천문학적 이익을 올리며 세계 모든 산업의 선두를 달리고 있다. 삼성전자도 이에 뒤질세라 결사적으로 추격전을 벌여, 스마트 폰 전쟁에 뛰어들어 2012년 1~3분기에 드디어 삼성의 갤럭시가 애플의 i-Phone 판매 대수를 추월하는 기적을 연출하였다. 이익 창출 면에서는 아직 애플에 못 미치지만, 삼성은 하드웨어에서 강점을 지니고 있어, 기타 여러 주요 IT 종목에서 세계 랭킹 1위에 올라있는 것이 허다하다. LCD·LED·OLED 등 고화상 TV, 메모리 반도체, 액정 패널, 그리고 전체 판매 대수에서 노키아조차 따돌린 휴대 전화기 등등……

불과 10년 전만 해도, 삼성의 시가총액은 당시 세계 제1의 가전 메이커였던 SONY의 절반에도 미치지 못했다. 지금은 그 반대이다. 이익을 내지 못하고 있는 SONY의 주가는 많이 떨어져, 값이 치솟은 삼성과는 비교할 수 없을 정도가 되었다.

이러한 삼성전자를 봉쇄하겠다고 『동양경제』는 대만의 부품 조립 전문 업체인 홍하이의 이름을 사칭하여 성전을 헛되이 외치고 있는 것이다.

옛날 옛적 아날로그 시대(30여 년 전)에, 삼성과 샤-프의 관계에 대해, 전해 내려오고 있는 매우 흥미로운 전설이 있다.

1969년에 설립된 삼성전자는 무에서 시작해 70년대 중반에는 일본에서 주요 부품을 수입해 흑백텔레비전과 냉장고를 만들어 국내 수요를 충당시키고, 간신히 라디오용 트랜지스터를 만드는 수준까지 기술을 넓혀나갔다.

70년대 초에 이르자, 미래지향적인 삼성 그룹 회장의 아들 이건희 씨는 욕심을 부려 황당하게도 당시 일본이 독차지하고 있었던 첨단산업인 반도체에 눈을 돌리기 시작하였다. 이 분야야말로 깜깜 절벽이 가로막고 있었던 74년에, 당시 이건희 전무는 주변의 반대를 무릅쓰고 자기 돈으로 한국반도체를 염가에 사들인 것이다.

삼성은 무턱대고 기술제휴를 구해 당시 세계를 석권하고 있던 일본의 유수 반도체 제조업체 문안을 기웃거렸다. 하지만 히타치와 도시바 같은 선두 그룹은 가당치 않다는 듯이 하나 같이 문전박대였다. 아이러니하게도 그때 응대를 해 준 유일한 회사가 '샤-프'였다. 일본 제3위의 전자 회사이지만 최근 수년래 해마다 대규모 적자에 시달려 거의 재정 파탄 상태에 빠져 있어, 2013년 초에 삼성이 대형 액정 패널의 안정적 확보를 겨냥해 3%의 지분을 출자한 바로 그 샤-프였던 것이다.

자칫 샤-프가 삼성의 반도체 산업의 은인으로 비칠 수도 있지만, 실상은 그런 것도 아니었다. 반도체 공장에서 일할 견습생을 보내겠다는 삼성의 제의를 샤-프가 받아들이긴 하였지만, 그들의 속셈은 다른 데 있었던 것이다. 말이 견습생이지 막노동꾼과 다름없는 조건부로 받아들인 것이다. 메모리 D램 생산 공장의 일본인 기능공들 밑에서 잡역 일만 거드는 조건이었다. 즉 생산 기술은 가르쳐주지 않고 노동력만 이용하겠다는 것이다.

삼성 측에선 어떻게 해서든지 기술을 엿보기라도 할 심산으로, 국내 일류대학교 공과대학 수료자들을 엄선하여 기술연수생 명목으로, 눈물을 머금고 단순 노동자로 위장시켜 파견하였다. 이때 이들이 현지에서, 온갖 수모를 감내하며 겪은 고역이, 이들로 하여금 후일 한국의 메모리 반도체 세계 제패의 밑거름이 된 영웅들로 역사에 남게 된 것이다.

막상 이들이 반도체 제조공장에서 실제로 한 일은 아침 일찍

출근하여 공장 내부와 제품 생산기계를 윤이 나도록 청소하고, 고졸 출신의 일본인 기능공들이 시키는 잡다한 조수 일을 굴욕을 삼키며 충실히 실행하는 것이었다. 그러면서 그들의 작업 과정을 곁눈으로나마 지켜보고, 제품 처리기술을 머릿속에 치부해 나가는 것이 고작이었다. 애당초 취업조건이 조수 역할로 한정되었으며, 일본 기능공과의 기술에 관한 문답 금지와 기술 교습 불가라는 조건부였다. 그렇기 때문에 연수생들은 각자가 제조 공정의 과정 같은 중요한 기술 정보를 작업 현장에서 틈틈이 곁눈질로 짤막히 머릿속에 기록해나갈 수 있을 뿐이었다. 그리고 매일 밤늦게까지 숙소에서 서로의 기억을 짜맞춰가며 종이에 기록함으로써 반도체 제조기술을 습득·집성하는데 전심전력을 기울였던 것이다.

이렇게 시작된 삼성의 메모리 반도체 사업은 우여곡절을 겪으면서도 눈부시게 성장해, 십 수 년래 세계 제1위로 등극한 삼성은 제2위 하이닉스와 더불어 전 세계를 압도하고 있다. 2012년에는 일본 D램 반도체의 마지막 생산 보루였던 인피니온 마저 적자로 문을 닫게 되는 지경으로 만들고 말았다.

삼성이 반도체 기술제휴를 갈구하다 문전박대를 당한 히타치와 도시바를 위시하여, 거드름을 피우며 한국의 대졸 엘리트 연수생들을 고졸 기능공의 조수로 묶고 반도체 제조공정기술에 접근을 막았던 샤-프 등은 그 후 어떠한 경로를 밟았을까.

작금 일본의 메모리 반도체 산업은 한국과의 경쟁에 완전히 밀려 전부 다 문을 닫은 지 오래다. 그뿐 아니라 디지털화에 뒤처진 일본의 최상위 가전 회사 10개의 2010~2012년도 연간 실적은 다 합쳐도 삼성전자 한 회사의 해당 연간 실적에 못 미치는 판국이 벌어졌다. 이러한 역사의 심판에 새삼 쾌재를 부르기보다도, 열심히 노력하는 자에 대한 천상의 순리는 극히 엄정하다는 감상을 지울 수가 없다.

참고로, 2012년 4월 말 기준으로, 삼성전자의 주식 시가 총액은 1,979억 불이고, 일본의 제1위 종합 가전생산업체인 파나소닉은 189억 불, 제2위 SONY는 163억 불, 제3위 샤프는 50억 불도 안 된다.(출전: 일경日經 이코노미스트, 2012. 5. 5)

삼성전자의 질주는 그침이 없다. 2013년 전반기 실적은 매출이 100조 원을 넘어섰고 영업이익은 사상 최대인 18조 3천억 원이다. 일본의 몇몇 상위 전자산업 업체들이 수년래 막대한 적자에 허덕이는 것과는 대조적으로, 삼성전자는 연간 매출액, 영업이익, 시가총액 등에서 일본 업체의 추종을 불허하는 세계 최대·최고의 종합 전자 산업 개발 및 제조 회사로 등극한 것이다.

한국이 일본을 뛰어넘은 12가지 이유

일본이 한국을 따라 오지 못하는 원인

탈출한 노예가 갖는 가장 큰 염원은 무엇일까. 자신의 안전이 완전히 보장되었다면, 그는 억울한 노예생활을 강요한 주인이나 정복자에 대한 원한 맺힌 앙갚음을 떠올릴 것이다. 일제강점기 35년여를 치르고 빠져나온 한국인은 그렇지를 못했다. 원념怨念에 사무치지 않아서가 아니라, 너무나 가난해서 먹고살기가 더 바빴던 것이다. 침략자인 왜국에 대한 성전聖戰은 강력한 경제력이 관건이기 때문에 오랜 준비 기간이 필요했다.

해방된 지 65년이 지난 2010년이 되어서야 한국은 오랜 꿈을 이룬 것 같다. 한국이 다방면에서 드디어 일본을 뒤쫓고 뛰어넘기 시작한 것이다. 만일 우리가 지금 선전포고를 한다면, 그것이 올바른 뜻에서 성전이 되는 것이다. 앞서의 『동양경제』가 꾸민, 한때 왜국의 노예 국이나 다름없는 식민지이던 한국의 삼성전자를 봉쇄하겠다는, 일본의 소위 성전 음모는 되풀이되는 일제의 침략전쟁이지 성전이라는 것은 가당치도 않다. 성전은 한국인만이 일본에 대해 쓸 수 있는 말이다.

근래 전쟁이란 용어의 뜻이 둘로 나눠진 지가 한참 되었다. 하나는 종래의 개념인 인명의 살상과 시설물의 파괴를 일삼는 사생결단의 땅 뺏기 싸움이고, 다른 하나는 파괴의 반대인, 생산·서비스업 경쟁, 즉 경제 전쟁이다. 한국은 현명하게도 일본에 대한 성전으로 후자를 택했다. 쫓고 쫓기는 경제 전쟁이 수십 년 이어져 왔고 현재도 치열하게 진행 중이다. 처음엔, 바위에 돌 던지기처럼 보였던 전황은 점차 호전되어, 지금은 한국이 상당한 교두보를 확보한 것은 물론이고, 어느덧 적의 텃밭격인 첨단산업 심장부까지 진출한 상황이다.

일본이 잔나비 소리를 들어가면서 미국의 선진 기술을 배우거나 얻어다가 모조품을 만들어 내다 팔기를 시작으로, 한국전쟁을 계기로 공산품 생산·수출 입국을 성취하게 되었다. 동서의 날 선 대립 속에서 미국이 극동의 일본을 자기 진영에 묶어 두는 깃은 필요 불가결의 정책 과제였다. 동시가 냉전으로 맞시고 있던 시대를 배경으로, 미국의 지원이라는 어부지리를 얻은 일본은 일취월장으로 공업화가 진행되어 세계적 경제대국으로 성장하였다.

한국이 해방 전 일제강점기에 이어, 그 후에도 6·25 동란 등 갖은 난관 속에 1965년경까지 20년간을 세계 최빈국 상태로 경제 전쟁 밑바닥에서 허덕이고 있을 동안, 일본은 고도성장을 지속해 그 격차는 더욱 벌어져 벽의 높이는 요원하다 못해 까마득했다.

그런데 기적은 한국에도 일어나기 시작하였다. 난데없이 5·16 군사혁명이 일어나, 1962년부터 5개년 경제개발계획이 연달아 성공적으로 누차 이어지며, 일본보다도 더 빠른 고도의 경제성장이 수십 년간 지속되어 환상 같은 한강의 기적이 일어난 것이다.

이제 본론에 들어갈 때가 된 것 같다. 최근 수년간 세계적으로 경제난을 겪는 나라가 한 둘이 아니다. 현대문명의 본거지인 유럽을 비롯해 심지어 미국과 일본 등 경제 랭킹 1위와 3위까지도 위축된 상태이다. 작금 일본을 포함한 내로라하는 몇몇 선진국들의 신용등급이 떨어지는 판국이 벌어지고 있는 실정이다. 수출로 입국立國한 한국도 예외일 수는 없을 것이다. 이런 상황 하에서 유독 한국만이 버틸 수 있을 지는 기대 밖이라 할 것이다.

하지만 세계의 눈은 다르다. 주요 외신은 최근 한국의 상황이 OECD 국가 중 제일 나은 쪽에 든다는 것이다. 때마침 급성장 중인 13억 인구의 중국이라는 거대 경제권에 인접한 이점도 있고 해서, 비록 비율은 떨어졌어도 경제성장이 유지되고 있는 몇 안 되는 OECD 국가 중에 한국이 들어 있는 것이다. 무엇보다도 근래 세계 3대 신용평가기관들에 의한 국가신용등급의 승격 평가로, 대한민국이 일본과 대등하다는 꿈같은 현실이 이러한 모든 상황을 여실히 밝혀 주고 있다.

어느새, 한국의 저력은 실로 놀랄만한 수준으로 갖춰진 것이 확연하다. 세계적인 불황 속에서도 한국의 기업들은 경쟁력에서 적자에 허덕이는 일본의 유수 기업들을 압도하고, 세계적인 우수기업으로 등극하고 있다.

현 문명사회의 주된 제조 산업 분야에서 한국이 차지하는 비중은 놀랍게도 역동적 면에서 평가할 때, 선진국 중에 최상위에 올라 있는 나라 중에 하나라는 것이다. 세계 최고 수준에 올라 있는 산업만도 IT, 전자·부품, 자동차·부품, 철강, 조선, 중장비, 석유화학, 플랜트·건설, 섬유, 원자력 발전소 등등, 거의 모든 주요 분야를 망라하고 있다. 위에 열거한 분야에서 우리가 일본에 뒤지는 분야는 얼핏 눈에 안 뜨인다. 대부분 대등한 수준이지만, 오히려 우리가 경쟁력에서 뚜렷이 앞선 분야가 더 많이 눈길을 끌고 있다.

가장 중요하고 비중이 큰 IT·전자 분야가 대표적이다. 정평이 난 대로 한국은 세계 최고의 IT 강국이다. 전자 중에서 생활가

전의 비중은 현대인의 생활수준과 직결되는 요체이다. 세계 TV 시장에서 한국은 최첨단·범용汎用 둘 다 압도적 우위를 몇 년래 지키고 있다. LCD·LED·OLED 액정 패널, 각종 메모리 반도체, 범용 휴대전화기·스마트 폰의 판매 수량에서 둘 다 세계 제1위이다. 일부 하이테크 부품 분야에서는 여전히 일본에 의존하고 있지만 전자산업 전체 규모에서 차지하는 비중은 대수롭지 않다. 차세대 유망사업인 전기자동차의 리튬전지 분야에서도 삼성 SDI와 LG 화학이 일본을 제치고 앞서가고 있다.

원자력 발전소 건설 수주에 이어 중동의 담수화 플랜트 시장에서는 전혀 예상치 못한 일이 벌어지고 있다. 기름 값 폭등으로 오일 머니가 쌓인 산유국들이 앞 다투어 수백억 달러에 달하는 담수화 플랜트를 발주하고 있는 가운데, 한국의 플랜트·건설사들이 세계 유수의 큰 회사들을 물리치고 상당한 양의 수주를 석권하고 있다는 소식이다. 플랜트 분야는 하청조차 얻기 힘들다던 한국회사들이 어느새 원청原請 업자로 자리를 굳혔다는 뜻이다. 몇몇 일본 회사들은 본선에 끼지도 못했다는 후문이다.

일본에 대한 성전 운운할 필요도 없이, 저들은 2011년도 쓰나미를 겪는 등 제풀에 도태되어 가는 것인지도 모르겠다. 아마 도태까지는 아닐지라도, 앞으로 성장을 바라볼 상황이 아님은 여러 정황으로 미루어 뚜렷해 보인다. 다음 쪽에 한일 양국의 주요 경제지표와, 경제와 밀접히 관련된 제 사회상을 대비시켜,

한국이 일본에 대해 음으로 벌이고 있는 경제 성전의 실상을 객관적으로 음미해 보자.

한일양국 주요경제·사회지표

항목	일본	한국
1. 국가 채무(2011년도)	연간GDP의 210% 이상	연간 GDP의 50% 이하
2. 65세 이상 노령인구	총 인구의 24%	총 인구의 12%, 최소 10년간 생산 활동 우위
3. 최근 10년간 평균 경제성장률	성장은 정지 상태	4~7% 대의 지속 성장
4. 교육열 (뉴스위크 랭킹, 2010. 8. 30)	세계 제5위	세계 제2위
5. 경제 역동성, 뉴스위크 랭킹(외국인 노동자)	세계 제10위 (40만 명 내외, 인구 대비 0.3%, 노동력 과잉)	세계 제3위 (130만 명, 인구 대비 2.5%, 생산 활동 왕성)
6. 지진·쓰나미 등 자연 재해 위험도	진도 7~8도 규모의 발생 빈도가 잦아 산업 전반에 악영향	진도 5도 미만의 경미한 지진만 수십 년에 한번
7. 물가 및 구매력	일본을 100%로 기준	물가: 85% 이하 구매력: 120% 이상
8. 분야별 대기업 수출 경쟁력	일본 우위: 기계 장치산업, 일부 전자부품 등 제한적	한국 우위: IT·전자 전반, 자동차부품, 석유화학, 조선, 플랜트·건설
9. IT 경쟁력, 한글과 일본 가나의 차이	가다·히라가나 각 50개의 음표와, 한자를 변환해가며 입력	24개 자·모음만 사용하는 한글의 절대 우위로, 속도에 수배 차

10. HUB 공항과 항만 (수출 인프라)	객·화물 환승 및 물동량 나리타공항의 열세 고베항의 열세	객·화물 및 환승·수출량 인천공항의 우세 부산항의 우세
11. 부실기업 구조조정	지지부진, 버블 붕괴 후 침체의 늪에서 벗어나지 못하고 있다.	단호하고 과감함 IMF 사태와 최근의 금융 위기에서 입증됨
12. 위기 대처 국가능력	대체로 양호하지만 최근 20년 간 경제 침체 늪에 빠져 있음	전 국민의 즉각적이고 적극적인 참여가 체질화 조속한 위기탈출 성공
13. 애족 애국심	사회 전체가 사랑보다 오로지 충성심에 쏠려 있다. 개인주의 보편화 경쟁력 저해 요인	유교 영향으로 조상·부모에 대한 효, 개인 간의 정, 애국심을 고루 갖추었다.
14. 한일 양국의 현저한 문화 차이: 성도덕	사촌간 혼인 같은 친족상간은 우생학적으로 심각한 문제가 있다.	동성동본 간조차도 혼인은 금기 사항이다.
15. 정권의 대외 부도덕 일변도 정책	과거 침략사에 대한 반성 없이, 용서받지 못할 미화 망상에 젖어 있다.	한국인의 가슴은 넓다. 허나, 침략 반성·사과 없이는 용서될 수 없다.
16. 대표적 정신문화	사무라이 즉 무사도. 싸움 질을 동반하여, 인명 경시의 혐이 있다.	선비의 인과 덕, 즉 평화의 화신이다.
17. 민족성 특징	뉘우침에 인색한 민족이다. 좀처럼 잘못을 인정하지 않는다.	잘못은 저지르지만 솔직히 뉘우치며 안팎이 다르게 하지 않는다.
18. 경제와 유교문화	동양 삼국이면서도 유교와는 연관성이 없는 나라다.	유교국 중국과 상호 보완해, 밀접하게 연계된 경제성장이 예상된다.

위 표의 해설은 최소한 간략히 줄여도 그 취지는 자명하다고
하겠다. 보완 해설이 필요하다고 판단되는 너 댓 항목만 아래에
논거 하겠다.

「제4항목 교육열」에 대하여

고금을 막론하고 한국인의 교육열은 유별나다 못해 거의 광적
이다. 개화 이전 수세기에 걸친 서당 열풍, 광복 후의 콩나물 교
실, 6·25 동란 중 피난지에서의 천막 교실 등 어떤 열악한 조건
하에서도 교육열은 사그라질 줄을 몰랐다. 세계가 경탄하는 한강
의 기적도 주요인으로 교육열이 양산해낸 무수의 고급 인재가
성장을 견인하는 작용을 한 것으로 자타가 인정하고 있다.

그렇게 열악하였던 교육 환경도, 경제 성장에 발맞춰 작금은
거의 선진국 수준에 올라와 있다. 한국의 교육열은 더더욱 달아
올라, 10만 명을 헤아리는 초·중·고 조기 유학생들은 차치하고
미국 대학 유학생만도 현재 7만 명을 넘어 일본의 2~3만 명을
월등히 앞서고 있다. 뉴스위크 랭킹이 아니더라도, 한국의 교육
열이 식지 않는 한, 일본이 한국의 발전 속도를 따라오기는 요원
해 보인다.

「제5항목 경제 역동성」에 대하여

역동성이란 성장성과 직결되는 말이다. 공업 생산에 종사하는 노동력의 추이는 해당 산업의 현 상황을 나타내는 바로미터가 된다고 볼 수 있다. 한국 수출품 제조 업계의 수출 물량 증가세가 크게, 그리고 오래 계속되는 가운데 노동력 부족 상태는 지난 10년 간 이어지고 있다. 월 $2,000이라는 적지 않은 월급으로도 내국인만으로는 충당하기가 불가능하기 때문에, 외국인을 불러들이는 것이다. 일본의 경우, 총 인구 대비 외국인 취업자 비율은 한국보다 현저히 낮다. 단적으로 역동성에서 한국에 뒤지고 있다는 뜻이다. 또한 불황이 닥치더라도 한국의 실업률은 외국인 노동자를 감축함으로써 조정할 수 있는 이점利點이 있다.

「제9항목 IT 경쟁력」에 대하여

IT의 생명은 기술과 동시에 그 효율이 속도에 달려 있다. 기술의 우열은 쉽게 분간되는 것이 아니지만, 사용상의 속도는 금시에 판별이 난다. 일본어의 비극은 뜻의 애매함과 극소로 제한되는 표음 방편에 있다. 달랑 50 음표 밖에 안 되는 음표문자 가나仮名로서는, 히라가나로 일본 고유문자를, 가다가나로 외래어(주로 영어)를, 그리고 한자는 가나로 변환을 해가며 입력을 해야 되는 번거로움을 겪어야 하는 것이다.

그에 반하여, 단 24개의 자·모음 키(key)로 거의 무한대의 표음이 가능한 음절문자인 한글의 우수성은 일본의 가나가 도저히 견줄 상대가 될 수 없다. 비근한 예로 문자 메시지를 주고받을 일을 상정想定해보면 실감날 것이다.

「제11항목 HUB 공항과 항만」에 대하여

한국과 일본의 국제 허브 공항과 항만 인프라를 대비해 보면, 그 우열이 뚜렷이 드러나 보인다. 앞서의 「인천공항과 간사이공항」난에서 기술한 바와 같이, 일본 제2위의 국제선 공항인 간사이공항은 시설용량과 실적이 인천공항의 30%에도 미치지 못하기 때문에 논외이고, 제1위인 나리타공항이 유일하게 비교 대상이 되는 것이다. 결론부터 말하면 나리타는 도저히 인천공항의 경쟁 상대가 되지 못하고 있다. 인천공항을 7년 연속 세계 최우수 공항으로 뽑은 ACI World Airport Traffic Report에 의하면, 인천은 국제선 탑승객·환승객·화물 수송·환적 등 모든 면에서 수량으로 이미 나리타를 현격히 앞서고 있는 것이다. 인천공항의 확장 계획과 이웃한 중국의 부상 때문에 해가 갈수록 그 격차는 더욱 벌어질 수밖에 없다.

부산항과 일본을 대표하는 고베항의 대비도 공항과 대동소이함이 뚜렷이 나타나고 있다. 부산이 차지하고 있는 입지조건 때문에, 극동지방에서는 전 세계의 주요 항로가 부산으로 집중되는 현상이 작금 진행되고 있는 것이다. 중국의 막대한 수출 물량이 부산에서 환적 되어 세계 각지로 향하는 것이 한국 자체의 수출 물량에 가산되는 상승효과를 내고 있는 것이 주원인이다. 일본 제1위인 고베항은 위치상 부산에 밀려 침체의 늪에 빠져 있다는 소식이다. 이에 반하여 부산은 최근에 준공된 신항 컨테이너 부두마저 벌써 풀가동 중이라는 것이다.

　허브 공항·항만의 경쟁력에서 한국은 일본에 대해 거의 절대 우위에 있는 것이다.

「제12항목 부실기업 구조조정」에 대하여

　경제위기에서, 한일 간의 극명한 차이는 구조조정에서 찾을 수 있다. 한국이 IMF 사태에서 세계가 주목할 정도로 빠르게 성공적으로 탈출한 일등공신은 뼈아픈 구조조정을 감내한 덕이라고 여겨진다. 물론 금을 갹출醵出한다든가 외화를 아끼려 유학생을 불러들인다든가하는 온 국민의 희생적인 정신무장이 뒷받침되었던 것도 빼놓을 수 없는 덕목이지만, 실질적 기여도는 구조조정으로 허리띠를 졸라맨 것이 크게 주효했다고 보인다.

　일본의 경우도 버블의 꺼짐으로 심각한 타격을 받은 것은 한국과 대동소이지만, 그 여파로 장장 20년 가까이 불황에 허덕이고 있으며 작금까지도 여전히 빠져나올 낌새가 보이지 않는 실정이다. 원인은 한일 간의 문화 차이 때문인 것 같다. 일본은 충성심이 보편화된 사회다. 국가나 기업에 충성을 바치면 그 대가로 평생 먹을거리를 보장해 주게 되어 있다. 구조조정의 필수적인 요건이 인원 감축이다. 즉 대량 해직이란 전통적 일본사회 질서의 붕괴를 뜻하는 것이다. 그 누구도 그 일을 감내할 수는 없을 것이다. 결국 한국처럼 철저한 구조조정이 안 되고, 경쟁력 제고가 더욱 어려워진 것이다. 최근의 일본 최상위 가전 3사의 몰락의 경우가 좋은 예이다. 한때 전 세계 가전계를 휩쓸면서 일본에 유래 없는 외환보유고를 쌓아올린 Sony·Panasonic·Sharp 세 회사는 수년래 하나같이 영업 적자 실적에 시달리다가 이제야 마지못해 구조조정을 서두르고 있다.

위 표가 확연히 보여주는 것은 앞으로 성장성만 따진다면 한국의 우위는 적어도 십년은 요지부동임이 뚜렷하다. 따라서 현 시점에서 일본과의 비교우위가 대등하거나 앞선 한국의 기업은, 현 추세가 이어질 것으로 판단됨에 따라, 일본의 추종에서 자유롭거나 오히려 그 격차가 더욱 벌어질 가능성이 커 보인다.

일본이 따라오지 못할 것이란 표제의 성립 가능성은 이와 같이 충분하다고 생각된다.

일제강점기 역사 왜곡

『大韓民國の物語(대한민국 이야기)』 재비판

일제 강점기를 경험한 사람들의 수가 작금 급격히 줄어들고 있다. 1945년 일제로부터 해방된 지 67년이 지났다. 당시 초등 학교에 적어도 5~6학년에 재학 중이었거나, 그 연배 이상이던 사람이라면 그 시대를 산 경험을 조금이나마 기억 할 수 있을 것이다. 그 나이 또래를 하한선으로 잡으면 2012년 12월 기준 으로 78세 이상이 해당된다.

「과거는 아름답다」라는 통속 어구가 말해 주듯이 웬만한 과 거사는 좋게 회상되는 것이 인지상정일 것이다. 그렇지만, 일제 강점기를 조금이나마 겪은 사람이라면, 호사豪奢를 누린 친일 매 국노가 아니었던 이상, 그럴 사람은 단 몇 사람도 나올 성 싶지 않다. 그만큼 혹독한 시절이었던 것이다. 헐벗고 배고픔은 기본이고 민족 차별에다 교육의 기회·인권·언론의 자유·조선말 사용, 그리고 고유문화 등등이 모조리 박탈되어 아무런 희망도 없고, 강제 노동·징집·징용·정신대·위안부 등 조선 천지에는 오직 고통과 좌절로 점철된 시간과 공간이 있을 뿐이었다.

그런데 근래 이와 같은 역사적 사실을 송두리째 부정하는 일제강점기 예찬론자가 일본 극우는 말할 것도 없고 한국 사학계 일각에까지 나타나는 돌연변이가 일어났다. 놀라운 것은 이들은 제2차 세계대전 종전 후 세대로 강점기가 어떠하였는지 냄새조차 맡아보지 못한 자들이다. 이들은 종래의 모든 일제의 수탈설이 과장·왜곡·날조로 일관되었다며, 새로운 학설이라고 역사 수정론을 들고 나와 기존의 엄연한 참 역사를 부정하고, 새 역사를 다시 써야 한다고 날뛰고 있는 것이다. 이들의 특성은 친일계親日系 서구인에 의한 수정주의 역사서에 영향을 받아서인지, 일제가 강점기에 조선의 근대화를 이루었다는 터무니없는 허위 주장을 어떠한 역사적 근거도 없이 일본의 출판물에 올리고 있는 것이다.

그 비근한 예가 2009. 3. 1 일본의 대표적 출판사인 문예춘추사에서 일본어로 발간한 『大韓民國の物語(대한민국 이야기)』부제:「한국 역사교과서를 다시 써라」이다. 그 후 재판까지 찍어낸 이 책의 저자는 서울대학교 낙성대경제연구소장 이영훈이다. 이

영훈 씨는 우리나라의 국사교과서를 호되게 헐뜯는다. 아래에 그 일부를 인용하겠다. 먼저 독자의 양해를 구할 일이 있다. 필자의 졸저『일제강점기 진실의 문』(2011. 7. 16, 한국학술정보)에서 『대한민국 이야기』내용 전반에 걸쳐 그 부당성을 공인된 역사 사료에 기반을 두고 철두철미 비판한 바 있다. 일부가 다소 중복되는 감이 없지 않지만 사안의 중대성에 비추어 중요 부분 일부를 다시 인용하는 것이다.

이영훈의 「국사교과서 수탈론國史敎科書の收奪論」중에서

"1910~45년 일본 식민지 시대에 대한 일반 한국인이 지니고 있는 집단기억은 한마디로 요약하면 수탈收奪입니다. 〈일본의 조선 통치는 수탈 외는 그 아무 것도 아니었다. 정당한 대가를 지불하지 않고 타인의 재산을 뺏는 행위가 수탈이며, 일본은 무자비하게 우리 민족의 토지와 식량, 노동력을 수탈했다. 그래서 우리 민족은 초근목피로 간신히 목숨을 이어 가거나 해외로 유랑할 수밖에 없었다…….〉 과거 60년간 국사교과서는 이와 같이 국민을 가르쳤기 때문에 오늘날 대부분의 한국인은 그렇게 믿고 있습니다. 그 국사 교과서를 좀 더 상세히 소개하겠습니다. 2001년에 발행된 고등학교 국사교과서를 읽으면 〈일본은 세계 역사상 유례類例가 없을 정도로 철저하고 악랄한 방법으로 우리 민족을 억압하고 수탈하였다〉고 쓰여 있습니다. 〈예컨대 총독부는 1910~18년 사이 토지조사사업을 통하여 전국 농지 4할에 달하는 많은 토지를 국유지로서 뺏어, 그 토지를 일본에서 이주해 온 일본인 농민이나 동양척식과 같은 국책회사에 염가로 불하하였다. 또한 총독부는 생산된 쌀의 반 정도를 뺏어 일본에 실어 내갔다. 농사를 다 끝내면 병·경이 총검을 대고 수확의 반가량을 뺏어 갔다…….〉 이와 같이 해석할 수 있는 문맥으로 학생들을 가르쳐 왔습니다. 또한, 〈일본은 노동력을 수탈하였다. 1940년 대 전시기에 약 650만 명의 조선인을 전선에, 공장에, 탄광에 강제 연행하여 임금도 주지 않고 노예처럼 혹사시켰다. 그중에는 조선의 처녀들도 있었다. 정신대라는 명목으로 조선의 딸들을 동원해 일본군의 위안부로 삼았는데 그 수가 수십만에 달했다…….〉고 교과서는 기술하고 있습니다.

그렇지만 나는 감히 말합니다. 이와 같은 교과서의 내용은 사실이 아닙니다. 전혀 사실과 맞지 않는 것도 있고, 비슷하게 사실인 것도 있지만 내용이 과장되었거나, 틀리게 잘못 해석된 것이 대부분입니다. 놀랠 분도 많다고 생각되지만 단도직입으로 말하면, 그와 같은 이야기는 전부 교과서를 쓴 역사학자가 만들어 낸 이야기입니다. (생략) 일반 대중의 집단 기억으로써의 역사가, 정치화된 역사가에 의해 인위적으로 만들어진 것이라는 역사의 본질을 국사교과서의 수탈설만큼 적나라하게 보여주는 사례는 아마도 다른 데에는 없을 것입니다."

똑같은 사건을 놓고도 보는 이의 시각에 따라 내용이 정반대로 해석되는 일이 있듯이 이영훈의 위와 같은 주장은 영락없이 일본 우익 국수주의자들의 시각보다도 더 황당무계하다는 것이 자명하다. 이영훈은 '일제강점기에 조선에서는 수탈과 비슷하거나, 과대하게 부풀려졌는지 몰라도, 일본에 의한 어떠한 수탈도 없었다'고 확언하고 있다. 한 마디로 그 모든 수탈설은 정치화된 한국 역사가에 의해 인위적으로 만들어진 것이라고 단언하였다.

물론 필자의 생각은 다르다. 이영훈이야말로 허위·날조로 일관된 매국노적인 낭설로 소설을 쓰고 있다고 보인다. 여기에 일제에 의한 온갖 수탈을 다 거론할 수는 없지만, 그 중에 조선인에게 가장 큰 고통을 안겨 준 토지, 미곡, 인력(정신대·위안부·징용 등 강제동원)에 걸친 3대 수탈에 한정해 논거해 나가겠다.

미곡 수탈에 대하여

이영훈의 이어진 주장: "생산된 쌀 거의 반이 일본에 건너간 것은 사실입니다. 하지만 쌀이 반출된 경로는 빼앗긴 것이 아니라 수출(이출)이라는 시장경제의 길을 통해서였습니다. (생략)쌀이 이출移出된 것은 총독부가 강제로 한 것이 아니라, 일본 본토의 쌀값이 30% 정도 조선보다 비쌌기 때문입니다. 수출을 하면 농민과 지주가 더 많은 소득을 남기지만 수탈을 당하면 기근 밖에는 아무 것도 남는 것이 없습니다. 수출 결과로 조선의 총소득이 늘어나 전체적인 경제가 성장하였습니다. 부족한 식량은 만주에서 조나 콩 같은 대용품을 구입해서 충당하였습니다. 구체적인 추계에 의하면 인구 1인당 칼로리 섭취량이 반드시 줄었다고 말할 수 없는 실정이었습니다."

우리 민족 생존 자체와 관련된 사안으로 일제의 미곡 수탈설만큼 더 예민한 문제도 드물 것이다. 과연 진실은 무엇일까? 답은 의외로 매우 간단해 보인다. 이영훈의 말마따나 일본에 건너간 쌀이 수출이 아니라 수탈이었다면 이 땅엔 기근만이 남게된다. 결론부터 먼저 말하면 불행하게도 30% 더 비싼 가격을받고 일본에 수출된 쌀은 한 톨도 없었다. 해마다 일본에 건너간800여 만 석의 미곡 중 절반가량은 오직 일본인 지주들의 소작료 수탈로, 나머지 반은 총·칼과 다름없는 공출 명목이나 미곡통제령統制令에 의거한 가격으로 시가의 반도 안 되는 염가로 공판장에서 총독부 대행업자에게 강제 매매된 것이다. 통제령을 어기고 타지에 반출된 미곡은 몰수되고 체벌을 받기 때문에 눈 뜨고 수탈을 당하는 것이다.

합당한 대가의 절반도 지불하지 않고, 시장가격으로 치면 반의반도 안 되는 가격으로 강제로 거둬 갔으니 엄연한 수탈이다. 결국 조선농민의 8할을 차지하는 소농·소작인에게 돌아가는 쌀값은 한 푼도 있을 리가 없다. 그러니 굶주림에 시달리다 못해 줄을 이어 유랑 길에 오를 수밖에 다른 도리가 없었다.

이영훈의 허위 주장을 입증하는 데는 백 마디 말보다 다음 쪽 표2가 진실을 확연히 밝혀준다.

표 2 조선 양곡 수이출현황 (1931~1938)

연도	미곡(석)		대두(석)		조(석)
	수이출량	수이입량	수이출량	수이입량	수입량
1931	8,536,600	57,398	1,611,410	359,609	983,996
1932	7,001,762	96,246	1,708,936	172,173	1,366,438
1933	7,466,469	98,433	1,458,658	188,063	964,440
1934	9,259,213	138,208	1,448,929	314,370	1,281,515
1935	8,537,152	238,827	999,452	178,846	940,765
1936	8,423,196	161,199	1,252,905	324,502	1,152,484
1937	7,336,393	157,860	1,154,509	640,415	716,660
1938	9,520,392	49,447	1,099,355	321,993	682,666
8년간 합계	66,081,177	997,618	10,734,154	2,499,971	8,088,964
연평균	8,260,147	124,702	1,341,769	312,496	1,011,121
연평균 순이출	8,135,445		1,029,273		

출전: 『일본 척무성 척무통계』 제1~4권

표 2는 『일제강점기 진실의 문』에서 인용한 것이다. 미곡이 가장 많이 일본에 이출되던 1931~1938년 8년간 양곡 이출입 상

황을 일본정부 척무성이 발간한 『척무통계』에서 발췌한 참 자료에 기반을 두어 필자가 작성한 것이다. 해마다 일본에 이출한 미곡 800여 만석의 대체식량을 만주에서 조나 콩 같은 잡곡을 수입해 충당하였다는 이영훈의 주장이 100% 허위임을 여실히 드러낸다.

위 표에서 양곡 연평균 순 이출량은 미곡 813만여 석과 대두 102만 9천여 석이다. 이영훈의 주장과는 정반대로 잡곡 총 수입량에서 콩은 수입량보다 이출량이 오히려 4배 이상 더 많다. 오직 조만이 불과 연평균 101만 1천여 석이 수입되었을 뿐이다.

조선인의 전통적 주곡인 미곡만 매년 생산량의 반 가까이 갖은 명목으로 억울하게 수탈된 것이다. 일제의 본토 미곡부족량 확충기지화 정책으로, 조선의 식량 과부족 상태는 강점기 내내 끊임없이 지속되었다. 춘절 보릿고개 때 초근목피로 생을 보존하는 조선농촌의 참상이 조선총독부가 자체 발간한 『조선총독부 30년사』에 상세히 기술되어 있다.

또한 이영훈은 일본의 쌀값이 조선보다 30% 더 비쌌다고 하였는데 이는 전혀 사실이 아니다. 일본정부 『척무성척무통계拓務省拓務統計』1~4권에는 1928~1939년 사이 12년간의 국정 제반에 걸친 통계가 빠짐없이 기재되어 있다. 양곡 이출입移出入에 관해 각 품목당 가격·수량 등이 연도별로 상세히 계산되어 있는 것이다. 『척무통계』를 위시하여, 일본은행·조선은행·기타

각 행정기관의 일본제국 전체 대도시간의 그 어떠한 도·소매 물가표에도 조선과 일본의 쌀값 편차가 최대 8.3%를 넘는 것은 없다. 이영훈의 주장은 전적으로 허위로 밝혀진 것이다. 쌀값을 30% 더 받아 조선의 경제가 발전하였고, 부족한 식량은 만주에서 조나 콩을 수입해서 충당해 조선인의 칼로리 섭취량이 줄지 않았다는 주장도 말짱 소설처럼 꾸며낸 거짓 이야기에 지나지 않는다는 사실을 앞서의 통계표는 확연히 입증하고 있는 것이다.

필자의 저서 『일제강점기 진실의 문』에는 이 문제에 대한 철저한 비판이 공인된 제반 증빙 사료에 기반을 두어 기술되어 있다. 이런 문제에 관심이 있는 사람은 참고삼으면 좋을 것이다.

정신대와 위안부 문제

이와 같은 미곡 수탈 부정론 외에 뭇 사람의 큰 관심사인, 위안부 강제 연행 문제를 거론해 보자. 이영훈이 전적으로 부정한 강제동원에 대한 허황한 이야기에 대해서다. 일본인 편집광의 넋두리와 다름없는 이영훈의 허위 주장은 점입가경이다.

"정신대와 위안부는 전혀 다르다. 한국 사람은 둘을 같은 것으로 혼동하고 있는데, 이는 잘못 기술된 한국 역사 교과서 때문에 생긴 전 국민의 집단의식集團意識에 기인한다. 정신대는 군수 공장에 동원된 여성 근로자를 가리키는 말인데, 조선에서는 정신대 영장이 발부된 적이 없기 때문에 강제 동원은 없었고 어디까지나 자원 형식을 취했다. 따라서 정신대 영장으로 전선에 끌려가서 강제로 위안부 노릇을 당했다는 말은 성립 안 된다. 위안부 모집은 제겐女衒(필자 주: 인신 매매업자의 일본어)이나 자진 응모자로 충당되었고 일부 악덕 업자의 감언에 사기를 당한 것이지 강제 연행은 없었다."

한마디로 이것이 한국인이 쓴 글인가 싶다. 강제 연행된 위안부들의 가슴을 찌르는 수많은 증언이 있었고, 미국 하원의 '일본정부사죄요구결의안'을 위시해 전 세계가 일본의 야만성 규탄에 들끓었다. 1993년 일본의 고노 관방장관이 「위안부 강제 연행을 사과하는 공식 담화문」까지 발표한 마당에, 국립대학의 이영훈 교수는 위안부 강제 징집을 전적으로 부인하고 있는 것이다. 필자는 이영훈의 부당성을 『일제강점기 진실의 문』에서 제반 증거와 해당 사료를 곁들여 엄하게 비판한 바 있다.

그 중 하나가 정신대 영장 건이다. 이영훈은 위안부는커녕 정신대 강제동원까지도 영장이 발부된 적이 없었기 때문에 강제가 있을 수가 없었고 자진 입대뿐이라는 주장이다. 그 주장의 근거가 가관이다. 소위 학자라는 사람이 입증 사료 없이 단순히 자신의 자의적 추정이 있을 뿐이다. 그는 이렇게 추정하였다. "정신대 영장이 교부되려면 남자들처럼 징집에 앞서 신상명세서·신체검사·훈련과 교육 등 당국에 의한 준비기간이 있어야 하는데, 조선여성들은 그러한 절차를 받을 시간도 실지 받은 사실도 없었다. 즉 관官의 준비가 없었기 때문에 영장 발부가 불가능하였다"는 것이다. "따라서 조선에서는 정신대 강제동원은 한 건도 없었고 오직 자원 형식의 입대가 있었을 뿐이다"고 이영훈의 저서 『대한민국의 이야기』에 기술되어 있다.

필자는 강점기 마지막 해에 당시 19세이던 셋째 누님한테 교부된 정신대 영장을 손에 들고 본 기억이 뚜렷하다. 누님은 그 길로 만주 신경에 있는 백화점 점원 모집에 자원을 해, 정신대를 피할 수가 있었다. 나는 확신을 가지고 국회도서관에서 1944~45년에 간행된 조선총독부관보朝鮮總督府官報 수천 장을 뒤져나갔다.

찾아낸 관보에는 1945. 3. 5일부 일본천황 칙령 제94호「국민근로동원령」이 공포되어 있다. 이 칙령은 여자정신대女子挺身隊의 조직을 명령하였고, 조선에서는 1945년 4월 1일부터 시행하라고 부칙에 나와 있다. 총독부는 그 해 3월 31일부로 시행규칙을 공포하고,「조선총독부령」제41호 제55조에 의한 제18호 양식「정신근로령서挺身勤勞令書」가 도지사 명의로 부군도府郡島 경유로 4월 1일 이후부터 무수히 교부되기 시작하였던 것이다.

『일제강점기 진실의 문』에는 1945년 11월 일본 규슈 하카다 항에서 귀국 배편을 기다리는, '전라남도북해도여자근로정신대'라는 깃발을 앞세운 500명가량의 조선인 정신대원들의 사진이「제18호 양식 정신근로령서」사본과 함께 실려 있다. 조선 13개 도 중의 하나인 전라남도에서만도 군수공장이라곤 없을 일본열도 북단에 위치한 외진 북해도 단 한 곳에 이처럼 많은 처녀들이 강제로 끌려갔었는데, 조선 전체에서는 헤아릴 수 없이 많은 수가 국내와 외지로 동원된 것이 자명하다.

이영훈은 마치 일제의 영장발부 실무자처럼 발부할 준비 기간이 없었다고 하면서, '정신대 영장 발부가 없었기 때문에 정신대는 강제가 아니라 자진 입대뿐이었다'고 단정했다. 이영훈은 그와 같은 자가당착적 거짓 주장의 근거가 무엇인지 해명할 책임을 면할 수 없을 것이다.

이밖에도 이영훈과 그의 일본인 추종자들은 강점기에 있었던 거의 모든 수탈, 조선인 위안부, 600여만 명의 노동 인력 강제 동원 등을 일체 부정하고 있다. 이러한 문제는 필자의 『진실의 문』에서 그 허구성을 철저히 비판하고 입증하였기에 이만 줄이고 총독부의 토지 수탈 사실 하나만 더 들춰보겠다.

강점기에 일제는 일본 본토의 미곡 부족을 충당할 양으로 조선을 미곡생산기지화 할 술책을 꾸몄다. 총독부는 조선 농촌 빈곤의 최대 요인인 5할 이상의 소작료율 악습을 시정은커녕 정책적으로 악용하여 조선 농민이 부채로 시달리게 되는 것을 방관 조장하였다. 총독부 시정 내내 풍부한 정책금융 지원으로 동양척식 등을 통해 조선의 농토를 매집하여 일본인에게만 저가 저리로 불하하여 일본인 개인 및 기업 지주를 양산해 나갔다. 이러한 간교한 정책으로 전체 농민의 7~8할에 달하는 조선인 소중농小中農을 소작인으로 전락시켜 소작료 수탈을 일삼았던 것이다. 일제의 각종 탄압과 수탈로 농촌의 빈곤은 심화 일로였고, 고리채와 식량 부족 등으로 초근목피의 나락으로 빠져들어, 조선의 토지는 일본인 손으로 계속 넘어갔다. 그러한 소위 영국의 자본주의식 식민지 농토 수탈을 여기서 논거하기에는 지면이 허락지 않는다.

각설却說하고 1910~18년 토지 조사로 총독부가 수탈하여 국유화한 국토(토지)면적의 방대함을 입증하기에 움직일 수 없는 직접 사료를 다음 쪽에 제시하겠다. 토지조사가 마무리되고 이의 신청에 대한 판결이 완결된 수년 후인 1926년도, 조선총독부가 직접 편찬한 『조선총독부통계요람』에 올라 있는 통계표가 진실을 여실히 대변한다. 결론부터 말하면 농토의 대량 불하 후인데도 조선총독부는 실로 어마어마한 면적의 토지를 소유하고 있었다.

어떻게 취득한 토지일까? '매수가 아니면 수탈이나 약탈로 국유화 시켰다'는 전제가 성립된다고 하겠다.

비록 일제가 조선을 침략하여 전국토를 강제로 영유領有하였더라도, 모든 토지의 소유권所有權은 사유와 국유로 엄연히 구분된다. 토지의 사유권私有權이 부정되는 공산 국가를 제외하고, 거의 모든 나라에서 토지 소유권은 절대적이다. 국가라도 국민의 사유권은 합당한 대가代價 없이 임의로 침해할 수는 없는 것이다.

표 19 지목별국유지 1926년 말 (단위: 정보)

	전	답	대지	늪지	잡종지	임야	기타	합계
경기도	9,033	5,620	865	224	1,126	180,179	18,037	198,216
충청도	2,265	5,113	237	132	214	434,993	8,530	443,523
전라도	11,858	5,650	194	2,508	845	424,862	22,080	446,942
경상도	4,602	7,034	726	1,744	648	577,928	16,964	594,892
황해도	15,107	5,089	213	239	3,591	699,679	25,498	725,177
평안남도	3,905	2,938	315	13	4,700	727,907	12,588	740,495
평안북도	7,331	2,073	133	28	148	1,249,620	10,347	1,259,967
강원도	5,939	2,296	94	126	75	1,437,960	8,890	1,446,850
함경남도	4,641	1,344	185	183	92	2,264,567	7,275	2,271,842
함경북도	3,526	339	414	38	244	1,416,907	5,378	1,422,285
총 계	68,207	38,086	3,376	5,235	11,683	9,414,602	135,587	9,550,189

출전: 『조선총독부통계요람』 1926년, 조선총독부편찬, 토지 2쪽

위 표는 1924년도 구한국 왕실과 정부로부터 약탈한 12만여 정보에 달하는 역둔土驛屯土를 연고자에게 불하한지 2년 후인 1926년도를 기준으로 총독부가 직접 작성한 통계표다. 이 표에서 보여주듯이 조선총독부 소유 토지 총합계는 물경 955만여 정보에 달한다. 총독부의 소유 토지는 전답만도 10만 6천여 정보나 된다. 그밖에 대지·늪지·잡종지·기타 공공용지 등 15만 5천

여 정보에다가, 1918년 토지 조사 후부터는 임야 941만 4천여 정보를 국유화하고 있다. 이 모든 토지는 실로 조선 전 국토 면적 2,221만 정보의 43% 이상에 해당된다. 총독부가 이 많은 토지를 소유하는데 돈을 주고 사들인 땅은 단 몇%도 안 된다. 오히려 불하라는 명목으로 조선인·일본인에게 매도한 토지만도 수십만 정보에 이른다. 전국토의 45% 이상을 대가없이 불법으로 수탈한 것이 확연하다. 그중 소유 농토의 대부분을 불하하여 현금화하고도 1926년도 시점에서 여전히 43% 이상의 국유화된 토지를 소유하고 있는 것이다.

일제의 40% 토지 수탈을 부정한 이영훈은 총독부가 과연 합당한 대가를 치르고 이 방대한 토지를 취득하였는지 입증해야 한다.

조선 침략의 원흉인 이등박문伊藤博文을 사살한 안중근 의사는 우리에겐 만고의 영웅이다. 하지만 일본인에게는 암살자에 불과하며, 반면에 이등박문은 조선을 강탈해 일본 국토를 크게 늘린 애국자로 숭앙되어 국장까지 치러졌다. 조선 침략자 일제를 두고 각기의 시점視點에 따라 역적도 되고 영웅도 되는 것이다. 이영훈은 어느 쪽인가. 그의 말마따나 자칭 학자라면 조국인 조선 편에 서지는 않을망정 최소한 중간에는 서야 한다.

유감스럽게도 이영훈은 중간은커녕 일본측에, 그것도 일본 최우측 맨 앞에서 조선을 향해 일장기를 힘차게 흔들어대고 있다는 감이 든다. 그것도 언론의 자유라고 치부해 두자. 하지만 그 자유가 허위 날조된 주장으로 둔갑되어 우리 국민에게 누를 끼친다면 그냥 지나칠 수 있는 일이 아니다. 법으로는 국가 모독죄가 되며, 도의적으로는 매국노로 엄연히 규탄 받아야 한다. 이영훈은 그의 모든 허황한 반민족적 주장을 뒷받침할 입증 사료를 제시해야 한다.

기껏, 「추정된다. 생각된다.」식의 서술이 아닌 공인된 근거나 입증사료에 기반을 둔 해명이 반드시 있어야 한다.

일제강점기 조선근대화론 재비판

　조선의 근대화가 일제 강점기에 달성되었다는 이영훈을 비롯한 한일 양국의 역사 수정주의자들의 갖가지 망언이 얼마나 황당무계한 망상인가는, 일제하의 전근대적 삶을 드러내는, 일제 35년간의 통치 최종 성적표라 할 수 있는 아래와 같은 강점기 말 사회상을 들춰 보면 더 이상의 논증이 필요 없을 것이다.

1. 인구 구성: 총 인구의 80%를 점하는 농민 중 소작농이 70%이며, 강제노동자 연인원 20%이다. 『조선총독부 30년사』에 의하면 전 인구 중 춘절기 초근목피의 극빈층은 25% 이상이다.
2. 식량사정 - 미곡 생산량 약 2천만 석 중 8~9백만 석이,

반은 소작료 수탈, 나머지 반은 시가의 절반도 안 되는 가격으로 강제 수매되어 해마다 일본에 이출(수탈)되었다. 부족한 양곡은 조·콩 등 잡곡을 만주에서 수입하여 충족시켰다고 이영훈이 주장하지만, 콩은 수입보다 이출이 매년 100여 만석이 더 많았고, 조는 미곡 이출량의 12%인 평균 102만석만이 수입되었다. 그 결과 필자를 비롯한 조선인 태반이 영양실조·기아선상에 있었다.

3. 교육 - 강점기 말기인 1944년 기준 적령아동 취학률 25% 미만, 중등학교 진학률 3% 미만, 전문·대학생 총수는 1,800명 안팎으로 전인구 대비 1만분지 1 이하, 일제가 발표한 광복 직전의 문맹률은 80% 내외이다.

4. 기타(문화와 사회간접자본시설 등) - 조선인 가구당 전등 보급률 8.5%, 대도시 상수도 보급률 15% 미만, 도시를 제외한 전국포장도로연장 30km 미만, 도로 비포장률 99.9%, 철도 90%가 군용 및 일본내지內地~만주 연계용이었다. 공업은 90%가 군수軍需 및 부수附隨중화학 일색이며 가내공업 수준의 민수품 자급률 10% 미만, 공업화의 기준인 기계부품 자급률 10% 내외, 나머지 공산품 90%는 일본에서 수입하여 조선을 일본제품의 시장으로 삼았다.

이 밖에 근대화의 기본인, 민주화·자본주의 시장경제·기본인권·언론자유 등은 전무하였고, 일본인과의 차별대우·강제동원·창씨개명과 신사참배 강요·각종 통제·강제이주 등등 어느 하나 근대화의 조건을 충족시키는 사항은 찾아볼 수 없었다.

이영훈의 『대한민국 이야기』에는 이러한 상황이 전혀 도외시되었다. 그 책에는 착취를 당한 조선인이 세계에서 가장 가난한 식민지민으로 전락되어 헐벗고 굶주렸던 35년간의 일제 강점기의 참상은 온데간데없다.

총인구 중 3~4%에 불과한 일본인 통치 세력과 그 추종자 일당이 향유한 사이비 근대적 생활상만을 전면에 내세워, 일제의 조선 식민지 근대화론으로 비약시켜, 일본어로 쓴 앞서의 이영훈의 책이 일본에서 날개 돋친 듯이 팔려 재판까지 발간되었으니 기가 찰 노릇이다. 책이 많이 팔린 것을 축하해야 하겠지만, 정복자를 미화해 결과적으로 피정복자인 조선인의 통한의 상처를 찌르는 꼴이 되었음을 지적하지 않을 수 없다.

이영훈이 기술하기를 "부족한 식량은 만주에서 조나 콩 같은 대용품을 구입해 충당하였기 때문에 조선인의 체격이 커졌다. 엥겔 계수도 낮아졌고, 경제도 강점기 동안 연율 3.7%로 늘어나 일제하에 세계 최고 수준의 성장을 달성하였다"고 하였다.

이는 전혀 사실이 아니다. 사실 비슷한 것도 없을 뿐더러, 내용전체가 왜곡되었거나 날조로 일관되어 있다. 필자가 조사한 조선 총독부·일본탁(척)무성日本拓務省·조선은행·일본은행 등 여러 관계 기관의 통계표에 의하면 위 주장과 일치되는 내용은커 녕 비슷한 것도 없다. 이영훈의 『대한민국 이야기』에는 오직 이 영훈의 허위 날조된 서술만이 있을 뿐이다.

무엇보다도 「한국 역사를 다시 써라」는 부제를 단 책이라면 마땅히 한국에서 한글로 떳떳이 발간되어야 할 일이지 왜 침략 자인 일본에서 일본말로만 번역되어 발간되었는지 저자의 저의 가 의심스럽다. 군사 독재 시대도 아니고 언론의 자유가 버젓한 데 무엇이 두려웠을까. 결과적으로 오직 일본인에게 영입될 짓 거리만을 제공한 꼴이 되었다. 일본 극우파에게 「한국 국립대학 경제연구소장이 발표한 내용」이라며 「일본통치결과로 한국이 근대화되었고, 일제에 의한 농토·미곡·노동력 등의 어떠한 수탈 도 없었으며, 정신대·위안부·노동자 강제동원도 사실이 아니다」 고 일본 여러 언론 매체에 누차 인용되고 있는 실정이다.

일본의 극우파 여성 대표 격인 저널리스트 사쿠라이 요시코 (櫻井 よしこ)는 미 하원 '위안부 결의안'을 저지하는 데 발 벗 고 나서는 등 반한 활동가로 악명이 드높다. 그녀는 이영훈의 저서 『대한민국 이야기』를 읽고 일부러 이영훈을 만나려 한국 까지 찾아왔다. 이영훈을 만난 사쿠라이는 〈강점기에 정당한 대 가없는 일제에 의한 토지·미곡·노동력 등의 수탈은 없었다. 정 신대·위안부·강제동원 등에 관한 이영훈의 책 내용이 틀림없 다〉는 이영훈의 확인을 받고 일본에 돌아가 일본 언론 미디어에

이영훈을 만나 확인한 바에 의하면…… 운운하는 기고문을 올려 극우파를 기고만장시키고 일본의 역사왜곡을 정당화 하는데 일조했다. 물론 원인 제공자는 근거 없는 빌미를 준 한국의 이영훈이다.

친일파 시비 1

친일파와 반공세력은 동일 집단?

광복 후 한 기자가 백범 김구 선생께 "친일파는 언제 처단하려 하십니까?"하고 물었더니, 백범 선생은 "옆에 사는데, 친일파는 많을수록 좋다. 내가 처단하려는 친일파는 반민족적 친일파다."라고 하였다는 것이다. 그 누구보다도 일제에 대한 원한에 사무쳤을 백범께서 처벌해야 할 친일파를 단 한 마디로 정의하신 것이다.

우리나라의 좌경 세력들이 걸핏하면 '민족 반역적 친일파로 이루어진 이승만 정권'이라고 매도하는 것이 얼마나 가당치 않은 주장인가를 알 수 있다. 좌파는 이승만 정권의 수백 수천의 구성 인원 중 어느 누가 반민족적 친일파였나를 밝힐 책임이 있다. 확실한 것은 좌파가 '친일파로 형성된 정권'이라고 매도한 것과는 달리 대한민국 건국 당시 정부 요원 중에는 단 1%도 그러한 존재는 없었다. 대한민국 건국을 주도한 구성 인원은, 물론 공산주의자는 배제되었고, 99% 이상이 민주적인 선거로 뽑힌 순수한 민족진영에 속한 사람들이었다.

좌파가 주장하는 사이비 친일 행위자 한 복판에 서 있었던 사람이 바로 나(필자)라고 하여도 과언이 아니다. 나는 매일 아침 '황국신민皇國臣民의 선서宣誓'를 소리 높이 외친 다음 일본천황이 사는 동쪽을 향해 궁성요배宮城遙拜를 하였다. 그리고 시도 때도 없이 천황폐하만세天皇陛下萬歲 삼창을 외쳐댔고, 한 달에 한 번 신사참배神社參拜도 빠뜨리지 않았다. 그뿐이 아니다. 금지된 조선말을 사용하는 친구가 있으면 모조리 일러바쳤다. 조선말 사용금지를 충실히 지켰던 것이다. 창씨개명創氏改名은 물론이고 '천天을 대신하여 불의를 치다'라고 「일본육군군가」를 목청껏 부르며, 징병으로 전쟁터에 끌려가는 조선청년들을 일장기日章旗 흔들며 배웅했다.

위는 1943년경 내가 초등학교 5~6학년 때 이야기이다. 나는 일본인들이 시키는 대로 꼼짝없이 다른 해당 조선인 천여 만 명(10세 미만과 노인 제외)과 함께 완전히 일본인 꼭두각시였던 것이다.

1943년을 전후하여 2,500만 조선민족은 영락없이 일본 쪽발이로 변형을 당하고 있었다. 조선독립운동? 조선민족의 정체성? 그런 것은 1930년대 초반까지의 이야기이고, 1937년 일제가 대륙 침략전쟁을 시작으로 41년 진주만기습공격을 거쳐, 45년 8월 15일 패망할 때까지, 조선천지는 오직 각종 통제와 강제 동원(징용·징병·정신대·군위안부), 그리고 미곡과 군수 물자, 자연 자원 등의 수탈 광풍만이 방방곡곡을 휘몰아치고 있을 뿐이었다.

이제 와서, 이에 대항해 왜 거부 운동을 펼치지 않았냐고 힐문 詰問을 던질 뿐 아니라, 생존을 보장 받는 조건으로 일제의 허수아비가 될 수밖에 없었던 많은 동포들을 '친일파'나 '반민족 행위자'로 몰아붙이는 자들이 나타난 것이다.

왜 자진해서, 아니면 시키는 대로 따라 했냐고 물어 온다면 구태여 대답할 엄두가 나지 않을 일이다. 북한 공산 치하에서, 또는 6·25 동란 중, 공산군 점령하의 남한 반공 세력들이 왜 옴짝 못했냐고 묻는 것과 별차 없는 우문愚問이기 때문이다. 어떤 사람은 강점기 당시의 신문기사 스크랩을 증거랍시고 내미는데, 당시에는 강압에 못 이겨 생존을 위해 소위 친일 행위를 한 사람들이 검열을 우회하고, 신문이나 기타 매체에 '자진이 아니라 강요당한 것'이라고 기사를 낼 수 있는 자유 전지가 아니었다.

군사정권하의 한국의 언론 통제가 혹독하였다 하지만 일제

때와는 비교가 되지 않는다. 일제는 검열 정도가 아니라, 100% 허위 사실을 또는 전혀 마음에 없는 일들을 일제의 입맛대로 기사화하기를 강요하였던 것이다.

이 과정에서 각 분야의 조선인 지도층과 엘리트들이 대부분 생존의 위협을 받으며, 일제가 건네준 원고를 들고, 조선 청년들 전쟁협력 독려에 강제로 앞장세워진 것이 명백한 사실이다. 일제의 강압에 저항한다는 것은 능지처참을 각오하지 않는 이상 전혀 불가능한 일이었다. 고등계 형사의 상상을 초월하는 반인륜적 고문과, 헌병대의 말발굽에 짓밟히는 용기를 당시 이들에게 기대한다는 것은 현 세대들(특히 과거사 정리를 정략적으로 주관하는 좌파)의 억지 망상일 따름이다.

일제 강점기가 이 지구상의 어떠한 감옥보다도 더 가혹한 사회였다는 것을 좌파들이 도저히 실감을 못하는 것 같다. 워낙 공산 독재에 면역이 되어서인지, 일본제국주의 군부 독재쯤이야 하는 모양이다. 하지만 민족 정체성이 강제로 말살된 조선 천지에, 횡행橫行하는 것은 일본민족의 우월성 과시, 순종順從을 노예처럼 강요당한 조선민족의 슬픈 체념과 무력한 열등의식의 만연뿐이었다. 아우슈비츠에 끌려간 유태인들에게 무슨 선택의 여지가 있었겠는가.

한국에는 철저한 반공파가 부지기수이다. 만일 한국의 주도로 남북통일이 이루어진다면, 누가 감히 공산체제 하에서 인민에게 공산주의를 강요한 지도자 위치에 있었던 친 공산주의자들의 행위를 엄연한 법의 심판대에 올려야 한다고 주장하겠는가. 공산정치체제를 겪은 사람치고 그럴 사람은 있을 것 같지 않다. 혹 소수 반민족 범죄 행위자들의 처벌은 몰라도, 붉은 물속에 젖어 자신이 물 들은 것조차 인식 못하는 친 공산 세력을 통틀어 척결해야 한다고 주장하는 사람은 나올 성 싶지 않다.

48년 8월 15일 정부가 수립되자마자 9월 7일 국회는 반민족행위처벌법을 통과시키고, 9월29일 반민족행위특별조사위원회(반민특위反民特委)가 구성되었다. 49년 1월 8일 반민특위가 발족되어, 2월 21일 반민족행위자 전면 검거에 착수, 재판에 회부하여 현재 640여 명의 재판기록이 남아 있다.

이는 이승만 정권이 제반 악조건 아래에서 나름대로 친일파 잔재 제거에 힘썼다는 단적인 예라 할 수 있다. 공산 세력의 준동이 국가 존망의 기틀을 위협하고 있었던 와중에, 친일파 청산에 사법권의 많은 할애가 부담스러웠던 측면이 엄존하였던 시기임을 참작해야 할 것이다. 공산주의 신봉자를 순수한 민주세력으로 확신·주장하는 좌파 입장에서 본다면, 그러한 좌경 세력들이 자의이건 타의이건 정권 참여가 배제되었기 때문에, 소위 우파라 불리는 실질 참여자들을 친일파로 일괄 매도하고 있는 것 같다.

48년 5월 10일 유엔 감시 하에 치러진 사상 초유의 자유민주

주의적 총선거에서, 선출된 각 지역을 대표하는 200명의 제헌
국회의원들은 친일파는커녕, 해외에서 귀국한 임정 출신은 물론
이고, 대다수가 독립운동가와 지역 주민의 신망을 얻은 인사들
로 망라되어있다. 7월20일 제헌국회에서 대통령으로 선출된 이
승만 정권이 친일파로 구성되었다는 좌파의 끈질긴 공격이 얼
마나 황당한 주장인가를 잠깐 살펴보자.

조선반도 분단의 책임은 어느 특정의 조선인에게 있는 것이
아니다. 좌경세력은 '46년 6월 3일 정읍에서 이승만이 남조선
단독정부 수립을 주장하였다'는 이유로 분단의 책임이 이승만
대통령에게 있다고 하지만, 정작 분단의 책임은 미국과 소련에
게 있다. 구태여 어느 한 사람을 지적한다면 이승만이 아니라
김일성이다. 왜냐 하면 46년 2월에, 북조선에는 사실상의 정부
조직인 북조선 인민위원회가 성립되어 이미 김일성이 국가 수
령격인 인민위원장에 선출되었기 때문이다.

분단의 더욱 근본적 원인은 8·15 해방에 있다. 역설적으로
그 해방이 아니었다면, 미군과 소련군의 점령도 없었을 것이고,
분단도 없었을 것이다. 더 소급해 올라가서, 일본이 한일병합만
으로 만족하고, 만주 그리고 더욱 욕심을 부려 중국 침략전쟁을
저지르지 않았다면, 태평양 전쟁은 일어나지 않았을지 모른다.
다행히도 그러한 침략 결과, 우리에게 전화위복으로 일본의 참
담한 패전으로 끝나서 망정이지, 조선은 자칫 일본이라는 쇳물

가마에 송두리째 녹아 들어가는 길을 막을 수가 없었을 지도 모를 일이다. 잘해야 영구 식민지로, 아니면 강요된 일본 예속화로 조선민족의 정체성이 지상에서 말살될 운명에 처해질 개연성이 매우 농후했다고 보인다.

냉정히 반추하면, 조선이 자력으로 일본의 독아毒牙에서 벗어난 해방이 아니었던 것이 분단의 근본적 화근이었다. 다행인지 불행인지 두 강대한 상반된 외세에 의해 반 토막씩 나누어져서나마 해방이 된 것이지 우리가 통일·분단을 선택할 수 있는 계제가 분명히 아니었다. 그러니 제2차 세계대전의 결과로 차라리 분단된 상태로라도 일제의 사슬에서 벗어난 것을 천만다행이라고 여길 수도 있다는 말이다. 일제의 사슬에 영원히 묶였을 뻔했던 것에 비하면, 장차 통일의 가능성을 안은 채 그나마 반쪽씩이라도 독립을 한 것이 천만 다행이었다고 생각할 수도 있다는 뜻이다.

김일성이나 이승만이나 분단을 책임질 위치에 있지 않았던 것은 확연하다. 김일성은 분단 상태에서 그를 옹립하여 위성국가 탄생을 꿈꾸는 소련에게 이용을 당한 것이고, 소련이 미·소 공동위원회에서 노출시킨 야심을 확인한 이승만은 당장 불가능한 통일 선거를 체념하고 반쪽으로라도 자주독립을 꾀해 하루 속히 외세에서 벗어나기를 바랐던 것이다. 여기서 현 골수 좌파들의 어처구니없는 반민특위 친일파 관련 논문의 몇 구절을 인용하겠다. 이들의 논거가 심각한 것은 차치하고 차라리 한심스러울 따름이다.

다음은 『반민특위의 조직과 활동』(허종 저, 2003) 「서론」 중 일부이다.

"(생략) 장기간의 식민지와 지금까지 이어지고 있는 분단체제의 형성과 유지에는 제국주의 침략에 적극 호응하고 협력한 반민족 세력도 중요한 원인이었다. 반민족세력은 일제 식민지하에서는 '친일파'였으며, 해방정국과 분단체제 하에서는 '극우반공세력'이었다. 그렇다고 친일파와 극우반공세력이 서로 다른 집단이 아니라, 극우반공세력의 핵심은 해방 후 친일파가 생존을 위해 새로운 외세에 의존하려는 동일 집단이었다."

저자 허종은 「해방정국과 분단체제 하에서, 반민족세력이 '친일파'였으며 동시에 '극우반공세력'이었다」라 하고, 또한 「친일파와 극우반공세력이 서로 다른 집단이 아니라, 극우반공세력의 핵심은 해방 후 친일파가 생존을 위해 새로운 외세에 의존하려는 동일 집단」이라고 단언하였다.

목숨을 걸고 이 나라를 지킨 반공세력을 친일파와 반민족세력으로 공공연하게 매도하다니 기가 차 어안이 벙벙하다. 같은 시기에 이와 같은 허종의 기술 내용과 대동소이한 또 하나의 저서가 있다.

아래 인용문은 『반민특위 연구』(이강수 저, 나남출판 2003) 「서문」 중에서 옮긴 것이다.

"(생략) 친일파들은 기본적으로 분단체제에서 자신들의 활로를 찾아 분단을 심화시킨 존재였고, 친일파를 기초로 성립된 남한정권은 취약한 정통성을 회복하기 위해 외세와 결탁할 수밖에 없었다. 이로 인해 민족분단은 심화되고 민족자존은 훼손되어 갔다. 따라서 친일파 숙청 문제는 자주적 민족국가건설을 위한 과제이다. 또한 친일파들은 '민족주의=반공=민주주의' 라는 조작된 이데올로기로 오히려 민족·민주세력을 매국노로 매도했고, 이 과정에서 한국사회의 민족주의·민주주의 이념은 왜곡되어 갔다. 따라서 친일파 숙청은 민족주의·민주주의 이념의 올바른 정립을 위한 기본적 과제이다."

아무도 거스를 수 없는 역사의 흐름이 있다. 1945년 세계 제2차 대전 종전 직후, 동서 양 진영으로의 편 가르기가 그 대표적 예라 할 수 있다. 구소련을 축으로 하는 좌와 미국을 축으로 하는 우, 즉 공산주의식 독재사회주의와 자본주의식 자유민주주의로 대별大別된다. 그러한 역학구도의 일환으로 서유럽 전체는 정치·경제 체제가 비슷한 미국 편이 되었으며, 발칸반도를 포함한 동구권 전체가 소련의 위성국가로 편입되었다. 그리고 패전국 독일이 동서로 양분되어 동·서 유럽 쪽으로 각각 갈라서게 되었다.

한편 아시아 쪽에서는 1945~50년 사이에, 제국주의의 희생양이었던 여러 식민지가 독립국가로 새로이 탄생되었으며, 유독 극동의 조선반도만이, 소련의 아시아 유일의 위성국 확보 음모로, 미·소가 38도 선으로 분단 점령하는 바람에 지금까지도 통일을 이루지 못하고 있는 실정이다. 한마디로 통일을 못하고 있는 이유는 99.9%가 공산주의와 자본주의 두 이념문제 때문이다. 친일파를 포함한 여러 다른 문제는 소소한 사족에 불과하다.

공산주의 종주국인 소련이 밥을 굶을 지경이 되어 무너지자, 도미노처럼 거의 모든 공산국가가 자본주의를 도입하여, 현재는 13억 인구의 중국을 비롯하여 전체동구권이 자본주의를 채택한 후 경이로운 경제발전을 이뤄가고 있다.

일제 강점기에 가장 큰 피해를 입은 자 중의 한 사람이 바로 필자이다. 그 일제의 일당이었던 친일파라면 자다가도 이가 갈린다. 마땅히 척결되어야 했다. 하지만 냉철히 생각하면 이는 개인감정이지 국가의 발전·부강 과제하고는 큰 관계가 없는 일이다. 조선민족이 잘 사는데 가장 중요한 지표指標는 경제개발과 국력신장이지, 다른 무슨 대체 방편이 있겠는가.

종북 세력으로 의심되는 위 두 저자는 북조선 정권의 상투적 선전 문구를 그대로 옮겨 놓았다. 친일파 척결 없이는 대한민국의 정체성 확립은 없다는 투이다. 두 사람은 북조선이 해방 직후 친일파척결을 성공적으로 마쳤다고 칭송이 대단하다. 그런데 막상 친일파를 청산한 북조선은 왜 아직도 국민들이 먹을 것조차 챙겨주지 못하고 하다못해 반동 국가라는 한국과 미국에게까지 식량 구걸의 손을 내밀고 있는 것일까. 친일파를 청산하지 못한 한국은 쌀이 남아돌고, 1인당 GNP 2만 3천여 불로 선진국에 진입하고 있는 판국인데 말이다.

작금의 대한민국의 실상은, 20년 간 장기 불황과 디플레이션에 시달리고 있는 일본을 다방면에서 극복하고 뛰어넘고 있는 것이 완연하다. 2012년 7월 일본 주간 경제지에는 세계 주요 제조 산업 50개 항목의 1·2위 점유국의 명단을 발표하고 있다. 한국은 이중 스마트폰·메모리 반도체·액정 PANEL·LCD/LED TV 등 전자·IT 분야와 조선·리튬전지 분야 등 8개 품목에서 세계 제1위에 올라 있는 반면, 일본은 경제 변방 분야에서 고작 9개 품목에 제1위로 올라 있다. 두 나라의 인구·경제력의 차이를 감안하면 한국의 약진이 돋보인다 하겠다. 일본은 더 이상 우리가 두려워하거나 우리보다 우월한 존재가 아니다. 일본이 강대국이던 강점기 때, 친일파 운운할 일이지, 우리가 실력으로 일본을 극복해 가고 있는 현 단계에서 일본에 빌붙은 친일파는 가소롭다 못해 가련한 존재에 불과하다. 정작 경제 발전은 제쳐두고, 여태껏 친일파 문제에 매달려 있는 종북 세력의 광기가 한심스러운 지경을 넘어 차라리 우스꽝스럽다.

허종과 이강수 두 저자는 약속이나 한 듯이 '친일파와 반공 세력이 같은 집단이며, 순수 민주 세력을 배제하고 외세와 결탁한 남한 친일파 숙청 문제가 자주적 민주주의 민족 국가 건설을 위한 과제'라고 못을 박고 있다. 여기서 명백히 드러난 이들의 속내를 알 수 있다. 이들이 주장하는 순수한 민주주의란 다름 아닌 조선민주주의인민공화국식의 소위 좌파적 자주 민주주의를 가리키고 있는 것이며, 민주 세력이란 바로 종북 세력을 지칭하는 말이다.

오늘날의 한국의 눈부신 성공 신화는 천만다행으로 대한민국이 과거 60여 년간 반공 정책을 견지한 데서 그 첫째 요인을 찾을 수 있다는 사실을 이들에게 새삼 일깨워 주고 싶다. 아니었다면, 우리도 무너진 공산권의 전철을 밟아, 지금도 여전히 '국민에게 흰 쌀밥과 고깃국을 먹이는 것을 꿈으로 삼는 북한의 실정'이 바로 우리 자신의 처지가 되었을 지도 모를 일임을 명심해야 한다.

친일파 시비 2

대한민국은 친일파가 세운 나라?

한국과 일본과의 관계만큼 자주 세인의 입방아에 오르는 일도 드물 것이다. 일제강점기 과거사가 원인이라는 것은 말할 나위가 없다.

비록 꿈같은 광복을 맞이했지만, 조선민족 자력에 의해서라고 하기보다 제2차 대전 후의 세계질서 재편再編의 일환으로, 일제의 사슬에서 벗어나는 기적과 같은 해방이 우리에게 주어진 것이다.

하지만 불행히도 애당초 우리에게 통일의 선택까지 주어진 것은 아니었다. 기름과 물의 차이보다 더 심한 극단적 이데올로기로 갈라섰던 동서 양 진영인 미국과 소련이라는 양대 세력이 한반도를 두 조각을 내 반반씩 나눠 점령하는 바람에 국토와 민족 분열의 비극의 불씨를 안은 불완전한 해방에 그친 것이다.

이론적으로는 매력적이었지만 아직 실험이 덜 끝난 공산주의 종주국인 소련은 처음부터 조선을 극동의 유일한 위성국가로 붙들어 놓을 심산心算이었고, 미국은 조선을 자유민주주의 아시아대륙 교두보로 확보하고 싶었던 것이다.

이러한 상황 하에서 반쪽으로 갈라진 조선반도를 다시 붙일 접착제는 쉽사리 조성될 기미가 원경遠景으로나마도 비치질 않았던 것이다. 여기서 약속이나 한 듯이 미·소 양국은 각기의 이해관계에 따라 시간 벌기에 들어갔다. 본의 아니게 양 진영으로 갈라진 남·북 조선이 각자 다른 길을 가기 시작한 것은 너무나 당연한 수순이라 하겠다.

일본제국이 침략전쟁 참패로 조선에서 비참히 쫓겨나면서 이 땅에 남기고 간 두드러진 유산은, 세계에서 가장 참담한 빈곤과 우리민족의 원한이 깊이 서린 일제의 잔재였다. 그 잔재 중에서 으뜸가는 것이 일제에 붙어 민족을 배반·착취한 친일파 일당이었다. 당연히 대중의 요망은 이들의 척결에 모아졌었다.

당시 조선인의 뇌리에 사무치는 악질적 친일파는 주로, 조선인에 대한 일제의 박해에, 적극적으로 가담하였거나 협력한 경찰과 헌병대원들, 그리고 일제에 적극적 충성을 바친 일부 조선총독부 정치 행정·사법 관리들이었다.

하지만 진주進駐와 동시에 45년 9월 9일부터 즉각적으로 군정을 선포하고 실행에 들어간 미 주둔군은 조선인의 이러한 소원을 들어줄 계제가 아니었다. 친일파 척결은커녕 총독부로부터 행정체계 인수인계를 서두르다보니, 원래 소수의 인원밖에 참여치 못한 일제하 조선인 관리·관료들은 말할 것도 없고, 심지어 요직을 차지하고 있었던 일본인까지 추방을 미루고 군정을 돕도록 하였던 것이다.

초기 군정은 행정조직의 인수인계에 더하여, 치안유지와 절대량 부족의 식량 공급, 그리고 8할에 달하는 농민들 초빈곤超貧困의 원인이었던 고율 소작료 수탈제도의 개선 작업이었다. 군정의 획기적 시정책 중 두드러진 것 중에는, 주둔 2주일 만인 9월 21일 소작료 율을 실질 55%에서 3대7 제로 선포한 것과, 군정 법률을 어기지 않는 한, 사상의 자유를 보장한 것이 있었다. 미국은 공산주의를 달가워하지 않으면서도 자유 민주국가답게 공산주의를 허용하고 있다. 그러나 조선의 해방 정국에서는 이것이 화근이 되고 말았다.

해방된 남한의 사회상은, 워낙 극심한 가난 때문에, 그리고 사상의 자유화를 기화로 좌와 우로 갈라져, 전 국토는 혼탁의 늪에 빠져들어 갔다. 먼저 해방을 전후한 1940년대의 공산주의 신봉자 대두에 관해 다소의 설명이 필요할 것 같다. 일본의 경우 공산주의는 신성시되던 천황 제도를 모독하는 중대 국사범죄,

즉 제국주의 제1적敵으로 취급당했다.

당시 일본에는 조선인 유학생이 수천수만을 헤아렸다. 그들은 출신 집안의 빈부를 가리지 않고, 오직 정의감과 애족의 염으로, 조선 농촌이 겪고 있는 빈곤의 참상에 눈을 감아버릴 수가 없었다. 이들의 구제에는 당시 땅 밑에서 잉태되던 공산주의가 이론 상으로 최선의 해결책으로 떠오를 수밖에 없었다. 천황이라는 공통의 적을 갖게 된 조·일 좌경 학생들이 상호 친교를 맺었으며, 많은 유학생들이 이 새로운 사상(마르크시즘)에 매료되었던 것이다. 해방된 조국에 돌아온 이들이 때마침 군정당국의 사상 자유화 선포로, 국내 좌파와 손을 잡고 수면 위로 떠올라와 공산주의 전파에 앞장 선 것이다.

다른 한편 우파 진영에는, 북에서 이데올로기에 반하는 종교·사상의 소지자와 지주계급 등이 탄압·박해 때문에 일찍이 공산주의에 염증과 환멸을 느끼고, 38선을 넘어온 사람들이 부지기수였다. 곧 서울의 거리는 좌·우 양파의 구호와 플래카드로 넘쳐났다. 이들(서북청년회 등)이 남쪽의 우파와 손을 잡고, 좌파와 사생결단의 충돌의 장이 펼쳐지는 것은 시간 문제였다.

이에 질겁한 미국은 이 무질서가 자칫 좌경 국가로 변질되어 가는 것 아닌가하는 현념懸念을 갖게 되었고, 소련은 그들 나름대로 총인구수에서 남한보다 많이 처지는 북조선이 당장 통일 선거가 치러진다면 불리할 것이라는 우려 때문에, 두 나라 다

조속한 총선에 부정적이었다. 따라서 미·소 양국은 조선인의 마음을 자기편으로 이끄는 시간을 버는 것이 필요하다는 생각을 갖게 된 모양이다. 어쨌든 12월 27일 양 진영은 영국과 함께 '모스크바 3상 회의'에서 황당하게도 조선을 5년간의 신탁통치에 부치겠다는 결의를 해 버린 것이다.

남조선 사람들은 대부분 또다시 외세의 통치를 5년간이나 더 받을 수는 없다고 들고 일어나 '신탁통치반대운동'에 나섰다. 반면 북조선과 남쪽의 좌파는 소련의 지령에 따라 찬탁贊託으로 맞섰다. 이 과정에서 좌·우의 물리적 충돌은 필연이었을 지도 모르겠다. 여하튼 이러한 소요는 미군정의 불신과 불안을 초래해, 좌파의 불법적인 행동 단속에 경찰력을 동원하는 사태로 발전했다.

경찰력이란 다름 아닌 전문성을 갖춘 조직체이다. 특히 조직의 간부직을 포함한 필두 업무는 전문가 아니고는 아무나 수행할 수 있는 일이 아니다. 해당 경찰 핵심에는 아이러니하게도 친일파로 분류되던 바로 그 당사자들이 포함되어 있었다. 군정청의 인사권은 조선사람 어느 누구도 개입하거나 간섭할 사안이 아니었다. 미군정 실시 포고 단 7일 후인 9월 16일, 군정당국은 한국인 경찰관 모집을 실시했다. 총독부 경찰 조직을 인계받자마자, 일본인을 한국인으로 대체하기 시작한 것이다. 유감스럽게도 이것이 친일파 경찰 잔재가 전문가로써 경찰의 핵심으로 떠오른 연유이다. 이틀 후인 9월 18일에는 집회와 시위 행렬에 허가제를 발 빠르게 도입하였으며. 10월 17일에는 남한 각지의 인민위원회 해산을 지시하였다.

이렇게 조직된 군정청 경찰력은 매우 유능하고 우수했다는 후문이다. 작금의 좌파가 문제 제기를 하고 있는 일이지만, 친일파 경찰 잔재의 초기 척결의 길은 군정으로 인하여 허망하게 사라진 것이다. 이 당시 경찰 인원수가 아마도 수천수만으로 점차 증원되어 나갔겠지만, 이 중에 반민족 친일파로 분류될 사람의 수는 극히 미미해, 반민특위 피검자 700명 안팎을 감안하면, 많아야 수십이나 수백 명으로 추정된다. 이들은 대부분 전과前過 불문하고 군정청 방침에 따라 남조선 경찰력에 서서히 녹아들어가 버린 것이다. 다시 말해 이때 강력한 경찰력이 양성되지 않았다면, 불법을 저지른 공산 세력을 막아내지 못해, 대한민국의 귀추가 어떻게 되었을지 아무도 상상할 수 없는 일이다. 결국 친일파 경찰 잔재를 척결 못한 반대급부로, 이 땅에서 공산주의를 몰아낼 수 있었던 일을 다행히 여기는 국민이 대다수인 것도 사실이다.

그 후 1948년 대한민국 탄생까지, 대략 3년간 군정청 경찰력은, 군정의 법률 아래에서, 불법화된 공산세력 척결에 많은 인명 피해를 감수하면서 성공적으로 대처해 나갔던 것이다. 아이러니컬하게도 척결되지 못한 일부 친일파 경찰이 개과천선하여 생명을 걸고 공산화를 막아내어, 21세기 들어 세계 10위권의 경제 대국으로 두각을 드러내고 있는 대한민국 기적의 토대가 되어 준 것이다. 실로 역사상 최악의 정치체제로 판가름 난 공산화의 함정에서 빠져나오는데 방패막이 되어 준 것이다. 종북 세력으로선 자기네 일당의 가해자로, 철천지원수로 삼을 수밖에 없는 일일 것이다.

위의 기술은 필자가 실지로 겪은 참 역사를 가감 없이 진실대로 적은 것이다. 친일 경찰 잔재의 척결이 안 된 경위에 대한 위 기술이 좌파 중에는 못 마땅한 사람도 있을지 모르겠다.

현장에서 함께 겪은 동일한 사건조차도 사람마다 시각이 다를 수도 있다는 것은 용인되겠지만, 일제 강점기와 해방정국을 보지도 겪지도 못한 자들이 사실과 전혀 다른 이야기를 근거도 없이 기술한다는 것은 묵과할 일이 아니다. 최근 들어 접하게 되었지만, 개인도 아니고 전 민족에 관한 이야기를 소설을 쓰듯이 왜곡·날조로 일관한다면, 우파·좌파 가릴 것 없이 그냥 지나칠 일이 아니다.

건국 대통령 이승만을 몰아붙이는 주 메뉴가, '반민족적 친일파 잔재를 청산은커녕 그들과 손을 잡고 남한 단독정부를 수립한, 남북 분단의 책임자'라는 것이나. 그러한 주장은 원래 북한의 남쪽에 대한 비방인줄로만 여기고 있었는데, 언제부터인지 한국 내에도 좌경 세력들이 주동이 되어 그 추종자들을 대동하고 대낮에 버젓이 활보하고 있는 현실에 접하게 되었다. 일단 민주화가 사상·언론의 자유를 가져왔다는 데 의의가 있다고 해 두자.

한국의 민주화는 국민의 군부 독재 타도 욕구에서 비롯되었다고 볼 수 있다. 물론 온 국민 모두가 들고 일어난 힘이었다. 그럼에도 불구하고 독재 타도가 마치 소위 '좌경 민주 세력'에 의해서 이루어졌다는 식으로 주장되고 있는 것이 현실이다. 그들의 역할이 적지 않았던 것도 틀림없다. 하지만 인구 비례로 봐서 그것은 극히 일부에 지나지 않는다. 민주화라는 큰 강의 흐름은 자유 민주주의를 추종하는 절대 다수의 일반 시민의 주도로 이루어진 것이다.

그 증거는 명확하다. 군부 타도 직후의 총선에서 자유민주주의 신봉자들이 압도적 다수로 새 정권을 구성한 사실이 무엇보다도 그 일을 여실히 웅변하고 있다. 좌경 세력의 등장은 국민이 원하지 않은 것이다. 이 나라의 존립을 공산 세력의 야욕에서 생명을 걸고 지켜 온 우리의 자랑스러운 반공 세력을 민족 반역적 친일파와 동일시하는 종북 세력의 논지論旨는 점입가경이다.

소위 좌경 민주 세력은 '극우 반공 세력과 친일파들이 힘이 부치자 외세인 미 제국주의와 결탁하여, 대한민국을 건국하였다'고 주장한다. 아마도 공산주의라는 마약에 도취된 자들의 편집광적 넋두리가 작금 귓전에 요란히 울리는 세상이 된 것 같다.

더욱 놀라운 것은 이에 동조하는 무리가 사상思想 자유를 기화로 대한민국 국회에까지 진출하다니 도무지 믿기지 않는 일이 벌어지고 있다.

이는 종북 세력들이 대한민국의 발전을 저해하는 시비를 걸어, 이 나라에 해를 끼쳐 민심을 이탈시키려는 의도로 보인다. 그들의 야욕을 충족시키는 최대의 투쟁 방식이라는 등식을 실천에 옮기는 유일한 목표로 삼고 있다는 뚜렷한 확증이다. 다시 말해 종북 세력이 추종하는 북한이 '세계 최빈국 상태로 주민들의 경제적·인권적 열악한 생활 여건이 지상천국하고는 정 반대'라는 열등의식에서 벗어나려는 헛된 몸부림일 뿐이다.

이들은 현실을 떠나서 가상의 이상적 세계를 세워 놓고, 실지 상황이 아닌 허상 속에서 북한을 미화하는 한편, 그들이 꿈꿔온 '흰 쌀밥과 고깃국'의 20배나 풍성한 낙원을 이미 오래전에 이룩한 대한민국의 실상을 외면한다. 그러고는 과거로 돌아가 친일파니 뭐니 하면서 빛바랜 문제를 꺼내들어 잡지상雜紙上에서나마 친일파 혼령을 상대로 엉뚱하고 헛된 시비를 벌이고 있는 것이다.

패권覇權 서진설西進說

현재 세계의 패권은 미국이 잡고 있다. 소련권이 해체되기 이전 수십 년은 동서 양 진영으로 갈라져 냉전 시대를 힘으로 양분한 것처럼 보였지만, 경제적 실상은 미국 우위로 큰 차가 났던 것이 확연하였다. 결국 패권이란, 그 힘도 무시할 수 없지만, 경제력이 좌지우지하는 것으로 결말난 상태다. 패권국의 위상을 나타내는 두드러진 증표는 작금의 US $처럼 그 나라 통화가 전 세계의 기축통화基軸通貨가 되는 것이다. 세계 모든 나라들은 기축통화국인 미국의 경제 정책 영향을 받아, 그 뒤를 따라다니는 모양새가 되고 있다.

근·현대 200년의 세계 패권의 발자취를 살피는 것도 흥미로울 것이다. 100여 년 전만 해도, 세계사는 온통 영국의 독무대였던 것 같다. 당시 영국하면 태양이 지지 않는 나라로 대변되었다. 남아프리카를 시작으로 동진하면서 인도·버마·말레이시아·홍콩·호주·뉴질랜드·캐나다를 돌아서 다시 아일랜드·영국 본토까지 하루 종일 해가 지는 일이 없었던 것이다. 제국주의 식민지 침략정책으로, 거둬들이는 부를 축적하여 세계 경제를 지배하였던 것이다. 물론 기축통화는 영국의 파운드Pound화였다.

영국이 패권을 잡은 것은, 나폴레옹을 제친 후부터라고 하지만, 아무래도 18세기 말 산업혁명으로 국력을 융성시킨 것이 크게 작용한 것으로 여겨진다. 영국의 패권은 100년 이상 지속되었지만, 아이러니컬하게도 그 종말은, 사력을 다해 승전을 쟁취한 제2차 세계대전 직후에 찾아왔다. 독일과의 전쟁에 모든 것을 다 쏟아 붓고도 모자라, 미국의 전비 지원에 의존하지 않을 수가 없었던 영국의 경제는 빈사 상태에 빠져 있었다. 그런데 종전과 동시에 미국의 원조가 끊겨버린 것이다. 이리하여 패권은 자연스럽게 미국으로 넘어가 달러 시대가 열리게 되었다.

영국 이전의 패권의 귀추는 어떠하였을까. 동양에서는 중국 내부 간 일변도였지만, 서반구는 사뭇 달랐다. 로마제국까지 거슬러 올라가서 2천 년 간 나폴레옹, 대영제국에 다다르며, 수많은 민족국가들이 패권을 다투어가며 흥망성쇠를 되풀이 하여왔다. 다시 말해 패권은 쉴 새 없이 옮겨 다녔던 것이다.

21세기의 패권은 어떻게 변할까. 또는 변하지 않을까. 지금은 미국이 당분간 요지부동일 것으로 보인다. 1980~1990년대 초 한때 일본이 치고 올라오는 거 아닌가하고 일본의 참새들이 재재거린 적이 있었다. 버블이 꺼지기 시작할 즈음까지, 일본의 공산품이 세계 시장을 뒤덮고 고도의 경제성장을 지속하고 있을 때이다. 부동산이 천정부지로 치솟았고, 무역 흑자로 쌓인 외화가 미국의 부동산시장과 유럽의 명화名畵시장을 싹쓸이로 섭렵해댔다. 성급한 저널리스트들은 조만간 적어도 경제적 패권이 서진西進하여 미국에서 일본으로 넘어올 것이라는 전망을 내놓기까지 하였다.

1992년경 참새들의 재잘거림이 화를 자초한 것인지, 일본의 패권에 대한 가상적 전망은 버블의 꺼짐과 동반해 신기루처럼 소멸되었다. 경제 성장은커녕 오히려 침체의 늪에 빠진 듯 부동산 가격의 하락이, 금융업이 안고 있는 담보대출의 부실화로 이어져 일본은 그 후 20년 동안 후유증에 시달리고 있다.

하지만 세상만사는 새옹지마로 이어지는 것인지 모르겠다. 일본이 쇠퇴해 간다고 패권 서진의 불씨가 아주 사그라진 것은 아니다. 서진은 일본을 건너뛰고 엉뚱하게 13억 인구의 중국으로 이동할 가능성이 홀연히 나타난 것이다. 지금 당장은 아니지만, 앞으로 20~30년 후에 이루어질 것이라는 근거 있는 전망이 선진국 사이에 나돌고 있는 것이다.

중국은 공산정권 20여 년간, 공산권 전반적 경제 침체로 어려움을 겪다가, 정치적으로는 사회주의를 견지하면서, 경제를 자본주의로 전환하여 박정희 식 경제개발을 성공적으로 시행해 왔다. 그 결과 과거 30여 년간 연율 9~10%의 경제성장을 달성, 디플레에 시달리는 일본을 제치고 세계 제2위의 경제 대국으로 올라서게 되었다. 2011년도 기준 1인당 GNI가 5천 불로 발표 되었지만 실질은 7천 불 정도로 전문가들은 평가하고 있다. 현재의 성장 추세가 이어진다면, 8년 후에는 1인당 1만 불 내지 1만 4천불이 된다. 연간 8%씩 가산되면 복리가 붙기 때문에 8년 후에는 2배가 넘는 결과가 된다. 1인당 1만 불이 13억이면 중국 전체로는 13조 불이 된다. 이는 현 미국의 수치와 비슷한 액수이다.

하지만 10년 후부터의 추이는 중국의 경제 성장률이 어찌 되느냐에 달려 있다. 만일에 연간 4~5%씩만 유지 되더라도 중국이 미국을 앞지르는 것은 시간문제이다. 경제 전문가들은 일단 궤도에 올라선 중국의 자본주의적 경제는 내수만으로도 그 정도의 성장은 가능하다는 전망이다. 더구나 현재 쌓인 외환보유액이 3조 불에 달하기 때문에 앞으로 20년 이내에, 중국의 세계 경제 패권 실현 가능성은 의심의 여지없이 매우 높다는 것이다.

이상이 패권 서진설의 전말이지만, 한 가지 덧붙일 말이 있다. 한국의 장래는 어떻게 되는 것일까. 중국이 무서운 기세로 쫓아오고 있어 수년 내에 우리가 기술적으로 앞서고 있는 많은 분야에서 대등해지거나 추월될 우려가 있다고 아우성이다. 우리가 주요 업종에서 일본을 뛰어넘은 전례가 있듯이, 중국이 그렇게 할 가능성은 배제할 수 없을 지도 모르겠다. 하지만 일본은 여전히 한국과의 무역에서 많은 흑자를 올리고 있는 것도 사실이다. 같은 맥락에서 본다면 한국 기업도 연구 개발을 소홀히 하지 않는다면, 중국 시장이 훨씬 더 커짐에 따라, 우위를 유지하는 분야에서, 더 많은 매출과 이익을 창출할 가능성이 높아질 것이다. 중국의 성장과 상업 거래 확대는 정비례하는 메커니즘 때문이다.

제조업 분야를 떠나서도 중국이 부유해지면, 거대한 서비스 업종의 대두를 수반할 것이다. 지정학적으로 한국이 가장 유리한 동반자가 될 것이 틀림없다. 다시 말해 중국의 성장은 한국에겐 기회가 되어 주는 것이다. 현재 세계적인 불황 속에서도 중국인 관광객 수는 기하급수로 늘어나고 있어, 돈 씀씀이가 일본인 관광객들보다 더 헤픈 것으로 나타났듯이, 외국 관광이 가능할 정도로 부유한 중국인 수는 현재 수천만에서 점차 더 늘어나 곧 수억 명에 다다를 것이다. 지금도 턱없이 부족한 한국의 호텔 방 수가 수천을 넘어서 곧 수만이 모자랄 것이라는 예측이 신문 지상에 나돌고 있는 작금이다.

최근의 범세계적 금융 위기에서 드러났듯이, 한국의 기업들이 위축되지 않고 IT·전자·자동차·석유화학·기계부품·조선·철강·

플랜트 장치 산업 등에서 괄목할만한 생산 활동을 이어가고 있는 것은 중국과의 교역의 덕이 크다고 할 수 있다.

중국의 고도성장이 지속되는 한, 이러한 추세는 앞으로도 계속되리라고 예견되는 대목이다. 한국도 한때 외국으로 나가는 관광객 수가 급증하는 현상을 겪은바 있지만, 13억 인구의 중국의 경우는 그 수가 한국과는 비교될 수 없는 수십 배에 이를 것이다. 한국의 경제 패턴이 조만간 서비스업으로도 폭을 늘려가는 것은 자연스런 추세일 것이다. 장차 위락 시설을 완비하게 될 서해안 일대가 점차 중국인을 위시한 외국인 관광객으로 북적일 것이라는 전망이 서는 이유이다.

위대한 교육자의 힘

  어떤 사람이 사회적으로 원하던 것을 성취하였을 때, 그것을
부모의 덕 다음으로 많이 거론하는 것이 아마도 좋은 선생님을
만났기 때문이라고 하는 것 같다. 매우 듣기 좋은 말이며, 절로
수긍이 간다. 그만큼 인생에서 훌륭한 교육자를 만난다는 것은
한사람의 인생을 결정지을 수도 있는 중대 사안이라 할 수 있다.
  1990년대 중반 후 수년간 전 세계적으로 선풍적인 관심을 끌
었던 미국의 일화집 『Chicken Soup for the Soul』에 매우
흥미 있는 읽을거리가 있었다. 미국 메릴랜드Maryland주 한 대
학에서 있었던 일인데, 어떤 사회학 교수가 자기반 학생들에게
과제를 내주었다. 볼티모어Baltimore시 빈민가에 들어가서, 한
학교 소년 200명을 대상으로 각기의 장래성에 대한 신상조사를

하라는 것이었다.

학생들이 작성한 개개인의 평가서에는 하나같이 「이 아이의 장래에는 희망이 없다」 일색이었다.

25년이 지난 후 다른 사회학 교수가 그 연구 철綴에 접하게 되었다. 교수는 깊은 흥미를 느꼈고, 소년들의 생애가 어떻게 되었나가 궁금하였다. 그는 반 학생들과 함께 200명의 소년, 아니 중년이 되었을 그들 사회인의 소재파악에 나섰다. 다행하게도 그들 중 180명이 여전히 볼티모어 인근에 살고 있었다. 그런데 도저히 믿어지지 않는 일이 조사자들을 기다리고 있었다. 그 180명의 대다수가 중류이상의 삶을 영위하고 있었던 것이다. 상상도 할 수 없었던 의사·변호사·시의원·성공적인 사업가 등등…….

교수가 얻은 답은 너무나 간단했다. '좋은 선생님을 가졌던 덕분' 이라는 것이다. 교수는 그 선생님을 찾아 갔다. 비결이 알고 싶었던 것이다.

소년들을 새로운 삶으로 인도한 학교 선생은 몸이 둥실한 초로의 평범한 여성이었다. 예상과는 달리 이지적이고 의지력이 투철해 보이지도 않았다. 여선생은 온화한 미소를 띠우며 단 한마디 "니는 소년들을 하나하나 다 사랑했어요"라고 할 뿐이었다. 교수는 무엇이 동기부여가 되었다는 것인지 알 거도 같고 모를 거도 같은 심정으로 발길을 돌렸다.

그 사랑 때문에 소년들이 서로 다투어 선생님의 인도를 따랐던 것임을 교수가 알아차린 건 그가 교문을 미처 빠져나오기 전이었다.

한국과 미국은 문화도 다르고 교육방법도 판이하다. 미국식 사랑의 교육법이 한국에 적용될지는 극히 의심스럽다. 미국은 개인의 개발이 교육의 주된 이념·목적이고, 한국은 경쟁 지향적이어서 한가하게 개인의 인격도야에 매달릴 시간이 할애될 수가 없는 것이 현실이다. 두 방법 중 우열을 가릴 수는 없고 일장일단이 있다고 평행선을 그어버리고 말 일이다. 우리 측 부모들은 미국식이 좋다고 아우성이고, 오바마 미국대통령은 한국의 교육열과 그 성과에 대해 누차 공석에서 추켜세우고 있다.

지금 나의 '위대한 교육자'의 판단 잣대는, 자연 한국의 기적적인 국가 발전의 기초가 되어준 수많은 인재를 집중적으로 양성해 낸 교육자 중에서 인격·열의·능력을 겸비한 교육자로 범위를 한정한다는 것을 전제로 한 것이다.

그 대표적인 예가 지금은 전설로 남은 고 길영희吉瑛羲선생을 서슴없이 첫째로 꼽는다. 물론 사적인 관계를 배제하고서다.

길 선생은 19세기가 만종을 치고, 20세기가 격동기에 첫 발을 내디딘 원년에, 조국의 개화라는 상징성을 띠고 평북 희천에서 태어났다. 5세 때부터 한문을 익혔지만 13세에 보통학교에 입

학, 2년 후에는 평양고보平壤高普에, 다시 4년 후에는 경성의전京
城醫專에 진학하였다. 이듬해 1919년 3·1독립운동에 학생 대표
로 활동, 왜경에 피검되어 6개월 징역에 3년 집행유예 형을 언
도받았다.

1923년 형기가 만료되자, 길 선생은 뜻을 바꿔 교육자가 되어
민중을 개화시켜야 한다는 결의를 다지고 스스로 학업에 집중
하여, 1925년에 당시 조선인에겐 하늘의 별따기인 일본광도고
등사범廣島高等師範학교입시에 합격한다. 1929년 졸업과 동시에
배재와 경신고보에 역사교사로 부임해 학생들에게 민족정체성
을 일깨워주는데 역점을 둔다. 1935년에는 도산 안창호 선생을
모시고 민족 장래에 대한 논의를 하며 울분을 토하기도 한다.
1944년 일제의 강제 창씨개명을 끝내 거부하고 다음해 마침내
8·15광복을 맞이한다. 드디어 길 선생에게 교육자로서의 진가
를 발휘할 기회가 온 것이다.

일제가 물러간 조선의 교육계는 그야말로 천지개벽과 같은
변천을 겪어야 했다. 35년간의 일제의 식민지 교육 정책으로,
일어를 가르쳐 황국신민화에 중점을 둔 일(1)단계 초등교육을
제외하면, 조신인에 대한 현대화 교육은 백지 상태나 다름없었
다. 식민지 지배에 저항하는 세력이 될 우려가 있는 지식인 배출
을 저지할 목적으로, 2단계인 중등교육과 3단계 고등교육은 거

의 전무 상태였기 때문이다.

1945년도 인구 15만이었던 일제하 인천을 예로 들면, 남녀 인문중학교가 각 하나씩에, 각 학년 당 일본인 학생 90명에 조선인 10명, 상업학교가 하나에 일본인과 조선인 학생이 각기 75명씩, 그리고 공업학교가 하나에 일본인과 조선인 학생이 각각 100명씩이었다. 이들을 가르치는 교사는 인천의 모든 중등학교를 통틀어 전부 일본인이고 인천상업학교에 단 한 명의 조선인 한문선생이 있었을 뿐이다.

일본인이 일시에 떠난 뒤, 인천의 모든 중등학교는 생도들만 우왕좌왕할 따름이었다. 당시 조선 4대 도시의 하나인 인천의 유일한 인문중학교인 인천공립중학교의 문을 여는 일은 매우 시급한 과제였다.

1945년 11월 22일, 드디어 인천중학교가, 학교 건물마저 미군 주둔駐屯부대에 접수 당한 채 가교실(교장 자택)에서 문을 열었다. 이때 교장으로 부임한 것이 길영희 선생이다. 일본인 학생이 떠난 후 전교생은 각 학년 10명씩 약 40여 명이 남아있을 뿐이었지만, 길 교장은 신학기초가 9월로 옮겨진 것을 기회로 1학년만을 이듬해 초에 입학시험을 치러 2개의 새로운 반을 만들었다. 그리고 2학년 이상은 편입시험을 수시로 시행해 서울로 통학하던 학생과 북에서 피난 나온 학생들로 반을 채워나갔다. 길 교장은 특히 교사 채용에 심혈을 기울였다. 우수한 인재를 구해야 그의 원대한 꿈을 이룰 수 있다고 믿었기 때문이다. 선우휘鮮于煇·조병화趙炳華 같은 후에 한국을 대표하는 지성들이 길 교장의 인품에 이끌려 인천중학교에 모여들었다.

학교 운영의 기틀이 어느 정도 잡히자, 길 교장은 서둘러 학생들 면학 분위기를 고양시키는데 전력을 기울이기 시작하였다. 그는 학생들에게 영·수에 집중하도록 독려의 강도를 높여나갔다. 그의 확고한 신념은 세계 최빈국인 조국이 수렁에서 빠져나와 중진국 선진국으로 가는 데는 서구의 학술과 기술을 한시바삐 도입해야 한다는 것이었다. 그 방법은 첫째 영어에 숙달해야 서구의 학술을 익힐 수 있고, 둘째 수학수준을 높여야 과학기술의 도입이 가능하다는 것이다. 그러한 일을 할 사람이 바로 너희들이라는 것이었다. 민족주의니 영웅주의니 하는 것이 무엇인지도 몰랐지만 학생들 대부분은 쉽게 교장선생님의 세뇌 작전에 빠져들고 말았다.

길 선생의 독려 방법도 독특했다. 그는 스스로도 영어 공부에 앞장서 나갔다. 그의 다 해진 가죽가방에는 영어사전과 영어책이 한두 권 들어 있어 여러 학생들이 언제 불심검문을 당할지 몰라 그와 마주칠까봐 전전긍긍하였다. 학년을 가리지 않고 아무나 두 사람 교장실에 불러놓고 다짜고짜로 영어책을 끄집어내 이것 새겨봐 하신다. 그리고 한사람에게 판정승을 즉석에서 내리신다. 물론 경쟁 심리를 자극하기 위한 속셈이지만, 학생들의 영어 실력의 진척 도를 파악하는 데 더없이 좋은 방법이었을 것이다. 그는 수시로 수업중의 각 교실을 순회하여, 교사들 뿐 아니라 학생들의 수업 상황에 관심을 기울여, 여러 학생들의 신상을 소상히 파악해 나갔다. 학생 개개인과 교장선생과의 친숙도가 이렇게 높았던 학교는 당시는 물론이고 그 후로는 다시는 없었을 것이다. 요즘은 학생 수가 너무 많아졌고, 교수 방법이 교사 책임제로 정착해 버렸기 때문이다.

한마디로 길 교장의 교육법은 유별나고 독특했다. 인재 육성이라는 확고한 목표아래 필수조건으로 인격 도야와 기초 학식 연마를 내걸었다. 학식 연마는 집중적인 몰두와 되도록 많은 시간을 투입하라는 엄명이었다. 그런데 그 금쪽같은 매 월요일 오전 시간을 길 교장은 적어도 6·25동란 수년 후까지 수업을 전폐하고 전교생을 강당에 몰아넣고, 기발하게도 강연회를 갖기로 정한 것이다. 목적은 앞서의 둘째 조건인 인격 도야와 학구열 고취에 있었던 것이다. 결론부터 말하자면, 대성공이었다. 조국 근대화라는 원대한 꿈을 갖도록 이미 세뇌당한 학생들에게 강단에서 내려뿜는 한국 최고 지성들의 사자후는 젊은 가슴을 한없이 부풀려 터지도록 하고도 남음이 있었던 것이다.

경인간 교통수단이 현재 개성 왕복보다 더 불편했던 당시, 초빙 연사는 하나같이 길 교장과의 친분 관계로 기꺼이 인천까지 달려온 것이며, 지금은 전설 속에 묻힌 함석헌·장리욱·백락준·

변영태 같은 분들이 포함되어 있었다. 강당을 나올 쯤에는 연설에 고무된 학생들의 눈빛은 더욱 초롱초롱해져, 저절로 다시 책속으로 묻혀 들어가는 것이었다.

길 교장의 헌신적인 영도로 인천중학교는 단시일 내에 경이적인 성과를 올리기 시작했다. 졸업생수 대비 서울대 입학률은 전국 최상위 수준에 달했고, 1953년에는 문교부 주최 전국학술경시대회에서 연달아 3회 우승기록을 세우기도 하였다. 특기할 것은 학제 변경으로 인천중학교 안에 1954년에 가서야 제물포고등학교가 설립되어 당연히 길 선생이 창립 교장으로 부임하였다. 이후 제고(제물포고등학교)는 발 빠르게 지방 고등학교 중 전국 최고의 반열에 오르게 되었으며, 1962년도에는 서울대학교 수석합격자를 배출시키기까지 하였다.

그러나 길 교장의 교육의 진가는 이러한 표면적인 성과보다도, 정신적인 면에서 더욱 광채를 뿜었다고 할 수 있다. 그가 독립운동 건국유공자로서 추追 서훈되어, 독립기념관 애국지사 유품전시관에 영구보존 전시되고 있는 유묵遺墨 「유한흥국流汗興國」(땀 흘려 나라를 일으키자)이나, 그가 학생들에게 스스로 선별하여 권장한 「논어초論語抄」에서 보여주듯이, 길 교장의 이념은 오직 나라의 장래와 개개인의 인격 도야에 중점을 두었던 것이다.

길 교장의 교육 혁신은 지속적으로 진행되어 1956년도에는 획기적인 무감독 시험 제도를 창안 실시함으로써, 우리나라 교육 민주화에 큰 획을 그어 놓았다. 그는 정서적으로도 학생들 하나하나를 무척이나 사랑하였다. 인천중·제물포고 졸업생치고 길 선생에 관련된 일화를 한두 가지쯤 간직하지 않은 이는 별로 없을 것 같다. 지금도 모이면 화제의 주요 메뉴에 으레 길영희 선생 이야기가 빠지지 않고 올라온다.

선생은 옷차림도 각별하였다. 그 시절엔 학생들이 수백 년 전통의 우리 민속 옷차림에 자부심을 못 느낄 시대 상황이었다. 번듯한 양복에 비해 왠지 미개한 나라의 옷 같은 그릇된 열등의식이었다고 할까. 길 선생은 연 회색 물감을 들인 무명 두루마기에 검은 고무신 차림으로 등교하시기를 즐기셨다. 지금 이 순간, 그러한 민족적 자긍심을 우리에게 깨우쳐 주시던 선생님의 모습이 너무나 그립고 얼마나 자랑스러운지 모르겠다.

1961년 10월 3일, 마침내 길영희 교장선생의 정년퇴임이 있었다. 선생은 퇴임 후에도 인재 양성의 뜻을 끝내 저버리지 못하고, 해를 넘기자 바로 대성학원을 설립하여 5년간 운영하다가 1967년에 드디어 원래의 꿈이시던 농민 계몽 운동에 들어가신다. 충남 예산군 덕산면 둔리에 「가루실 농민학교」를 설립하고 정착한 것이다.

선생은 이곳에서 1984년 3월 1일, 향년 85세로 파란만장의 생을 마치시고 농장 뒷산에 영면하실 때까지, 농민 계몽과 자연을 상대로 여생을 보내신다. 그 기간 그리고 현재까지도 길영희 선생님을 추앙하는 수많은 제자들의 현지 방문은 이어지고 있다.

그의 가르침을 잊지 못하고 그리워하며 그의 고귀한 이념을 추종하는 물결은 앞으로도 길이 흐를 것이 틀림없다. 위대한 교육자의 힘은 장대하고도 영원한 것이라는 표본이라 하겠다.

내가 살아온 시대의 구획區劃

내가 살아온 지난 80여 년을, 그간 겪은 생활 문화를 기준으로 삼아 시대 구분을 한다면 어떠한 모양이 될까. 마치 우리나라의 근·현대사가 될 것 같은 감상이 앞선다. 그 시대적 변천의 폭이 무척 깊고 넓을 것 같다는 뜻이다.

내가 태어난 곳은 당시 경기도 수원군 서신면 광평리京畿道水原郡西新面廣坪里(현 화성시)라는 서해바다에 면한 전용 농촌이었다. 1930년 당시 태어난 후 3~4년간은 머리에 떠오르는 것이 전혀 없고, 다섯 살 때부터는 기억나는 영상들이 제법 꽤 남아있다. 한말에 사복사司僕寺 관직을 지내셨으며 소금 제조업으로 수천 섬지기 부를 이룬 작은 할아버지(종조부) 장례식 장면은 지금도 선명하다. 한겨울에 15일 장으로 치러졌는데, 대지주이며 지역

어르신으로 숭앙받았던 사유보다도 당시의 관습에 따랐던 것
같다. 가장 강렬하게 남아 있는 영상은 문상객으로 꽉 찬 집 안
팎의 광경이다. 넓은 바깥마당과 텃밭에 큰 차양을 여러 개 치고
그 밑에 깔아 놓은 수십 개의 멍석에, 짚신과 흰 두루마기에 크
고 작은 갓을 쓴 수백 명의 문상객들이 쉴 새 없이 들락날락하며
음식상에 둘러앉은 모습이다. 특히 장삿날에는 장지 야산 전체
가 흰옷 인파로 뒤덮였다.

 1930년대 중반은 3·1독립운동이 일어난 지 15년 넘게 흘렀지
만, 일제의 탄압 마수는 그때껏 우리 동네까지는 미치지 못하고
있었다. 면사무소 소재지인 매화리梅花里에 기껏 일본인 순사 한
두 명과 조선인 보조원이 주재소를 지키고 있을 뿐이어서, 우리
동네 생활상은 조선조 말기의 양상을 그대로 유지하고 있었다
고 할 수 있다. 마을에는 현대 문명의 편린조차 엿보이는 것이
드물었다. 일면일교一面一校정책으로 매화리에 4년제 보통학교가
설립되어, 사내아이 두셋이 보자기에 책을 싸 들고 다니는 것이
현대 문명의 메신저 역할을 하였다고나 할까….

 가장 긴요한 생활 문명인 전기불은커녕 등성이 너머 동네를
합쳐 30여 호 중 성냥과 석유 등잔조차 사용하지 못하는 집이
예닐곱 집이나 되었다. 그런 집에서는 화로에 불탄 재를 납작한
돌로 눌러놓고 불씨로 사용하고 있었다. 등잔불은 석유 대신 들
기름을 종지에 담아 솜 심지를 박아 놓고 화로에서 옮긴 관솔불

을 댕기는 수순을 밟아야 했다. 1937년경 처음으로 전기불이 들어온 곳은 유일하게 면사무소·학교·주재소가 있는 매화리뿐이었다.

거의 같은 시기에 수년래 농민들 부역으로 원래 있었던 좁은 길을 4m 정도로 넓히는 신작로新作路 공사가 끝나, 수원에서 매화리까지 35여km 구간에 버스가 흙먼지를 일으키며 아침·저녁으로 2회씩 다니기 시작하였다. 하지만 우리 마을하고는 아무런 연관이 없는 일이었다. 서신면에서 그 버스를 이용하는 사람은 식민 통치 행정 관계자·주재소 요원·대지주·보통학교 선생 등 몇몇으로 한정되었기 때문이다.

나는 여덟 살 때 4년제 보통학교 입학시험에 불합격하여 인천으로 유학을 떠날 때까지, 이러한 농촌에서 전통적 서당엘 다니고 있었다. 다시 말해 수백 년 간 문화적으로 별 변천이 없었던, 조선조 말기가 늦잠 자듯이 조용히 이어지고 있는 개명開明 전 단계 공간에서 유년기를 보냈던 것이다.

나의 소년기는 일제의 대륙침략전쟁이 막을 올린 1937년 인천에서 시작된다. 조선을 일본의 미곡공급기지로 고착시키려는 식민지 경영 정책으로, 일제는 조선인의 근대적 교육을 극단적으로 억제하고 있을 때였다. 나는 신학기가 시작되고 두 달이 지나서 인천에 올라왔기 때문에 공립보통학교 1학년 편입이 불가능하였다. 별수 없이, 졸업을 해봤자 중학 입학 자격을 주지 않는 5년제 학원에서 10개월을 보내야 했다. 이듬해 인천송림 공립보통학교 입학시험에서 13대 1의 경쟁을 뚫고 재수나 다름 없는 제1학년에 다시 들어가야 했다.

선친은 건축업을 시작해 한옥을 수십 채씩 지었지만 왠지 고등계 형사가 종종 선친을 경찰서로 불러들였다. 온몸에 피멍이 맺힌 채 여러 날 누워 계신 적도 있었다. 선친은 1920년 대 초 독립 운동가에게 기금을 대주기도 하고 모금 활동에도 연관되었다가 왜경에게 피검되어 함흥 형무소에서 3년 형을 치른 전력이 있었던 것이다. 그리고 1942년도에 다시 구속되어 죄목도 불확실한 재판 끝에 일 년 형을 또 치르셨다. 그러다보니 벌여 놓은 사업은 엉망이 되고, 재판 비용으로 집도 재산도 모두 남의 손에 넘어갔다.

1944년 4월, 나는 초등학교를 간신히 마치고 중학교 입학시험은 치르지 못한 채, 일본 반관반민 국책회사인 조선목재주식회사의 사환으로 취업을 해야 하는 신세를 감수해야 했다. 결과적으로 중등 교육을 포기하지 않을 수 없는 일제 강점기 학정의 희생자가 되고 만 것이다. 나에게 견디기 힘든 극단적 고난·고통의 시절이 서막을 연 것이다.

제일 큰 고통은 배고픔이었다. 하루 2홉 5작의 쌀 반 잡곡 반의 배급량으로는 육체노동에 가까운 사환 일을 감내하기에 턱 없이 부족한 칼로리였다. 하루의 일과가 끝나면 기진맥진하여 쓰러지기 촌보寸步 직전인 날의 연속이었다. 거기서 나는 육체적인 과부하過負荷에 더하여 조선인에 대한 일본인의 우월주의를 뼈가 시리도록 목격하고 스스로도 당해야 했다.

그런 지옥 같은 나날이 영원히 지속될 운명의 쇠사슬로 묶였던 식민지 조선에 어느 날 느닷없이 해방이 찾아왔다. 분수를 모르고 날뛰던 일제는 하늘에서 낙하산을 타고 내려온 원자탄에 의해 천벌을 받은 양으로 하루아침에 박살이 나고 만 것이다.

비록 세계 최빈국 상태로나마 우리는 마침내 재물로 바꿀 수 없는 소중한 자유를 맛보게 되었다.

1945년 8월 15일 조선 민족은 일제 강점기의 정신적인 고통에서만큼은 벗어났지만 경제적인 어려움의 긴 터널에서 벗어나기는 요원하다 못해 끝이 보이질 않았다. 온 국민이 힘을 합쳐 터널 탈출 작전을 치열하게 전개하는 출발점에 서게 된 것이다. 일제가 남기고 간 빈약한 경제적 기반에다 남과 북 그리고 좌우로 갈라진 정치적 혼란에 겹쳐, 거의 무에 가까운 상태로 국가 발전이란 난제를 온 국민이 일시에 껴안은 것이다. 그나마 남한만이라도 미국이란 경제 대국에 줄이 서져, 잉여 농산물 등의 원조로 근근이 기아를 면한 것만도 천만 다행으로 여겨진다.

여기서 조선 민족 특유의 자질과 저력이 유감없이 발현되는, 전 세계에 유래가 없는 일이 벌어진다.

세계 최빈국 탈출 작전이 교육열로 점화된 것이다. 국가 발전의 기본 요소는 인재와 자본과 기술이다. 인재는 오직 교육으로 육성되는 것이다. 35년간의 일제의 억압에서 벗어나자 예부터 전통적으로 이어져 내려온 조선 민족 고유의 열화와 같은 교육열이 불타올랐다. 조선의 청소년들은 너도나도 경쟁적으로 각종 학교에 쇄도해 들어갔다. 부모들은 소 팔고 논 팔아서, 때론 밥을 굶어서라도 자식들 뒷바라지를 기를 쓰고 감내해 나갔다.

이렇게 하여 근 20년간 쌓여진 인재는, 1961년 5·16혁명으로 질서가 강압적으로나마 잡힌 가운데, 제1차에 이어 제2차 계획 경제개발이 입안되어 실천에 옮겨졌을 때 그 진가가 나타났다. 마침내 한국은 그간 육성해낸 수백만 명의 중등·고등 교육 이수자를 바탕으로 현대적 산업 입국의 길로 달려가기 시작한 것이다. 드디어 일인당 GNI $50~$70에서 급경사를 달려 올라가는 강력한 엔진을 탑재한 기관차로 탈바꿈하는데 성공한 것이다.

다행히 필자도 중학교에 쇄도해 들어간 그 첫 무리 속에 끼어들어 1950년도에는 S대학에 입학도 하였고, 62년도에는 독학으로 건축 설계라는 전문직을 갖게 되었다. 이때부터 나의 시대 구분은 국가의 경제 개발이라는 기관차에 무임승차한 꼴이 되었다. 나 개인의 추진력에 좌우되었다기보다 대한민국 국력 신장의 혜택을 누려 왔다고 하는 것이 옳은 표현일 것 같다. 국가 안팎으로 대한민국과 그 국민은 특급 열차를 타고 배고픔에서 벗어났을 뿐 아니라 어언간 선진국 그룹으로 치닫고 올라가고 있어 국가와 국민 전체가 현저한 지위 상승을 누리게 되었다. 경제 번영과 정치 민주화를 세계에서 최단 시일 내에 이룩한 나라로 역사에 영원히 기록될 것이 확실하다.

돌이켜보면 나의 유년기는 농촌에서의 생활환경이 수백 년 동안 별 변화 없이 이어져온 조선조 시대의 연속선상에 있었으며, 현대 문명의 동이 트이기 전조 단계였다고 생각된다. 소년기는 일제 강점기 말기의 식민지 학대가 최고조에 달한 때여서, 직접 겪은 바가 지대해 강점기의 마지막 산 증인 세대라 할 수 있을 것 같다.

나는 초등 교육을 겨우 마치고 일제의 억압으로 중등 교육의 길이 막혀 일본인 회사 사환으로 2년간을 허송하던 중 소년기 말기시점에서, 일제로부터 해방을 맞이해 독학으로 2년을 건너뛰어 꿈에 그리던 중등 교육을 이수하게 된다.

그러나 50년도에 대학에 진학하자마자 6·25동란이 터져 온 국민의 고난의 여정은 그칠 줄을 몰랐다. 일제 강점기부터 이어져 내려온 세계 최빈국 상태는 좀처럼 탈출구가 보이지 않았다. 53년에 휴전은 되었지만 잿더미가 된 조국 강토에 전화戰禍 복구 작업과 식량 부족·빈곤·정국 불안 등으로 다시 고난의 여정이 이어진다.

마침내 61년 5·16군사혁명이 발발해, 우리는 필사적인 몸부림 끝에 60년대 중반부터 90년대 초반까지 연율年率 8~10%라는 세계에 전례가 없는 고도의 경제 성장을 이룩하여 드디어 한강의 기적을 달성한다.

2013년 현재 대한민국은 자체적으로는 아직 선진국 문턱에서 있다고 겸손하게 자처하지만 세계 주요 언론은 한국을 이미 선진국으로 간주하는 보도가 줄을 잇고 있다. 주요 산업 중 세계 최 상위권에 자리매김한 업종만도 IT와 전자, 자동차, 조선, 철강, 석유 화학, 섬유, 건설, 심지어 원자력 발전소 등에다 각종 부품 산업까지 이루 다 헤아릴 수 없을 정도다.

이제까지 80여 년밖에 살지 못했지만 내가 실지로 겪은 문화와 세월은 변화의 폭이 10년이 여일하게 미미하였던 조선 시대 말기 문화가 대부분 그대로 남아 있었던 시기부터 시작되었다. 연달아 20세기 일제의 대륙침략 강점기, 제2차 세계대전, 8·15 광복, 6·25동란, 5·16군사 혁명, 새마을운동, 경제 고도성장, 한국의 산업화·민주화, 한강의 기적이라는 물결에 실려 여기까지 떠밀려왔다.

21세기 세계 최고 IT·Digital 강국 시대에다가 더하여 선진국 진입에 이르기까지 아마도 수백 년간에 해당되는 생활 방식의 변천을 실지로 겪으며 살아왔다고 볼 수 있다. 필자는 그만큼 여러 형태의 다양한 사회를 직접 보고 겪은 것이라고 할 수 있겠다.

나이 든 사람들의 특성의 하나는 그가 살아온 일생에서 지금 살고 있는 이 시대의 좌우를 수평적으로 관조하면서 동시에, 과거로 거슬러 올라가서 현재에 이르기까지 흘러간 긴 세월 동안 보고 겪은 변화무쌍한 변천들을 수직적으로도 비교할 수 있는 장점을 지니고 있다. 특히 한국과 같이 지나간 100년을 극심한 요동·변화 속에서 보낸 나라 사람들에게는 그 변천의 폭은 훨씬 깊고 넓다고 할 수 있다.

지금 20~30대에게는 국가적 가난·재앙이라는 과거가 없다. 눈앞에 보이는 것이 이 세상 전부다. 자연히 좌우 옆만 눈에 들어온다. 옛날과는 비교할 수 없을 정도로 다 잘 살면서도 10명 중 하나인 나보다 더 잘 사는 사람과 자기를 상대적으로 비교한다. 나보다 못사는 사람은 보지 않으려 든다. 이렇게 되면 자기 삶에 만족을 느끼지 못하는 사람이 더 많아질 수밖에 다른 길이 없다. 이것이 오늘날 한국의 현실인 것 같다.

갖은 고초를 다 겪으며 살아온 구세대와 1세대들에겐 젊은이들의 불만이 안타깝기가 그지없다. 자칫 선진국 진입을 눈앞에 두고 이제까지 쌓아 올린 탑이 더 올라가지 못하고 멈출까봐 안절부절못한다. 한국의 경제 성장이 여기서 정지된다면 하는 두려운 망상이 눈앞을 어두운 그림자로 가리는 것이다.

과거 수십 년간 국민의 일각에서 분배를 요구하는 목소리는 항상 끊이지 않았었다. 하지만 절대다수의 국민들이 인내와 국가 장래에 거는 희망으로 고통을 참고 여기 선진국 문턱까지 허덕이며 달려왔다.

젊은이들이여, 그대들의 어깨에 달려 있는 것이다. 여기서 분배라는 유혹에 눈이 팔려 성장을 늦추면 우리는 일본을 따라잡고 뛰어넘을 좋은 기회를 놓치고 말 것이다. 일본이 고령화 사회라는 덫에 걸려 주춤하는 사이, 우리는 전력투구로 그들을 따라잡고 뛰어넘어야 한다. 시간은 많이 남지 않았다. 곧 닥쳐올 한국의 고령화 사회 진입 이전이 유일무이의 기회라는 것을 명심하여야 한다.

아니면, 대한민국은 싫든 좋든 간에 영원히 일본의 뒤를 따르는 2류 국가로 처해 있어야 할 신세가 될 수밖에 없을지도 모른다.

젊은이들이여! 제발 그대들 윗세대들이 건네주는 경제 성장이라는 바턴터치를 분배라는 바턴터치로 바꾸어 그 다음 세대에 넘기지 않기를 간절히 종용하는 바이다. 분배를 후대들에게 넘겨주는 우리의 오랜 고유의 숭고한 전통을 한 세대만이라도 아니 반 세대만이라도 늦춰 준다면 수백년래 우리민족의 염원인 동양의, 더 나아가 세계 최정상 산마루 등정도 불가능하지 않을 것이다.

정희와 남식이

　지금 나이에 새삼 어릴 적 추억 운운하는 것이 유치한 취향이라고 웃거나 빈축을 사는 친구들이 있을 것 같다. 내가 회상하는 것은 등장인물 자체라기보다 그 시대 상황에 대한 향수가 더 강한 상념인 것 같다.

　내가 한문을 배우기 시작할 즈음인 대여섯 살 때의 일들은 제법 내 머리 속에 흑백 사진으로 여러 장 저장되어 있어 언제라도 그다지 빛바래지 않은 사진 한 장 꺼내 보기가 번거롭지 않다.

　내가 태어난 경기도 서해안 농촌마을 사진부터 한 장 꺼내보자. 야트막한 야산 동쪽 기슭에 우리 집이 동남 방향으로 자리하는데, 좌편은 제법 규모가 큰 종조부 댁 기와집이 차지하였고,

우편에는 좀 떨어진 곳에 초가삼간보다는 약간 큰, 부엌이 딸린 안방과 사이에 흙마루를 낀 건넌방에다 헛간이 붙어 합해서 네댓 칸 되는 정희네 집이 있었다. 그리고 우리 집 사랑채 전면에는 텃밭과 논두렁 건너에 정희네 집과 대동소이한 남식이네 집이 작은 안마당을 안고 남향으로 앉아있었다.

나하고 동갑내기인 정희네와 남식네는 다 같이 소작인이었다. 건너 쪽 등성이 너머 동네에는 20여 호 가량 되는 우리 일가친척들이 모여 살고 있었지만 우리 동네는 모두 여덟 집 밖에 되지 않았다. 그 너머 동네에는 친구가 될 만한 또래들이 여러 명 있었지만 내가 그곳까지 간 적은 거의 없고 설날에 때때옷 차림으로 세배를 다녔던 기억만 남아 있다.

자연히 나의 활동 무대는 우리 동네로 한정되었었다. 갈 곳은 타성박이인 남식이네와 정희네 뿐이었다. 왠지 남식이나 정희가 우리 집에 놀러 오는 일은 없었다. 한문 공부가 끝나면 점심을 마치는 대로 부리나케 텃밭 아래 우물가를 돌아서 논두렁길을 건너 남식이네 집으로 달려가는 것이 내 일과였다.

그 당시 남식이네서 무엇을 하고 놀았는지는 생각나는 것이 별로 많지 않다. 내가 가지고 다니는 딱지나 구슬치기를 진력도 내지 않고 매일 되풀이해 논 것 같다. 둘 다 한복을 입고 대님까지 맸지만 나는 검은 고무신을 신었고 남식이는 짚신을 신고 있었다. 계절 따라 뽕밭에서 오디도 따먹고 뒷동산 초입에 들어가 산딸기나 머루 같은 것을 찾아다니기도 하였다. 까맣게 익은 오디는 혀와 입 언저리를 검붉게 물들이고 흰 옷에 온통 묻혀, 야단맞은 기억에 지금도 웃음이 떠오른다.

보리가 이삭을 내밀고 노랗게 물들기 시작할 무렵의 어느 날, 남식이네가 갑자기 예고도 없이 모두 다 사라졌다. 당시 가난을 인식할 나이가 아니었던 터라 남식이네가 보릿고개를 못 넘기고 도회지 노동판으로 떠났다는 사실을 어린 내가 이해할 리가 없었다.

나는 몇 날을 남식이네 빈집을 헛되이 기웃거리기를 반복한 것 같다. 그 허전하고 외로운 가슴이 오래도록 맴돌았던 것은 마을 안에 마음을 옮길 다른 대상이 전혀 없었기 때문이다. 동네 여기저기를 덧없이 헤매고 다녔던 지루한 기억이 좀처럼 꺼내들은 허상 속 사진에서 지워지지 않는다. 실제로는 그 허전함이 그다지 오래 간 것이 아닐 지도 모르겠다. 다른 한 장은 난데없이 정희와 소꿉장난을 벌이고 있는 그림이다. 또 다른 한 장은 내가 정희네 부엌 아궁이에서 불을 쬐는 장면이다.

내가 정희 아버지를 본 기억은 없다. 정희네 식구는 어머니와 오빠뿐이었다. 몇 년 후 방학 때 들은 이야기로는 정희 아버지는 이웃 동네 머슴살이를 하다가 함경도 탄광에 징용으로 끌려가서는 영영 소식이 끊겼다는 것이다.

허드레 일 등으로 우리 집에 자주 드나드는 정희 어머니는 나에게 퍽이나 호의적이었다. 가을 추수가 마무리되고 다소 쌀쌀한 바람이 불던 늦가을 어느 날, 정희와 나는 화로 불을 쬐면서 잿불 속에 묻은 밤이 익기를 기다리고 있었다. 정희 오빠가 산에 나무 하러 갔다가 주워 온 밤이다. 머리에 칼집을 낸 데가 불쑥 벌어지기 바쁘게 꺼내 봤지만 정희 어머니가 아직 멀었다고 하시는 바람에 다시 쑤셔 넣다가 뜨거운 재를 날려 둘이서 혼난 일이 아련한 꿈처럼 생각난다.

정희네 집에서 겪는 일은, 처음 보는 신기한 일이 많았다. 아궁이에 불을 지피는 방법이 우리 집하고는 사뭇 달랐다. 정희 어머니는 화로 속에서 붉은 잿불을 꺼내 마른 솔잎 불쏘시개에 옮겨 놓은 다음 입으로 훌훌 불어 댄다. 그렇게 불꽃을 일으켜 아궁이로 옮기는 일이 내 눈에 답답해 보인 모양이다. 하루는 점심 후에 우리 집에서 작은 성냥 한 갑을 가져다가 정희 어머니에게 드렸다. 정희 어머니는 반색을 하며 "아이고, 세상에 어린애가 착하기도 하지"하시며 내 머리를 쓰다듬어 주셨다.

나는 정희와 놀다가 저녁때에 맞추어 신바람이 나서 우리 집 샛문을 밀쳤다. 어머니가 기다렸다는 듯이 나를 안방으로 데리고 들어가신다. "너 이 성냥 갑 정희 어머니 갔다 드렸지?"하고 웃으신다. "정희 이미니가 이거 돌려주고 가신 거야. 아버지가 아시면 큰일 나"하시며 걱정스러워 하신다. 아니나 다를까, 우물가에서 벌써 소문이 퍼져 나가 아버지께서 저녁 전에 날더러 회초리를 꺾어 오라는 엄명을 내리셨다. 어머니가 안쓰러워하시며 보드라운 미루나무 잔가지를 준비하셨다. 나는 두 줄기 눈물을 줄줄 흘리면서 겁에 질린 채 대님을 풀고 바지갈래를 무릎 위로 걷어 올렸다.

그 후로도 정희네 집 출입을 더 늘렸을망정 줄이지 않았다. 정희와의 소꿉놀이도 계속되었다. 특히 겨울철 초저녁 때 정희네 안방 살림 속에 내가 들어갔던 기억들이 흑백 아닌 천연색 영상으로 재생되는 것이 여러 장면 나온다. 날씨가 추운 날 정희네 단칸 안방에서 소꿉장난을 친 기억은 매우 또렷한 사진이다. 방바닥은 우리 집처럼 콩기름을 먹인 장판지가 아니라, 맨흙 바닥에 엉성하게 깔린 돗자리였다. 방세간은 윗목 고리짝 위에 이불이 두어 채 얹혀 있을 뿐이었다. 방안엔 흙내가 밴 훈기가 감돌았다. 아랫목엔 항상 얇은 요가 깔려 있어 그 밑이 따스했던 것이다. 땔나무는 나이 차가 많이 나는 정희 오빠가 부지런히 해다 쌓아 놓는 바람에 넉넉한 편이었다.

겨울 해가 벌거벗은 나뭇가지 사이를 옮겨가면서, 뒷동산 너머로 긴 그림자를 그리며 떨어지면, 초가집 단칸 방안은 누렇게 바랜 창호지로 가려진 작은 봉창마저 어둠 속으로 점차 녹아들어간다. 때를 맞추듯이 정희 어머니가 불붙인 관솔을 들고 방에 들어와, 종지에 든 들기름에 꽂아 놓은 솜 심지에다 불을 댕긴다. 그리고 세 사람 몫의 밥상을 들고 들어온다. 저녁을 일찍

먹는 이유는 점심을 거른 때문이라는 것도 나는 한참 뒤에야 알게 되었다. 정희네 세 모자녀가 둘러앉은 밥상 위에는, 잘 해야 쌀 한 톨 보이지 않는 잡곡밥이고, 계절 따라 갖가지 죽이나, 감자·고구마·옥수수·개떡 중에서 한두 가지와, 반찬으론 오직 시래기 국과 김치조각에 간장이 전부다.

들기름 등잔불에서 내뿜는 매운 연기에 내가 더 이상 견디기 어려워질 무렵이면, 어김없이 나를 데리러 어머니가 오신다. 밖은 아직 어둑어둑 땅거미가 기고 있을 따름인데, 어머니 등에 업혀 집에 가는 것이 내 사진 속의 겨울 풍경이다.

일곱 살이 되면서 구정을 새고 정월 보름날이 후딱 지나자, 집에서 천자문을 뗀 나는 여러 마장 떨어진 이웃 동네 밖, 큰 느티나무 곁에 있는 서당엘 다니게 되었다. 첫날 서당 사랑채 큰방 아랫목엔 한복 정장을 한 연세가 지긋한 훈장 선생님이 정좌正坐를 하고 계신 앞에 나를 마주 앉히셨다. 나를 시험 삼아 작은 서궤 위에 펴놓은 천자문을 읽도록 하신 동안, 방 삼면을 둘러앉은 열댓 명의 다른 학동들은 붓글씨 습자 연습에 여념이 없었다. 나에 대한 면접이 끝나자 그들은 하나같이 돌아 앉아 면벽面壁을 하고 각자 앞에 펴놓은 책들, 각자 과정에 따라 천자문에서 논어·맹자 등 시경四經까지의 글을 제각기 소리높이 암송하기 시작했다.

서당을 왕래하면서 정희네 집 앞을 하루 두 번씩 지나치다가,

어쩌다 눈을 돌려 집안을 기웃거리면 정희와 마주치게 되기도 하였지만 그냥 외면하기가 일쑤였다. 붉은 댕기를 드려 머리를 땋아 등 뒤로 늘어뜨린 정희는 무척 가냘픈 모습이었다.

이와 같은 생활은 내가 여덟 살이 된 이듬해 봄에, 면사무소 소재지에 들어선 4년제 보통학교 입학시험에 떨어져(부친의 독립운동 관련 전과기록 때문에), 서당을 그만두고 6월초에 인천으로 보통학교 유학을 떠나게 됨으로써 종말을 고하게 되었다. 하지만 고향을 아주 떠난 것이 아니어서, 아홉 살 때 여름 방학을 시작으로 한해 두 번씩 방학 때마다 어머니가 혼자 지키시는 고향 집을 찾았다. 그런데 서당 친구들과 어울리는 바람에, 정희와의 관계는 소홀해지고 만 것 같다.

여름날 한번은 염전 저수지에서 물놀이를 하다가 저녁때가 되어서 정희네 집 앞을 지나치는데 마침 식구들이 마당에 멍석을 깔고 때 이른 저녁을 먹고 있었다. 메뉴는 콩죽에다 애호박과 맷돌로 갈아 체로 친 검누런 메밀가루로 수제비를 떠 넣은 것인데 침이 꿀꺽 넘어가도록 혀가 당겼다. 정희 어머니가 "너 이것 좀 먹어 볼래?"하시는 바람에 배가 고팠던 터라 얼핏 주저앉았다. 정희가 물김치를 내 앞에 밀어 놓는다. 거의 일 년 반 만인데 당장 할 말이 없었다.

겨울 방학에는 밖에서 눈에 뜨이는 일은 없었고, 내가 찾아가지도 않았기 때문에, 내 머리에서 정희 생각은 점차 희미해져

갔다.

너무나 가난한 정희네 집안의 음침한 공간과 매캐한 고린내에, 도회지 물맛과 전깃불에 눈이 익은 나의 발길을 돌리게 한 구실임이 솔직한 심정이었을 것이다. 사실은 들기름 등잔불이, 밝은 따스한 빛을 내비치는 것보다도, 눈을 바로 뜰 수 없게 만드는 매운 연기를 내뿜는 괴물처럼 여겨졌다. 일제강점기를 상징하는 이러한 가난이 죄가 되어 우리 둘을 갈라놓은 원흉이 된 것일지도 모르겠다.

지금 돌이켜 보건데, 정희네와 남식이네의 찌든 가난은 일제강점기 조선 농촌의 보편적 생활상의 편린을 들쳐본 것에 불과하다. 그야말로 양피를 뒤집어 쓴 승냥이와 다름없는 일제에 의한 조선 농민 수탈의 결과로 야기된 빈곤의 참상을 여실히 밝혀주고 있는 본보기라 할 수 있다. 그러한 수탈로 인하여 조성된 조선 농촌 전반에 걸친 빈곤의 일환인 정희와 남식이네의 전형적으로 찌든 가난은, 작금의 소수 극빈층의 현실과는 천양지차가 나게 취약하였다. 이는 1937년 전후 일제강점기에 조선 민족이, 특히 전 인구의 80%를 점하는 조선 농민이 겪은 혹독한 수난의 두드러진 한 단면이라 할 수 있다. 역사서가 아니더라도 어디엔가 빈드시 기록해 두어야 한다. 이리한 이야기는 이띠한 사소한 침략이라도 다시는 당하지 않도록 후대에게 잊히지 않게 들려주어야 하는, 필자가 직접 겪은 식민지기 일상생활의 반인륜적 실상이다.

일제는 국책사업으로 옹호擁護·조장한 일본인 지주들의 50% (실질 55%) 소작료수탈제도와 공출·반가半價강제매수 등의 수탈 방법으로 해마다 총 생산량의 반에 가까운 연간 800~900만 석의 미곡과 100여만 석의 대두大豆를 거둬 일본으로 들여갔다. 그리고는 부족한 식량은 총독부가 만주에서 잡곡(주로 조)을 수입해 조선인의 배고픔을 줄여 주었다고 버젓이 생색을 내기까지 한다. 하지만 당시 잡곡의 수입량은 연간 조 100만 석 안팎에 불과하였다. 일본으로 이출(수탈)한 미곡의 12%에도 못 미치는 양이다. 수입된 조 100만석은 콩 이출량 100만석과 상쇄됨으로, 일본에 순전히 수탈된 800여만 석의 미곡은 달리 보충할 방도가 전혀 없었던 것이 자명하다. 일본인의 배를 채워주기 위해 그만큼 굶주릴 조선인이 많이 나올 수밖에 다른 방도가 없었던 것이다.

자기만족과 초크 일병

영어 사전에 만족(Satisfaction)을 "행복한 감정, 어떠한 성취를 달성하였거나, 또는 원하던 것을 얻었을 때 갖는 즐거움(A feeling of happiness or pleasure because you have a-chieved something or got what you wanted.)"이라고 나와 있다.

한국 전쟁이 한창이던 1950년 말 대학에 다니다가 지원병으로 입대하여 한국에 차출된 한 미군 병사에게 '행복이란 무엇인가'를 물었더니, 안전Security과 자기만족Self-satisfaction이라고 서슴없이 나오는 것이었다. 그는 부유한 대농장주의 장남으로 태어나 7세 때부터 자기 힘으로 용돈을 벌어 왔고 대학도 방학 동안 일을 해서 2년을 마쳤다는 것이다. 처음엔 믿기지 않는 일이었지만 설명을 들으니 의심했던 나 스스로가 부끄러웠던 기억이 생생하다.

초등학교에 들어간 해 방학 때 그는 아버지의 농장에서 근로자 수십 명을 거느린 작업반 반장에게 고용되어 건초 묶는 일을 도왔다는 것이다. 반장이 동절 가축 사료인 건초 더미를 로프로 묶을 동안 한 쪽 끝을 잡아 주는 일이란다. 그렇게 오후 내내 따라 다녀서 50센트를 받았다는 것이다. 아마도 어릴 적부터 자립심을 키워 주려는 아버지의 뜻이 있었겠지만, 여하튼 방학이 끝날 때까지 10달러를 벌었다는 것이다. 그는 군대도 제대 후 국가의 무상 교육 혜택 자격을 얻기 위해 입대를 자원한 것이었다.

그의 집이 부유하다는 것은 어머니가 거의 매주 항공편으로 부쳐주는 소포로 짐작이 갔다. 내용물은 대부분 통조림, 건·견과乾·堅果 같은 식품류였는데 우표 값이 내용물의 몇 배가 되는 것이 보통이었다. 물론 그가 좋아하는 기호품이었겠지만, 도저히 다 처리할 수가 없어 동료들과 한국인에게 나눠주기에 바빴다.

사람들은 그를 초크 일병(Cpl. Charles A. Schreck, Jr)이라 불렀다. 초크가 맡은 업무는 작전과 서기 일이었으며, 소속 부대는 공병대로서 전선 후방의 작전도로 정비 작업을 하고 있었다. 앞서 기술한 1951년 7월 경 남한강 목향교 공사를 끝내고, 지선 도로까지 합쳐 연 길이가 백여km에 달하는 경춘 간 비포장 군사 도로의 보수 유지를 하는 작업이었다. 매일 한국인 노무자가 천여 명씩 동원되어, 모래와 자갈로 도로 요철을 메우고 유실 부위를 보수하는 수작업이 필사적으로 진행되고 있었다.

전 국민이 하루의 양식에 급급하던 때이다. 노무자의 임금은 주급으로 주말에 지급되고 있었다. 당시 하루 일당으로 안남미安南米 1.5kg을 살 수 있는 정도의 금액이었다. 노임으로 지급될 돈은 서명Signature을 등록한 장교 한 사람이 병참기지 재무과에서 인출해야 되는데, 한번은 담당 장교의 사정으로 인출이 늦어져 토요일 늦게 도착하는 바람에 당일 지급이 불가능하였다. 일이 꼬이려는지 다음날 일요일은 오랜만에 맞는 휴무일이었다.

통역 일을 맡고 있었던 나는 앞이 캄캄했다. 노임을 월요일까지 이틀이나 늦춘다면 하루 벌어 하루 먹는 천여 명의 아우성이 덮쳐 올 것이 뻔하였다. 일시가 급한 사정을 책임자에게 건의해 일요일 지프차Jeep 사용을 어렵게 허락받았다. 그런데 수송부 Motor Pool 책임 하사관이 막무가내였다. 쉬는 날 현지인(비하어로)을 위해 차를 내줄 수 없다는 것이다.

임금 지불을 책임진 작전과 서기인 초크 일병이 대통 싸움을 벌인 끝에 우리(서기와 통역 2인)는 경춘 간 국도에 산재散在한 노무자 캠프Labor Camps를 향해 달려갔다. 운전을 하는 서기는 여전히 흥분을 가라앉히지 못하고 우울한 심정을 토로하며 무식한 상사 놈의 인종 차별적 막말을 부끄러워했다. 우리 둘은 묵묵히 들을 뿐이었지만, 가슴 속에선 초크 일병의 인간성에 고개가 숙여지고 고마움과 미안함이 번갈았다. 모처럼의 휴일을 반납하고 자진해서 가난한 토착민 편에 서준다는 것이 예사로운 일이 아니었다.

지프차가 심하게 굽이진 경춘 간 마석 고개를 넘어 급한 커브 길을 돌아서는 순간 아래쪽에서 힘차게 달려 올라오는 미군 군용 트럭이 뒷좌석 오른편에 앉아 있던 내 눈에 비치자마자 쾅 하고 모든 것이 일시에 일어났다. 군용 트럭과 지프차가 속도를 줄이지 못한 채 정면충돌을 한 것이다.

나는 잠시 정신을 잃었다가 가슴에 심한 통증을 느끼면서 깨어난 모양이다. 제정신이 들자 숨이 쉬어지지 않는 것에 본능적인 공포감에 휩싸였다. 의식은 멀쩡한데 안간힘을 부려도 숨은 막힌 채였다. 죽음이 눈앞을 아른거리기를 몇 십 초간 숨을 쉬어보려고 죽을힘을 쓰는데 한 순간 심장인지 폐인지를 송곳으로 찌르는 것 같은 강도 높은 통증이 습래해 왔다. 다시 안간 힘을 쓰자 그 심한 통증이 서서히 내장을 뚫고 한동안 들어가다가, 갑자기 아픔은 거짓말처럼 말끔히 사라지고 동시에 호흡이 가능해지며 온 세상이 황금빛으로 빛났다. 그 순간 이루 형용할 수 없는 생의 희열이 온 몸에 충만해 왔다. 요행히도 앞좌석에 놓인 돈 뭉치가 가득 찬 군용 더플백이, 내가 앞창에 부딪치는 것을 막아내어 다른 부상은 없는 것 같았다.

정신을 차리고 차안을 둘러보니, 차안은 한마디로 아수라장이었다. 지프차 엔진을 밀어붙여 전면 방탄유리창이 찌그러진 채 군용트럭 범퍼가 코앞에 와 있었고, 운전대와 좌석사이에 낀 초크 일병은 입에서 턱 밑으로 피투성이가 되어 엎드린 채였다. 다행이 내 옆에 앉아 있었던 친구이자 함께 통역 일을 하고 있는 김용주는 바로 앞의 운전석 등받이가 충격을 흡수해준 덕에 큰 상처는 없는 것으로 보였다.

트럭 운전자가 연락을 취한 모양으로, 곧 헬리콥터가 날아왔다. 초크 일병이 야전병원으로 긴급히 후송되었다. 우리 두 사람도 서울 외곽에 있는 미 제121야전병원으로 이송되어 제반 검사를 받았지만 별 이상이 발견되지 않았다. 중상을 입은 초크 일병은 응급처치 후 일본으로 이송되었다는 소식은 들었지만, 그의 용태가 어떠하였는지는 그 후 알 길이 없었다.

어언 한 달여가 지난 후 그가 다시 부대에 돌아온다는 반가운 소식이 전해왔다. 며칠 후 초크 일병이 거짓말처럼 우리 앞에 나타났다. 만나자마자 그는 크게 웃음을 띠우며 '우리 두 사람도 혹시 다친 거 아닌가 걱정하고 있었다' 며 반색을 한다. 뜻밖에도 그는 겉보기에 멀쩡해, 사고 차에 함께 탔던 세 사람은 환담을 즐겁게 나누었다.

그의 부상부위를 현장에서 직접 목격했던 나는 그 처참한 광경을 상기하며 그의 병원생활을 물어봤다. 그는 다시 크게 웃으며 대뜸 입을 벌리더니 아랫니를 송두리째 들어내 보인다. 아연실색, 김용주와 나는 숨을 멈추고 침통의 늪에 빠져버렸다.

그가 입에서 꺼내들은 것은 말발굽형의 아랫니전체틀니였다. 생니가 하나도 안 남았는데도 그는 여전히 웃음을 띠며 괜찮아(It's O.K.)라고 하면서 살아있는 것만도 천만 다행이란다. 아래턱뼈가 운전대에 부딪혀 여러 개로 조각난 것을 원상태로 붙여놓은 의사들이 대단하다는 것이다. 자신의 운전 부주의로 발생된 결과지 달리 원망할 사람은 아무도 없다는 것이다.

노임을 목매어 기다리는 토착민의 배고픈 사정을 해결하기 위해 휴무를 반납하고 자진해 나섰던 응보가, 기껏 틀니로 돌아오다니 기가 막히고 가슴이 메워질 심정이었다. 그의 태연하고 의젓한 반응에 우리도 같이 웃어넘길 수는 없었다. 숙연해지는 한편 앞으로 22세의 젊은 그가 일생 동안 틀니를 끼고 살아가야 할 일을 생각하니 목이 막혀 더 이상 말을 이을 수가 없었다.

자칫 '그놈의 한국인들 때문에' '그놈의 수송부 하사관 때문에' '그놈의 재수가 없어서' 등 한 없이 원망이 쏟아질 것 같은데. 그는 전혀 내색을 안 한다. 동양의 성인군자도 아니고, '한낱 미군 병사에 지나지 않은데' 하는 생각에 새삼 서양의 정신문화가 경이롭다는 데 생각이 미친다. 그는 상사의 즉각적인 의병제대 권고도 마다하고 나머지 임기 두 달을 채운 뒤 고국으로 돌아갔다.

그 후 한두 차례 그로부터 카드와 편지가 있었지만 나는 답장을 내지 못했다. 나라가 너무나 가난했던 터라 거금을 들여 항공우편을 일반인이 미국에 부친다는 것은 엄두도 내지 못할 시절이었다는 구실이다.

그가 한국에, 아니 적어도 나에게 남기고 간 것은 아랫니 전부 말고도 값으로 칠 수 없는 무형의 크나큰 가슴이라는 유산을 들 수 있다. 인생에서 가장 소중한 것이 올바른 가치관이라는 것을 깨우쳐 준 것이다. 초크 일병은 세계 제일의 부자 나라인 미국에서 800여 에이커를 소유한 대농장주의 아들이다. 그런데 부모에게 의존하지 않고 자기의 힘으로 대학을 마치려 하는 것이다. 부모에게 학비를 받기는 자기 자존심이 허락지 않는다는 것이다. 자기 아버지도 할아버지한테 학비를 받지 않았다는 것이다. 혹시 부득이한 사정으로 돈이 필요해 아버지한테 청한다면, 구태여 무엇에 쓸 것이라고 설명을 안 해도, 아버지는 자기를 믿고 액수가 크더라도 주실 것으로 확신하고 있다는 것이다. 하지만 지금은 그럴 때가 아니라는 것이다. 아직은 자기 노력으로 해볼만 하다는 것이었다.

미국이 하루아침에 그냥 이루어진 나라가 아니라는 것을 시사하는 깃으로 고개가 절로 숙여진다. '안전과 자기만족'이 행복의 기본 요소라는 신념을 지닌 초크 일병이다. 그는 절대적 선善을 지향하여 자기만족 기준을 일찍이 확립하고 있었기에 아

랫니 전부를 남기고도 추호의 후회 없이 한국을 떠났다는 것을
나는 비로소 이해하게 된 것이다.

후일담

1994년은 초크 일병이 한국을 떠난 지 43년이 되는 해이다.
그간 그의 생각이 뇌리를 아주 떠날 리는 만무한 일이다. 세월이
약이라고 많이 희석되었지만, 그래도 그에 대한 아쉬움은, 오랫
동안 소식이 끊긴 다른 각별했던 친구들 못지않게, 항상 그를
앞줄에 세워 놓곤 하였지만 좀처럼 붓을 들기가 망설여졌다. 그
가 믿는 신의 축복이 있을 것으로 믿고 바랄 뿐이었다. 실은 너
무나 큰 국력 차 때문에, 괜히 무엇인가 바라는 것 같은 옹졸한
자격지심이 막아섰었다고 하는 것이 나의 속내였을 것이다.

그러던 어느 날 김용주 군을 수십 년 만에 만났다. 둘이는 쌓
인 회포를 풀던 중, 관심사가 초크 일병에 대한 그간의 궁금증으
로 옮겨갔다. 김용주도 초크 일병의 주소지를 적어놓았으면서도
서신 왕래가 없었다는 것이다. 그의 마음속도 나와 대동소이했
다는 것이다. 즉석에서 갑자기 나는 마음을 굳혔다. 지금은 핑계
일 뿐이라는 자괴감마저 들었다. 오히려 발전된 한국을 자랑할
때인 것이다. 우리 두 친구도 세계 어느 나라에도 뒤지지 않는

한국 전문직 종사자라는 것을 알려주어야 하겠다는 생각이 불현듯 솟는 것을 막을 수가 없었다.

그날 밤 나는 초크 씨에게 보내는 편지를 쓰기 시작하였다. 몇 줄 적어 나가다가 괜한 의구심이 앞을 가린다. 그가 아직 그곳에 살고 있을까. 혹시 이 세상에서……. 별의 별 걱정이 다 떠오른다. 아니야, 밑져야 본전이지 뭐, 엉뚱하게 "이 편지가 당신을 만나게 될지 운운……." 하며 편지를 주인공으로 내세워 짧지 않은 글을 밤늦게까지 써나갔다.

편지를 부친 지 두 주가 지나가자 혹시나 하던 기대가 사그라져갔다. 항공 우편이 10일이면 충분히 왕복하고 남는 시대인데 하는 생각이 들었기 때문이다.

그런데 한 달여가 지나, 거의 체념하고 있던 터에 느닷없이 두터운 봉투 하나가 미국 코네티컷에서 날아왔다. 초크로부터였다. 나는 뛰는 가슴을 잠시 가라앉히고 조심스럽게 봉투를 뜯었다.

편지는 대뜸 "Dear Lee, 내가 너를 얼마나 보고 싶어 했는지 모를 거야. 제기랄, 40여년이 꿈 같이 지나갔구나. 너한테서 온 편지를 내가 받아 보다니 기적 같은 일이다. 하나님의 은총이 이렇게 소리 없이 나타났구나! (생략) 그긴 한국에 관한 기사는 빠뜨리지 않았기 때문에 많이 발전하였다는 소식을 접할 때마다 내 일처럼 기뻐했다. 나는 농장을 아들에게 넘겨주고 지금은 은퇴 생활을 즐기고 있다. 답장이 늦은 것도 유럽 여행 중이었기 때문이다. (생략) 혹 내가 너에게 해줄 수 있는 일이 있다면 서슴없이 알려 주면, 나에겐 큰 보람이 될 것 같다. (생략) 내가 한국에 두고 온 내 생니 때문에 네게 심려를 많이 끼친 모양인데 고맙긴 하지만 별 불편 없이 지내 왔으니 그만 마음 놓기 바란다. 뭐 참 너도 틀니 클럽에 가입했다고? 하하하……. 안 되었다고 할까, 같은 회원으로서 반갑다고 해야 할 일인지 구별이 안 되는구나. 우리 참 많이 늙었구나. (생략)

더 늙기 전에 자주 소식 교환하기를 바라면서 신의 축복이 있기를 빈다."

마음속에 맺힌 매듭이 일시에 확 풀리는 편안한 감에 젖어들어 그날 밤 나는 깊은 잠에 빠져들 수 있었다. 그러면서도 그 후 다시는 서신 왕래 없이 크리스마스 때 겨우 카드로 대신하기를 몇 년 더하던 중 돌연 그의 부보가 아들한테서 날아왔다. 갑작스런 사인이 심장마비였다는 것이다. 앞으로는 그 알뜰한 카드조차 받을 사람이 없다는 뜻이기도 하다. 하지만 크게 한탄하지도 않은 것 같다. 물론 아쉽고 슬프기는 여느 친족과도 다름없었지만 그만큼 그와의 관계는 물 흐르듯이 좋은 옛 친구 정도의 부드러운 것으로 자리 잡혀 있었던 것이다.

그러나 초크가 하늘나라로 영영 떠났다고 해서 그와의 인연이 아주 끊어진 것은 아니었다.

1999년 11월 초, 나는 친구인 화상 정기용과 함께 뉴욕 맨해튼에서 십일 가까이 묵고 있었다. 정기용이 전위작가 백남준과 존 배John Bae라는 고명한 교포 금속 조각가와 업무를 처리하는 동안 나는 메트로폴리탄 박물관, MOMA 현대미술관, 구겐하임 같은 미술관을 섭렵하기에 푹 빠져 넋을 잃고 있었다. 때마침 숙소 앞 센트럴 파크는 새빨간 아닌 샛노란 원색의 단풍이 들어 숨이 막힐 정도의 경관을 연출하고 있었다.

　주말이 되자 정기용이 업무를 마치게 되었고, 다음날 존 배씨 댁에 저녁 초대를 받았으니 같이 가자는 것이었다. 오후 두 시경 우리는 메트로(전철)를 타고 뉴욕에서 동북 방향으로 약 한 시간 거리인 존 배씨 댁으로 향했다. 역에는 존 배씨가 승용차를 준비하고 우리들을 기다리고 있었다. 자동차는 고급스런 주택들이 띄엄띄엄 눈에 띄고, 나무가 자욱이 들어찬 평평한 수목 지대를 한 삼십분 달려 군데군데 큰 농장이 산재한 부락 안으로 들어갔다.

　독립 운동가의 2세인 배 씨의 저택과 작업장은 명성에 걸맞게 작은 시내물이 흐르는 3,000여 평의 대지를 차지하고 있었다. 해마다 여름철 휴가 때 세계적인 피아니스트 백건우·윤정희 부부가 손님으로 여러 날 미물면서 아침마다 창문을 열어 제치고 주변에 거리낌 없이 피아노곡을 연습할 때는 배씨 부부가 어김없이 황홀경에 든다는 실토가 실감나는 일이었다. 대학 교수이며 저명한 조각가인 배씨는 그 피아노 소리에 적잖은 영감을 얻어 작업에 더욱 몰두하게 된다는 것이었다.

나는 조각 전시장 같은 넓은 식당에서 훌륭한 한식 만찬 후에야 그곳이 코네티컷 주 한가운데라는 것을 알게 되었다. 면적이 1.4만 평방 km에 불과해 한국의 충청도 정도이고, 인구도 주 전체가 350만 명이라는 것이다. 나는 불현듯 초크 생각을 떠올렸다. 초크의 농장이 있었던 곳이 코네티컷 아닌가. 배 씨는 내가 내민 수첩에 적혀 있던 주소지와 이름을 보고 깜짝 놀라며, 바로 이웃 군郡(county)이라고 전화번호부를 한동안 뒤지더니, 초크의 아들하고 연결이 될 수 있다는 말을 한다.

나는 떨리는 손으로 전화기를 받아 들었다. 한국에서 온 아버지 친구 아무개라고 하자 반색을 하며 아버지한테 익히 들어 잘 아는 이름이라며 무척 반가워한다. 말투가 아버지를 빼어 닮아 다정다감한 인품임이 금세 전해온다. 나는 한국의 관습상 아버지 묘지 참배를 갈구하는데 괜찮겠냐고 대뜸 청했다. "물론 대환영입니다. 방문해 주시면 영광이겠습니다"라고 한다. 덧붙여서 내일 아침에 모시러 오겠단다. 나는 역시 초크의 피붙이는 다르구나 싶어 가슴이 뭉클해지는 것이었다.

다음날 아침 정각 9시에 초크의 늠름한 아들이 어김없이 나타났다. 그와 단둘이서 앞좌석에 앉았다. 수목 사이로 훤히 뚫린 2차로 양편은 센트럴 파크보다 더 짙고 곱게 물든 노란 단풍잎

이 수없이 휘날리고 있었다. 초크가 살아 있다면 얼마나 좋을까 하는 아쉬움과 그리움이 고개를 드는데, 인생의 무상함을 떨어지는 낙엽이 대신 말해주는 것일지도 몰랐다. "그래 당신이 Lee S.B. 선생님이시군요" 하고 나를 확인하듯 다정하게 돌아본다. 나는 그가 성씨 뿐 아니라 이름 약자까지 어떻게 아느냐하고 의아한 눈으로 그를 마주봤다. "좀 있으면 아시게 될 겁니다"하고 웃고 만다.

얼마 후 차는 농장 정문에 들어서 다시 농장 안길을 한참 달린 끝에 지대가 다소 높은 대지垈地에 우뚝 솟은 서부 영화에서나 본 듯한 대저택 앞에 멈췄다. 그의 부인과 자녀들이 예의 바르게 현관에서 맞아 주는 가운데 놀란 것은 집안이 생각보다 검소한 편이었다. 아들은 나를 천장이 높고 고풍이 스민 가구로 장식된 크나큰 거실로 인도하더니, 연륜이 짙게 깃든 대리석 벽난로 앞에 세운다. 난로 위 벽면에는 액자만 유난히 중후할 뿐 비교적 초라한, 8호 가량의 유화로 된 아름다운 젊은 여성의 퇴색한 초상화가 걸려 있었다. 아들은 웃으면서 설명한다. "이 그림은 우리 집 가보에요. 돌아가신 어머님이신데 아버님은 할아버님이 수집하신 다른 큰 그림들 다 제쳐두고 이 그림을 무척 아끼셨던……."

더 이상 들을 수가 없었다. 안막에 물기가 핑 돌아 그림이 희미해져 갔다. 전혀 예상 밖이라 첫 눈에는 알아보지 못했지만,

이 그림이 낯설지 않았다. 아들이 늘보고 익혔던 그림 왼편 밑에 Lee S.B.라는 서명을 보지 않고도, 이 그림이 내가 그린 것이라는 것을 이미 깨닫고 당혹스러움을 견디고 있었던 참이었다.

　1951년 8월 말 경, 임기가 끝나가는 초크 일병에게 본국 전출 명령이 떨어졌을 때다. 그는 군무軍務 중 평소 초상화의 주인공인 애인의 흑백 사진 한 장을 지갑에 넣고 다니며 이따금 꺼내보는 눈치였다. 그간 큰 빚을 진 심정이었지만 막상 그에게 줄 석별 기념품이라곤 아무것도 내가 마련할 계제가 아니었다. 서로 취미이야기를 나누다가 내 취미가 미술이라고 피력한 것이 화근이 되어, 초크 일병한테 몇 번 부탁 받은 애인의 초상화에, 학교 재학 때 미술반에서 닦은 실력(?)으로 도전하지 않을 수가 없었다. 나는 궁지에 몰려 절박한 심정으로, 타의 반 자의 반, 염치 불구하고 초크 일병에게 유화 재료 일체를 부탁했다. 그리하여 흑백사진 한 장을 놓고 상상의 날개를 폈다. 나는 그때까지 백인 여성을 정면에서 마주 본 적이 한 번도 없었다. 머리, 피부, 옷 색깔은 초크 일병의 조언에 의존했다. 그림이 완성되어 초크가 떠나기 전전날 밤 겸사겸사 송별회 삼아 맥주 파티까지 열었다. 그런데 초크 일병이 갑자기 난색을 지었다. 눈동자가 엷은 초록이 아니라 푸른색이어야 한다는 것이다. 부랴부랴 법석을 떨며 푸른색으로 덧칠을 하고, 말릴 시간이 없어 고심했던 기억이 엊그제 일 같다.

습작 같은 보잘것없는 한 장의 내 그림이 이 집에서 이런 후한 대우를 받고 있다는 사실이, 초크의 아내에 대한 사랑과 한국에 대한 그리움의 발로였을 지도 모르겠다는 생각에 더욱 가슴이 찡해오는 느낌이었다.

한국전쟁을 치른 많은 미군 병사들이 한국에서 떠나기를 지옥에서 빠져나간다는 식으로 표현하였을 정도로 고통스러워했던 것과는 대조적으로, 초크는 한국인의 독특한 정을 가슴에 안고 미국에 돌아간 것으로 상상의 날개를 달아본다.

나와 초크 일병 사이에 틀니의 원인 사건은 잊을 수도 뗄 수도 없는 일이지만 아들이 그 내력을 알고 있는지가 궁금했다. 아들은 단지 교통사고였다는 것만 알고 있었다. 내 입에선 그 틀니의 내력과, 아버지가 한국전쟁에서 현지인에게 베푼 인도주의적 행실이 얼마나 큰 힘이 되어주었는지 우리가 잊을 수 없다는 이야기가 절로 쏟아져 나왔다. 오늘의 한국의 발전상에 크게 공헌한 아버지 같은 분의 공덕에 대한 고마움을 우리는 늘 기억하고 있다는 말도 빠뜨리지 않았다.

초크의 무덤은 가까운 가족묘지에 비석으로 표시되어 있었다. 나는 망자에 대한 한국식 예절이라며 우리가 한국에서 자주 같이 마시던 맥주 한 캔을 비석 언저리 잔디에 부었다. 그리고 한동안 묵념을 올렸다. 만감이 교차한다는 말이 딱 들어맞는 것 같은 몇 분간이었다.

아들이 그거 좋은 풍습이라며 최소한 잔디풀이 잘 자라겠다고 진지한 얼굴이 된 것도 인상적이었다. 그는 아버지가 과묵하였던 까닭에 잘 몰랐었는데, 한국전에서 한국인에게 사랑과 존경을 받는 일을 하신 거에 대해 자세히 알게 되어 아버지가 자랑스럽다고 낯빛을 환하게 당당히 밝히는 것이었다.

배씨 댁으로 태워다 주는 차 안에서도 재차, 방문을 깊이 감사드린다는 말로, 기쁘고 반가웠다는 인사를 거듭 표시하는 것이었다. 그는 나를 문 앞에 내려놓고 이내 차를 돌렸다.

어쩌면 장년기에 접어든 아들의 뒷모습에서, 아버지를 빼닮은 또 하나의 초크가 고개를 돌려 손을 흔드는 것 같은 착각이 들 정도로 그는 아버지의 뒷모습과 흡사했다. 저기에 반세기 전의 초크가 탄 자동차가 멀어져가고 있다는 감마저 자아내며, 눈발 치듯 떨어지는 낙엽 속으로 차는 서서히 시야에서 사라져갔다.

그 뒤를 소리 없이 떨어져 쌓이는 샛노란 나뭇잎으로 지상은 찬란한 황금빛으로 점차 물들어 가고 있었다. 구름 한 점 안 보이는 숲 위 검푸른 하늘은 낙엽의 향연을 더없이 강렬한 색의 대조로 부각시켜, 창공 그 너머의 세계에서 지상을 내려다보고 있을 지도 모를 초크의 다정한 미소가 떠오르는 것이었다.

산에 오르는 사람들

산에 오르는 사람을 보라. 높이가 1,000미터가 넘는 산을 사람들은 기를 쓰고 올라간다. 육체의 혹사만을 따진다면 이보다 더 심한 신체적 부하負荷도 드물 것이다. 그 대가는 금전적으론 한 푼도 없다. 무보수이면서 어떤 이는 생명까지도 건다. 에베레스트에 오르는 사람들, 극지나 심해에 도전하는 사람들 말이다.

왜 그럴까. 이때만큼은 사람들은 금전에 대한 계산 없이 성취와 자기만족을 추구하는 것이다. 정상에 올라 멀리 내다보이는 확 트인 전망 앞에 서 있는 것으로 목적을 달성한 충족감을 즐기는 이도 있지만, 험준한 산에 도전하면서 여러 난관을 극복해 나가는 과정 자체가 좋다는 기분파도 있기 마련이다.

일상생활도 이와 비슷한 맥락으로 짚어 볼 수 있는 것이 아닐까. 세상을 살아가는데 경제 행위는 그 누구도 필수 불가결한 명제이다. 경제 활동에는 육체나 정신적 노동이 필수적이다. 그 대가는 여러 가지가 있을 것이다. 금전으로 되도록 많은 액수가 환산될 수 있는 것을 선택하는 경우가 대다수이겠지만, 금액에 구애 받지 않고 정신적인 만족을 더 추구하는 사람도 상당수 있을 것이다.

그 대표적인 것 중 하나가 무보수 봉사 활동이다. 일반적으로 봉사 활동하면 개인의 희생을 연상하게 된다. 자연히 당사자의 희생이 어느 정도 뒤따라야 하는 것은 불가피하지만, 동전의 앞 뒤처럼 전혀 다른 면도 희생 못지않게 있다는 것에 유의할 필요가 있다고 생각된다.

봉사 활동은 예상보다 힘이 더 드는 것일 수 있지만, 즐겁고 보람이 있다는 사람을 나는 여러 명 만난 적이 있다. 작금엔 중·고등학생들까지도 봉사 활동이 학업 평가에 참고 사항이 될 정도로 우리나라에서도 보편화가 한창 진행 중이다.

아래 이야기는 내가 알지도 못하고 우리나라 사람도 아닌, 남에게 들은 남의 나라 사람들 이야기이다. 우리나라가 뒤쫓고 있는 세계 최장수 국인 일본 오카야마岡山시의 노인전문 개호介護(Hospice) 병원에서 전문의로 40년을 봉직하다가 정년퇴임 후 여행길에서 우연히 만나 길동무가 된 오가와小川씨에게 들은 이야기다.

근래 우리나라에서도 급증 추세이지만, 일본에는 65세 이상의 노인 인구가 25% 내외에 달해 크고 작은 노인 개호 전문 병원이 일반화되어 있다는데 가장 큰 문제가 개호요원介護要員의 확보란 다. 환자를 돌볼 반려자나 가족이 있는 집조차 끝이 보이지 않는 장기간의 개호가 예사로운 일이 아니지만, 환자가 독신인 경우도 허다해 난제가 수시로 발생한다는 것이다. 특히 말기 암과 같은 중증 환자일수록 개호인의 상시 수반이 필요한데 그러한 인원 확보가 용이치 않다는 것이다. 그런데 궁하면 문이 열린다고 하였던가. 언제부터인가 일반 시민 중에서 자원봉사자Volunteer 들이 소리 없이 나타나기 시작하였다는 것이다.

더구나 생활이 과히 넉넉하지 않은 중산층에서 뜻밖에도 봉사를 자원하는 사람들이 상당수를 차지한다는 것이다. 병원 업무과에는 봉사를 원하는 신청자들의 명부가 비치되어 있어, 급할 때 전화로 몇 군데 연락하면 그들 중에 시간이 나는 사람이 달려오기도 하고, 한두 주일에 한 번씩 출근하다시피 병원에 나와 일감을 찾아서 스스로 처리하는 사람도 꽤 있다는 것이다.

오가와 의사는 그가 담당하였던 한 환자의 경우를 예로 들었는데 절로 고개가 끄덕여지고 수긍이 가는 이야기였다. 10여 년 전 그가 맡은 환자 중에 M씨라는 말기 암 환자가 있었단다. 부부가 교직에 있었는데 남편인 M씨가 3기 암 진단을 받고 수술을 받았지만 삼사년 후에 재발하여 재수술을 받게 되었다. 그렇지만 수술 후 경과가 좋지 않아서, 호스피스 병동에 입원한 채 고통스런 투병 생활이 시작되었다. 부인 F씨는 생활 여건상 교직 생활을 이어가면서 심혈을 다하여 남편 개호에 힘썼지만 도저히 역부족이었다. 별수 없이 휴직계를 내었지만 환자의 용태는 24시간 개호가 필요한 상태로 악화 일로였다. 이때 천사처럼 F씨에게 자청해서 도움을 준 사람들이 생면부지의 무보수 봉사자(Hospice Volunteer)들이었다. 그렇게 수개월이 지난 후, M씨는 세상을 떠났다. 남편을 잃은 슬픔에 기진한 상태에서도 부인 F씨에게 남은 것이 봉사자들에 대한 고마움이었다. 그들 덕에 남편의 병구완에 최선을 다할 수 있었다는 일종의 위로감이며, 훈훈한 충만감이었다. F씨가 남편의 장례가 끝나자마자 그 병원 호스피스 지망자 명단에 이름을 올린 것은 더 이상 이야기할 필요가 없을 것이다.

오가와 의사는 정년퇴임 시까지 수년간 호스피스 병원장으로 재직하면서 보고 느낀 F씨에 관한 이야기를 주섬주섬 또 이어간다.

F씨는 5년 전에 교직에서 정년퇴직한 직후이래, 온 생활을 오직 봉사 관계 일에 매달려 있단다. 부부가 한평생 저축한 돈은 남편의 치료비로 대부분 들어갔지만 당장의 생활비는 퇴직 연금으로 충분하니 돈에 구애될 리도 없었다. 오가와 의사가 F씨에게 물어봤단다.

"그렇게 봉사 활동에 몰두하시면 힘들지 않으세요?"

"네, 힘들 때도 있지요. 하지만 꼭 그런 거만은 아니에요. 오히려 보람되고 즐거운 기분이 들 때가 훨씬 더 많고 길어요. 특히 환자의 상태가 호전될 때는 제 일처럼 반가워요."

오가와 씨는 다년간의 직무를 통하여 아무도 없이 외롭게 임종을 맞는 환자의 의식에 관한 전문 지식을 갖고 있는 사람이다. 그가 차마 물어보지 못한 것이 있단다. F씨에게 남편 M씨의 임종을 상기시킬까봐 속으로 담아두었지만, '어떻게 또 다시 그렇게 태연히 남의 임종을 지켜볼 수가 있는 것인가' 하고 묻고 싶었다는 것이다. 그런데 어느 날 F씨가 느닷없이 말하더란다.

"선생님 저는 남편 때는 얼떨결에 숨이 막히고 하늘이 무너지는 심정이었는데요. 지금은 많이 달라졌어요. 환자가 마지막으로 힘들어할 때, 제가 손을 꽉 잡아주고 있으면요, 제 손바닥에 처음에는 환자의 고통과 싸우는 경직된 반응이 오다가 점차 편안해 하는 느낌이 전달되어오는 것을 여러 번 경험하였어요. 그리고 때론, 환자가 의식이 잠깐 돌아와서 저를 빤히 쳐다보며 반갑고 고마워하는 기색을 보일 적엔 제 가슴에 말로 표현할 수 없는 안도감과 평화가 찾아오지요. 저는 그런 경험을 통하여 저의 남편도 고통 속에서가 아니라, 저를 사랑하고 안쓰러운 마음으로 영면에 들어간 것으로 믿게 되었어요."

호스피스 같은 극단적인 상 지향적 정신력이 요구되는 활동은 인류만이 유일하게 도달할 수 있는 지고지순한 사랑의 발현이라 하겠다. 우리는 종종 동물의 세계에서도, 피를 나눈 혈족 간의 본능에서 오는 헌신적 사랑의 행위를 목격하고 깊은 감명을 받는 경우가 있다. 죽은 어미나 새끼 곁에 식음을 전폐하고 밤낮을 묵묵히 지키고 있는 모습은 인간에게도 퍽이나 감동적인 장면이다.

대가代價가 없는 힘든 산행을 즐기는 현대인에겐 아마도 먼 옛날, 산을 헤매고 달려야 하는 수렵이 식생활의 중요한 방편 중 하나였던 시대에 새겨진 우리 조상들의 유전자가 아직도 일부 살아있는 것일지도 모르겠다.

지금 그 산행의 고통을 자진해서 감내하고 극복함으로써 즐기고 성취감을 맛보는 행위의 연장선에서 생각해 본다. 정신적으로 진화되어 승화한 육체적 고통의 극복이 주는 만족감을 얻는 것이 바로 봉사 활동이며 더 나아가 호스피스 행위가 아닐까 라고 생각할 수 있을 것 같다. 뭇 인류의 정신적인 진화 중 가장 위대한 산물이 대가 불문하고 타인을 이롭게 하는 행위라고 사료된다. 즉 자비이며 또한 사랑이라고 여겨지는 것이다.

젊은이들이여

젊은이들이여, 불과 60년 전을 돌아보라. 우리는 언제나 과거를 잊고, 미래 지향적으로 삶을 살아야 한다고 배웠고 후대들에게 가르쳐왔다. 그렇다고 과거를 아주 잊으라는 뜻은 아니다. 과거에 매달리지 말고 그것을 거울삼아 미래를 개척해 나가라는 뜻이다.

젊은이들이여, 그대들은 뭔가 불만에 찬 것처럼 보이는데 삶이 어려워 견디기 어렵다는 것인가. 아니면 돈 있는 사람들이 펑펑 쓰고 다니는 것이 보기 싫다는 것인가. 아마도 둘 다인 것으로 보이는데……. 그럴 만하다고 여겨지기도 하지만 한편 안쓰럽기도 하고, 다른 한편 이래서는 안 되겠다는 나의 노심이 발돋움한다.

새삼스럽게 노인의 설교는 질색이라고 머리를 돌리지 말고, 억지로라도 60년 전을 잠시 되돌아보자. 쓰레기 산더미를 뒤지는 군상들, 청계천 시궁창을 헤매는 피난민들, 꿀꿀이죽 한 그릇을 받으려고 늘어선 긴 줄, 전염병을 예방한다고 DDT를 마구 뿌려대는 미군들, 일당으로 군용 컵 하나 분량의 안남미를 바라고 휘발유 드럼통을 굴리는 임시방편의 부두 노동자들 등등…….

이것은 이 세상 끝 어느 오지의 남의 나라 이야기가 아니다. 전란이 휩쓸고 지나간, 바로 우리나라의 모습이었던 것이다. 한마디로 당시 우리나라는 하루의 끼니를 걱정해야 하는 세계 최빈국 자체 아닌 그 무엇도 아니었던 것이다.

그 속에서 우리는 오직 생존을 유일한 목적으로 버텼던 것이다. 젊은이들이여, 그게 우리하고 무슨 상관이냐고 외면하지 마라. 그대들이 어디에서 왔단 말이냐. 우리가 누구냐. 앞의 우리는 바로 그대 친할아버지들이고, 뒤의 우리는 그대들 자신이다.

편의상 연령별로 세대 구분을 해서 현재 80대 이상을 구세대로, 60~70대를 1세대, 40~50대를 2세대, 20~30대를 3세대로 정해보자.

1945년 광복 당시 20대의 청년들이었던 구세대들은 일제의 학정虐政 하에 징병·징용·정신대·위안부 등으로 상징되는 강제 동원에서 풀려나자 자신들이 배우지 못한 것에 한이 맺혀 이를

악물고 후세들을 교육시켰다. 그렇게 교육을 받은 1세대들이 19
60년대 말에 경이적인 경제 성장기에 접어들면서 그 주역이 되
어, 한국인이 역사 이래 처음으로 배불리 먹을 정도로 우리나라
경제를 발전시킨 것이다.

태반이 농사꾼이었던 구세대와 1세대들은 배를 주리고 소를
팔고 땅을 팔아서라도 자식들 학비를 마련하였다. 다른 한편 도
시에서는 열악한 산업 시설과 환경을 묵묵히 감내한 대가로, 또
는 목숨을 걸고 대리전쟁을 한 월남과 열사의 중동 건설 현장에
서 벌어 온 피땀 어린 돈으로 2세대들을 중·고등학교와 대학에
보냈던 것이다.

그 결과 정작 그러한 앞 세대들은 자신들의 노후를 위한 방책
엔 여력이 있을 리가 만무하였다. 때문에 그들 중에서 여유 있게
노후를 지낼 수 있는 사람은 극히 드문 것이 현 실정이다. 그러
면서도, 구세대나 1세대들의 불만 표출의 낌새는 이제껏 두드러
지게 드러낸 적이 없었다. 이 일을 두고 그들의 미덕이라고 해야
할지, 희생만 당한 가련한 존재로 묻어 버리고 말 일인지, 무엇
인가 잘못되었다는 상념을 마냥 지워 버리기에는 뒷맛이 씁쓸
하다.

조국 근대화의 주역들인 그들이 기껏 지하철 무임승차 정도
로 만족하고 있는 것일까. 천만의 말씀이다. 그들은 자기들이
이룩한 성취를 대견스러워 할뿐 노인복지 욕구 표출은 엄두도

내지 않고 묵묵히 고통을 인내하고 있는 것이다. 그들이야말로 세계 최빈국에서 벗어나기 위하여, 더 나아가 후대들의 장래를 위하여 조국의 산업화·근대화의 일익을 담당하겠다는 사명감으로 온갖 고충을 이겨낸 사람들이다. 이 일을 두고 '후손들을 위해서'라는 전통적 가치관의 신구 세대 간의 차이에서 나타나는 현상이라고 돌릴 수만은 없다.

일할 수 있는 나이에 벌어들인 것을 모두 바쳐 이 나라를 세계적 부국으로 이룩하였음에도 막상 자신들은 합당한 보상은커녕 후진국 수준의 하루하루를 빈곤의 굴레 속에서 죽음만을 기다리는 신세로 전락된 경우가 부지기수인 것이 현실이다. 정작 한강의 기적을 이룩한, 여생이 얼마 남지 않은 이들이야말로 대한민국 복지 정책의 최우선순위 대상이 되어야 하는 게 아닌가싶다.

구세대와 일부 1세대들이 목숨을 걸고 공산 집단의 남침에서이 강토를 지켜내고 경제 개발의 밑거름이 되었던 입장에서 한번쯤 반추해 보라. 작금의 사회 불안을 선동하는 소위 진보적좌파나 종북從北 세력 추종자들이 근거도 없이 마구 쏟아내는 터무니없는 허위 주장들은 도저히 묵과할 수 없는 억지 망언으로 밖에는 들리지 않는다.

이러한 상황에서 현 3세대들의 불만은 무엇일까. 크게 벌어진 빈부의 격차, 미흡한 복지, 좋은 일자리 부족, 지도층의 비리,

고학력 젊은이의 높은 실업률 등등인 것 같다.

일반적으로 자본주의 최대 결점은 부富가 한 곳으로 몰리고, 분배가 골고루 이루어지지 않는다는 점이다. 그런데 역설적으로는 자본의 쏠림 없이는 자본주의가 성립·유지되기 어렵다는 사실이다. 자본의 쏠림을 시정하려고 분배를 국책으로 삼았던 나라들이 어떻게 되었는지는 이미 잘 알려진 바이다.

「자본주의」의 가장 두드러진 특성은 경쟁력이 필수 요건이 되는 것이다. 둘째로는 이윤 창출이라 할 수 있다. 제조업 분야를 예로 들어보자. 자본주의란 한마디로 물건을 싸고 좋게 만들어, 많이 팔아서 이윤을 최대로 추구하는 경쟁 행위이다. 몇 세대 전에는, 자본주의 하면 자본가와 노동자 간의 착취 행위로 매도되기가 일쑤였다. 그래서 공산주의를 신봉하는 국민과 국가들이 생겨나 지상 낙원이 된 것처럼 요란을 떨었지만 오래 못가서 모조리 다 같이 기초 식량도 스스로 해결 못하는 가난뱅이 평등 국가로 전락되고 말았다. 소련과 동구권, 그리고 중국과 북한이 그러하였다.

분배의 부작용은 경쟁력을 잃게 하였고, 그 결과 이윤이 생기지 않아, 끝내 전 국민의 먹을거리조차 챙겨 주지 못하는 지경이 되고 만 것이다.

혹자는 말한다. 자본주의와 분배를 적당히 절충하면 되지 않겠냐고. 그게 그렇게 쉬운 일이 아니다. 죽기 살기로 싸워도 이

길까 말까하는 경제 전쟁 판국에 한 팔을 분배에다 사용하고 한 팔로만 싸움에서 이기기는 어려운 일이다. 그렇게 되면 경제 성장이라는 자전거는 속도가 줄어들다가 멈추게 되고, 때론 아주 쓰러져 재기불능이 되는 것이 명약관화이다. 반세기 전에 아르헨티나가 그렇게 되었고, 최근에는 공산권을 위시하여 서구권에서도 그리스와 스페인 등이 그렇게 돼 가고 있는 중이다.

그렇다면 무슨 좋은 방편이 없을까. 그 방편·방법을 찾기 전에, 우선 현 한국이 처하고 있는 실상은 어떠한가를, 즉 국가의 경제 상황과 능력을 감안하여 실태를 올바르게 파악해야 한다.

한국은 OECD 국가 중 원자재 최빈국에 속한다. 그중에서도 가장 긴요한 석유 및 기타 에너지와 식량의 자급도가 각각 3%와 60% 미만이다. 국가 존립의 절대 조건인 이 두 품목을 수입하는데, 가공하여 재수출하는 석유 화학 제품 값 500억불을 제하고도, 매년 생돈 900여 억 미국 달러가 절대적으로 필요 불가결하다. 이 금액만큼 무슨 수를 쓰든지 간에 다른 상품을 추가 수출해야 한국 경제가 지탱될 수 있는 것이다. 이는 기타 모든 종류의 교역에서 900여 억불의 흑자를 내야하는 것이 절체절명의 과제라는 의미인 것이다.

전 세계에서 이런 무거운 과제를 안고 짧은 기간에 경제를 크게 발전시킨 나라는, 몇몇 도시국가나 관광 산업과 수공업 위주의 스위스 같은 작은 나라 말고는 없는 것 같다. 자랑스럽게도 대한민국이 유일한 것이다. IMF를 비롯하여 최근의 금융 위기 등을, 한국은 온 국민이 합심하여 무난히 극복한 나라로 다른 나라들에게 높이 평가받고 있다.

젊은이들이 불만을 품고 있는 이 나라의 상황은 다른 여타 선진국들에 비해 과히 나쁘지 않을뿐더러 오히려 좋은 편이며, 얼마 전까지도 우리보다 형편이 좋았던 나라 사람들이 반전하여, 이제는 부러운 눈으로 우리를 살피는 상황으로 바뀐 것이다. 한국이 그들에겐 선망의 대상이 되어 있는 것이다.

젊은이들이 일자리가 없다고 아우성인데, 일할 내국인을 구하지 못해 외국인을 130여만 명이나 데려다 놓고 일을 시키고 있는 나라가 바로 한국이다. 중소기업은 일이 힘들고 노임이 적다는 구실로 기피하는 모양인데, 외국인 근로자들은 자기 나라 임금의 10배 정도를 받을 수 있는 한국에 들어오지 못해 야단법석을 치른다. 그들이 벌어 가는 월수 1,500~2,500불은 세계적으로 결코 작은 노임 수준이 아니다. 그것을 마다하고 젊은 내국인은 대기업만 찾는다.

그러면서도 한편으로는 재벌 타도를 외친다. 수출에 주력하는 재벌 회사들이야말로 900억불 출초出超로 외화 가득의 주 원천인데도 말이다. 재벌의 비리가 있다면 법으로 제제를 하면 될 일이지, 왜 재벌의 가득(주로 외화) 자체를 위축시키는 비난에

열을 올리는 것일까. 그러면 누가 외화를 벌어들인다는 것인가. 중소기업은 수출 경쟁력이 약해 직원들 저임금低賃金 주기도 바쁜데 어떻게 수입 원금을 제除한 초과 수출로 900여 억불을 벌어들이겠는가는 전혀 고려 대상 밖인 것 같다. 마냥 중소기업 지원·육성을 외치지만, 그래봤자 고용 증대나 바라보지, 초과 외화 가득엔 한계가 있다. 중소기업 천국으로 이름난 대만에서 드러났듯이 경제 성장 기여도에서 대기업에는 훨씬 못 미친다.

전 세계에 퍼져 부를 축적한 화교의 꾸준한 투자, 친족 송금과 동족인 거대한 중국 시장의 확보 등 유리한 조건으로 대만은 중소기업 위주로 한국보다 빨리 중진국에 진입하고 앞서 나갔다. 하지만 그후 한국과의 수출입국輸出立國 경쟁력에서 뒤져, 1인당 GNI에서 그리고 선진국 진입에서도 어언 간 대기업 천국(?)인 한국에 밀리고 있는 실정이다. 2,000만 화교와 13억 인구 본토에 연계된 대만의 중소기업이 누리고 있는 광범위한 혜택을 감안하면, 설사 한국이 필사적으로 중소기업 지원을 펼치더라도 환경적·지리적 여건상 대만에 뒤질 수밖에 없는 것이 현실이다.

우리나라가 이 막대한 외화에 구속되어 있는 한, 당장 재벌을 대체할 방책은 없어 보인다. 재벌이 주도하는 수 조원이 소요되는 기술 개발력과 이에 따른 대량 생산, 대량 수출만이, 이 엄청난 외화를 가득할 수 있다는 사정을 받아들이지 않을 수가 없다.

세계 최정상급의 IT·전자 산업을 비롯해 자동차·철강·조선·석유화학·건설 등과 이에 부수되는 부품 산업까지 초대형 기업들 역할의 장은 넓고도 깊다. 그밖에 고급 일자리 대량 창출 기능까지 고려하면 당장의 재벌 존재 필요성은 거의 절대적이라는 사실을 국민 모두가 양지諒知해야 하지 않을까. 무엇보다도 싫든 좋든 간에 국가 경쟁력의 골간이 대기업이라는 것을 부정할 논리가 당장은 보이지 않는다.

비근한 예로 전후 일본을 경제 대국으로 만드는데 수십 년간 외화획득 일등 공신이었던 가전 산업계가 돌변하여 수년래 겪고 있는 수출 부진이, 원전 사고와 맞물려 작금 일본을 무역수지 적자 국으로 만들고 말았다. PANASONIC·SONY·SHARP 등 일본의 세계적 전자 대기업들이, 한국의 삼성전자와 LG전자에 밀려 도태 상태에 빠진 것이 주된 원인 중 하나다. 반면에 한국이 일본을 누르고 IT·전자 업종에서 주된 외화를 한창 가득하고 있는 중이다.

일본 아베 신정권은 재빨리 이들 재벌 밀어주기에 나섰다. 그런데 한국에서는 이러한 기적 같은 일을 반기고 북돋워주기는커녕 민관이 열을 올려, 마치 중소기업 육성에 장애가 되는 것처럼 재벌 때리기에 바쁘다. 일본이 수십 년간 전자와 자동차로 막대한 외화를 가득하였듯이, 한국의 대재벌이 와신상담 끝에 간신히 일본을 추월한 마당에 난데없이 국민의 반재벌 정서를 부추기다니 어리둥절할 따름이다. 재벌 산하에 수만의 중소기업과 수백만의 종사원이 공생하고 있다는 실상은 고려 대상 밖인 것처럼 일언반구도 언급하지 않는 것도 큰 문제다. 무엇보다도 재벌이 큰 이익을 내는 것은 거의가 수출로 벌어들이는 외화인데, 그 발목을 잡아 당겨 수출 경쟁력을 약화시킨다면 그로 인한 후유증을 누가 감내할 것인지 재벌 제재 주도 세력의 답이 듣고 싶다.

만일 재벌의 세금 누탈과 상속 비리, 문어발 경영, 불법 자금 유출 등의 문제가 발생한다면, 가차 없이 단죄를 가해야 하는 거는 어느 정권하에서도 재론이 필요 없을 것이다. '구더기 무서워 장 못 담그느냐' 하는 속담도 있듯이, 법을 엄격하게 적용해간다면 (편파적 사면이나 가석방을 일삼지 말고) 재벌·정치인을 막론하고 모든 범법자 처벌도 능히 실행해 나갈 수 있는 일이다.

우리는 어떠한 난관에도 적극적으로 대처하면서 선진국이라는 정상을 향해 미래 지향적으로 계속 나아가야 할 것이다. 물론 현재 어려움을 겪고 있는 사람들에게 10년 후의 선진국 진입을 바라보고, 무턱대고 참고 기다리라는 주문은 답답하기 이를 데 없을지 모르겠다. 과거 온 국민이 다 같이 힘들었을 때에는 그러한 논리가 통했을지 모르지만, 현재 내 옆 사람은 다 잘 사는데 나만이 소외되었다고 생각하는 사람에겐 더 이상 견딜 수 없는 심정일 것이다.

이런 하위 10%대 이하의 사람들을 위한 국가의 복지 대책 강구는 당연히 필수적일 것이다. 중요한 것은 이러한 말초적 문제가 아니라, 국가 전체의 주된 방향성이다.

성장을 뒷전으로 미루고, '복지 다시 말해 분배를 광범위하게 지금 당장 시작하느냐' 아니면 '전면적인 복지는 좀 더 늦추고 경제 성장을 지속시켜, 일자리 창출에 역점을 두는 간접적인 복지 정책을 현재와 같이 병행시키면서 점차적으로 확대해 나가느냐' 하는 문제다. 이 둘 중에서 하나를 선택하여야 한다.

3세대 젊은이들이여, 지금 형편이 어렵다고 덥석 분배에 손을 들지 말고 지나간 반세기를 1~2세대들이 어떻게 이 나라를 이끌고 여기까지 다다랐나를 곰곰이 반추하기를 바란다. 여유를 가지고 신중히 저울질하기를 간절히 종용하는 바이다.

인연은 우연인가 필연인가

    LA폭동(1992년 4월 29일~5월 4일)이 일어난 지도 20년이 지났다. 폭동 직전인 4월 27일 나는 미국 서부 일원을 버스로 도는 관광단의 일원으로 LA에서 숙식을 하고, 할리우드와 디즈니랜드를 구경하고 다녔다.

    이틀 후에 애리조나 주의 은광 폐촌을 거쳐, 후버 댐을 지나 그랜드 캐니언을 향하는 도중이었다. 한 순간 차내가 갑자기 뒤숭숭해졌다. LA 한국인 집단 거주 구역인 Korea Town에 대규모 폭동이 일어나 교포들의 피해가 적지 않다는 소식이 전해진 것이다. 일행 중에는 LA에 친족을 둔 사람도 있었기 때문에, 이 와중에 관광을 계속해야 될 것인가 하는 문제가 제기되었지만, 무슨 뾰족한 수가 있는 것도 아니었다. 저녁 때 어수선하던 분위기가 다소 진정되자, 나머지 일정을 진행하면서 사태 추이에 따라 대응하기로 정하고 이튿날 예정대로 라스베이거스, 요세미티 국립공원과 샌프란시스코 순방 길에 올랐다.

일정을 거의 마무리 짓고 막상 LA 일박만 남게 되자, TV를 통해 보아온 교포들의 참상이 현실 문제로 다가왔다. 애당초 우리 일행 대부분의 큰 관심사에는 마지막 숙박지인 LA에서의 쇼핑이 들어 있었다. 당시 외국 관광하면 쇼핑이 여행자 속내에 큰 비중을 차지하던 때였다. 그런데 우리의 마지막 여정은 쇼핑이 거론될 상황이 아니었다. 중론은 교포들의 참상을 어떻게 눈 감고 지나치느냐에 모아졌다. 누군가가 모금을 하여 교포들을 위로하자는 제안을 해, 전원이 당연하다는 듯이 즉석에서 합의를 보았다.

버스가 여정의 마지막 코스인 서부 해안선을 타고 내려오는데, 수시로 여행사와 연락을 취하던 인솔자가 난색을 짓더니, 차마 입을 떼기가 어려운 듯이 차내 마이크를 잡았다. 쇼핑은 물론이고 LA 중심부에 접근하기도 불가하다는 것이었다. 예약된 시내 호텔도 취소되고 공항 근방에 다른 호텔을 어렵사리 잡은 것만도 그나마 다행이라는 것이다.

누구도 불평을 하는 사람은 없었다. 오히려 사태가 예상보다 더 심각하다는 염려로 한숨만 내쉴 뿐이었다. 나는 혼자서 애가 달았다. 이 긴박한 상황에서 나는 야단났다싶었다. 한국에선 구하기 어려운 약품을 사기 위해 약국엘 들러야 했기 때문이다. 염치불구하고 현지 인솔자에게 공항 호텔 근처에 약국이 있을까를 알아 봤지만 덩그러니 호텔 하나뿐이라며 무척 당혹스러워한다.

다음날 아침 나는 호텔 직원에게 수소문하여 택시로 10여분 거리인 대형 약국에 들러 용건을 마치고 일행보다 다소 늦게 공항에 도착했다. 헐레벌떡 공항 대합실 문에 들어서게 되어 한숨을 돌리고 일행이 기다리는 집합 장소로 빠른 걸음으로 옮겨 갔다.

그때 전혀 예상치 않은 일이 벌어졌다. 몹시 붐비는 인파를 뚫고 낯선 이방인이 재빠르게 나에게로 다가오는 것이었다. 그는 내 앞을 가로 막고 대뜸 고급스런 두툼한 책 한 권을 내밀었다. 그를 책장사로 오인한 나는 즉각적으로 몸을 피해 거절하는 태도를 분명하게 나타내 보였다. 그 노인은 개의치 않고 따라왔다.

"이 책은 파는 것이 아니에요. 그냥 드리는 것입니다."

나는 깜짝 놀라 그를 정면으로 자세히 바라보았다. 그의 눈은 맑고 이지적이었다. 이목구비가 반듯한 서구계 용모에 피부색은 중동계로 보이지만 반백의 턱수염과 머리에 두른 터번으로 미루어 북방계 인도 사람임을 알 수 있었다. 풍기는 인품이나 단정한 정장 차림도 영락없이 전형적인 대학교수나 영적 지도자로, 풍기는 인상이 함부로 대할 사람이 아님이 역력하였다. 나는 당혹스러움을 감추지 못하고 "값이 꽤 나갈 것 같은 이 책을 그냥 받을 이유가 없습니다"라고 대응하자, 그는 다시 "선생께서 이 책을 읽으시면 이유를 아시게 될 것입니다" 하며 미소를 띠운다. 기다리고 있을 일행 생각이 떠올라 이 낯선 신사와 실랑이를 더 이상 벌이고 있을 시간도 없었다. 얼떨결에 반 강제로 떠맡는 격으로 책을 공짜로 받아들고 나는 부리나케 일행에게 달려갔다.

비행기가 이륙하고 기내식이 일순되고 나서, 오랜만에 푹 쉬어 보려하는데 눈도 안 감기고 시간이 무료해진다. 안성맞춤으로 배낭에 쑤셔 넣은 그 책 생각이 났다. 우선 겉피가 요란한 그림으로 포장이 유별나다. 네 마리의 백마가 전차戰車를 끌고 달리는 모습이 박력이 넘친다. 전차의 주인공은 황금색 투구와 갑옷을 걸친 두 사람의 잘 생긴 귀인이다. 하나는 채찍을 잡았고 다른 한 사람은 왼손에 활을 잡고 오른손으론 등에서 화살을 꺼내는 장면이 화려하고 섬세히 그려져 있다. 나는 은근히 무슨 사상서를 기대하였는데 기껏 옛날 전쟁이야기 책인 모양이다.

책 제목부터가 발음이 되지 않아 어리둥절하였다. 고작 소설책을 두고 서로 실랑이를 하였나싶어, 장을 넘기니 한 자도 아는 글자가 안 보인다. 전혀 생소한 인도 말로 짐작되는 꼬부랑글씨가 몇 줄 나온 다음 영어 번역문이 이어지는데, 두 귀인이 전쟁터에 출진하면서 주고받는 대화로 되어 있다. 몇 쪽 뒤적거리다 흥미를 잃은 나는 책장을 덮고, 볼품이 번드레한 제본이 아까워 버리지도 못하고 다시 배낭 속에 챙겨 넣었다. 그 후 그 책이 어찌 되었는지 관심도 없었고 까마득히 잊은 채 세월은 덧없이 흘러갔다.

미국 여행에서 돌아온 지 4~5년 후 나는 친구의 권유로 성천 유달영星泉柳達永 선생이 서울 여의도에 설립한 성천아카데미에서 실시 중인 고전古典 강좌 제8기생 수강 신청을 하였다.

초대 새마을운동본부장을 역임한 성천 선생은 서울대학교 농과대학 교수 시절, 수원시 교외에 15만 평의 농장을 직접 소유·경영, 유기 농법 연구에 전념하여 그 방면의 선구자 역할을 선도하신 분이다. 다행인지 불행인지 그 농토가 도시 계획으로 수원시에 수용됨으로써 막대한 보상금을 수령하게 되었다. 정년퇴임 후 유 교수는 그 돈 전액을 자녀들에겐 한 푼도 나눠주지 않고 오직 사회 공익을 위해 희사하여 성천 아카데미를 설립 운영 중이었다.

강의는 자그마치 12 과목에 걸쳐 해당 학계의 권위자를 초빙 교수로 영입하여 각 과목당 주 4시간씩 6개월 코스로 강행된다. 과목은 6개월마다 바뀌기도 하지만 거의 모든 분야의 범세계적 고전에 걸친다. 동서양을 막론하고 역사·철학·문학·사회과학·종교 등등 이루 열거하기도 힘들다. 종교만 해도 불교·유교·천주교·기독교·마호메트교·힌두교 등등 각 종교의 대표적인 경전의 강의가 망라된다. 그리고 강의를 끝마친 희망자에 한해서, 매년 해외 연수로 해당 국가의 권위 있는 저명 대학에서 현지 강의도 들을 수 있다. 제8기생 때에는 힌두교의 나라 인도·네팔과 불교의 나라 태국·스리랑카 연수가 계획되어 있어, 힌두교 경전 중 『바가바드기타』와 불교 경전 중 『대승기신론大乘起信論』의 강화講話가 강좌과목에 올라 있었다. 96년 11월 초, 6개월간의 전 과정이 끝나자 8기생 거의 전원이 태국·스리랑카를 거쳐 인도·네팔로 이동해갔다.

한국에서 강의를 통하여 수박 겉핥기로 힌두교의 아우트라인은 대충 잡았지만, 인도 뉴델리 네루대학에서의 짧은 연수는, 더더욱 인도의 정신세계의 깊이가 요원한 오리무중 속을 더듬는 거나 다름없다는 사실을 확인한 셈이었다. 처음 접한 현지에서의 인도에 대한 인상은, 다시 말해 교실 밖에서 시각적으로 흡입한 인도의 현실 세계는 극과 극의 극명한 대조와 대비가 너무나 뚜렷하였다. 인류의 본태本態적 현상이 자주 목격되어 인도의 현실은 고도의 정신세계와는 멀리 동떨어져 보였다.

시내를 흐르는 성스러운 인더스 강 줄기 서안에서는 장작불 위에서 노천 화장 의식이 적나라하게 실행되고, 바로 건너 쪽 동안東岸에는 생식을 상징하는 링거가 숭배되고 있어, 음·양이 분명한 원초적 대조에 어리둥절하지 않을 수가 없었다. 하지만 점차 나의 이異문화에 대한 안목·식견이 좁았음을 깨닫게 되었다. 수백 년의 영국 식민지 기간, 수탈로 인한 가난에 가린 4,000년의 찬란한 문명이 깃들은 유적지를 돌아봄으로써 인도의 현실을 조금이나마 이해하게 된 것이다.

물질세계는 그렇다고 치고, 정신세계의 깊이와 다양성엔 신비로운 감이 들 정도다. 생과 죽음의 원초적인 문제가 일상생활 속에 녹아 들어있으며, 그것들이 현실적으로 도처에서 태생적 장면으로 노출되고 있는 것이다. 특히 고대 유적지에서의 공공연한 석조 성희石彫性戲 묘사는 눈을 의심할 정도였다.

우리들 수강생을 앞에 두고 진행된 뉴델리 네루대학교에서의 총장과 성천 선생과의 장시간에 걸친 공개 대담은 연수 여행의 압권이라 할 수 있다. 인도 정신세계에 대한 총장의 설명은 그 내용의 깊이에서 미처 내가 이전에 사유思惟치 못했던 문제에 당목瞠目할 따름이었다. 『바가바드기타』를 포함한 수많은 힌두교 경전 등 4~5천 년 전에 형성된 인도 고전 철학에 대한 자부심과, 자신감에 넘치는 총장의 설파 여운이 한동안 머리를 감돌고 떠나지 않았던 것이다.

눈 깜짝할 기간이었지만 인도를 떠날 때까지 나는 그 유구한 고유문화에 매료된 점이 한두 가지가 아니었다. 특히 전통 음악 중에는 영혼에 호소하듯이 파고드는 독특한 선율과 리듬이 나를 사로잡아, 지금도 그때 구한 CD를 가까이하는 애호가로 만

들어 놓았다. 인도 여행자 중 다시 찾기를 원하는 사람은 100명 중 하나라는 우스갯소리가 있다지만, 그 한사람이 아마도 나 자신일 것이라는 생각이 문득 들만큼 나는 인도의 신비주의와 전통 음악에 이끌린 것이다.

'인연이 우연인가 필연인가' 라는 화두를 이 글 모두에 던졌지만 별 숨은 뜻이 있는 것은 아니다. 가늠하기가 어렵다는 답이 빤한 것이다.

인도 여행이 있은 지 십여 년이 흐른 어느 날, 나는 아무렇게나 쌓아둔 책 더미를 창고에서 꺼내 없앨 것을 선별·정리하는 일을 벌였다. 쌓인 먼지를 대충 털고 책 뭉치를 마룻바닥에 분류해 나갔다. 한참 후, 대부분이 문고판이나 잡지 나부랭이 속에서 군계일학 격으로 볼품 있는 두툼한 책 한권이 채색도 화려한 채 모습을 드러냈다. LA 공항에서 받아온 것임을 나는 금세 알아차렸다. 대뜸 꺼내 들고 표지를 본 나는 놀라 자빠질 뻔하였다. 네 마리 백마가 끌고 있는 전차의 주인공은 힌두교 크리슈나 Kṛṣṇa 신과 그의 종복從僕인 힘센 궁사 아르주나Arjuna였던 것이다. 발음조차 할 수 없었던 책머리 표제는 한 눈에 BHAGA-VAD GITA(바가바드기타) AS IT IS, 저지: A.C. Bhaktive-dants Swami Prabhupāda로 읽을 수가 있었다. 꿈에도 생각지 못한 일이다. 20년 전 그 노인한테 억지로 떠맡겨진 책이 내가 고전 강좌에서 배운 『바가바드기타』바로 그 산스크리트 원전의 영문판 해설서라니 세상에 어찌 이런 우연도 있을 수가. 아니지. 그 요기라고 짐작되는 사람한테는 분명 필연이었을 꺼다. 그 순간 책을 준 신사의 모습이 생생이 떠올랐다. 세상에 어떻게 이런 일이 일어날 수 있단 말인가. 만사 제치고 바닥에 펄썩 주저앉아 책장을 젖혀 나갔다.

어떤 언어인지도 몰랐던 글자는 범어梵語인 산스크리트SANSCRIT라는 것을 인도 연수 덕으로 이제야 처음으로 알아본 것이다. 책은 산스크리트 원전 18장 전 문장이 차례로 두세 줄씩 700여 개의 Text(절節)로 제시되고, 그 밑에 로마자로 음역音譯(변환)하여 표기한 다음 모든 단어 하나하나를 일일이 SANSCRIT-ENGLISH 사전처럼 설명한다. 다음에 해당 문장의 영문 번역문과, 이어서 그 문장의 상세한 영문 취지 해설이 길게 뒤따르는 식으로 되어 있다. 하드커버로 장정된 책 부피는 자그마치 900쪽이 넘는다. 여기서 경전 내용까지 장황하게 적을 수는 없지만, 이 책이 비범하다는 것은 전 세계 지식층에 널리 회자된 사실조차 나는 진작 깜깜하였던 것이다.

어쨌든 간에 이 책의 상업적 가치도 대단하다는 것이 확연하다. 미국에서만도 1981년 제2개정판 출간 이래 1992년 내가 받은 제5인세 판까지 70여만 권이 발간되었으며, 전 세계 47개국에서 30여 개 언어로 번역되어 500만 부 이상이 팔린 세계적

베스트셀러이다. 20년이 경과한 현 시점의 총 발간 부수는 알아 내지 못하였지만, 종교 철학의 고전 해설서로는 전대미문의 기록이란다.

이러한 책이 나에게 전달된 경위가 아무리 반추해 보아도 점점 혼란스럽기만 하다. 그냥 우연히 일어난 사건으로 돌리기엔 부擣에 맞지 않는다. 군중 속에다 돌을 던지면 누군가 맞게 되어 있다. 그 사람이 내가 될 가능성도 있다고 치자. 하지만 그 돌 맞은 사람이 힌두교에는 도통 생소한 한국인이라면, 그가 장차 『바가바드기타』를 읽을 가능성은 거의 없다고 단정하여도 좋을 성싶다. 더구나 당시 나는 여행 끝이라 허술한 점퍼 차림에 배낭을 짊어지고 등산모를 눌러쓴, 몰골이 영락없이 '한 푼 줍쇼'라고 해도 어울릴 것 같은 모습이었다. 멀쩡한 여러 신사 다 제쳐 두고 하필 내가 선택되었다는 일이 알다가 모를 일이다.

그러한 내가 결국 그 책을 끝까지 다 읽고 말았으니…….

인도 여행에 동반한 사람 중에 불전佛典에 조예가 깊은 나이 지긋한 J씨라는 불자 한분이 있다. 기회가 닿아 그 분과 여행담을 나누던 중에 내가 겪은 이야기를 비쳐보았다.

전식 동양학 교수인 J씨는 심각한 낯빛으로 대뜸 "선생께서 인도의 요기Yogi(요가 수련 득도자)와 조우하신 것 같습니다. 참 운이 좋으셨네요. 순수한 요기를 대하기는 하늘의 별따기라

하던데요. 잘 아시겠지만 요가에 도통해 요기라 불리는 사람은 평인 눈에 거의 초능력으로 비치는 능력을 지닌다는 설이 있는데, 아마 그런 사람이 선생에게서 인연因緣을 본 것 같습니다."

나는 무슨 뜻인지 걷잡을 수가 없었다. "네? 인연이라니요."

J교수는 미소를 띠면서 "우리네끼리 하는 말입니다. 그 사람은 선생한테서 풍기는 무엇인가를 감지하고, 선생이 그 책을 소지하는 데 적합하다는 것을 꿰뚫어 본 거겠지요. 그런 사람에게는 의관은 별 의미가 없고 그 안의 육신肉身만을 보는 눈이 따로 있다고 생각하시면 됩니다. 선생께서 장차 그 책과 인연이 닿을 것이라고, 요기로 짐작되는 그 사람 눈에 든 것으로 생각됩니다."

『바가바드기타(BHAGABAD GITA)』이야기

『바가바드기타』와 간디

요기에겐 필연일지 모르지만 나에겐 분명히 우연으로 밖에는 여겨지지 않는다. 연달아 일어난 일련의 예기치 못한 사건을 겪고, 내 손에 들어온 『바가바드기타』를 결국 다 읽게 되는 판국이 되고 말았다. 그간 인도의 정신세계에 대한 호기심이 쌓인 데다, 몇 장 읽어나가니 상세한 해설 덕으로 과히 이해하기 어려운 순 종교 철학서만도 아니었다.

모한다스 간디Mohandas K. Gandhi가 말한 적이 있다. "의심이 나를 사로잡을 때, 실망의 기색이 내 얼굴에 드리울 때, 그리고 지평선에 단 한 줄기의 희망의 빛도 안 보일 때, 나는 『바가바드기타』에 눈을 돌려 위로를 받는 한 구절을 찾아본다. 슬픔으로 억눌린 와중에서 나는 즉각적으로 미소를 머금기 시작한다.『기타』로 명상하는 자는 누구나 매일 신선한 기쁨과 새로운 의미를 만날 것이다."

간디의『자서전』에 '그가『바가바드기타』를 일생의 좌우명으로 삼았으며, 어려움에 당면할 때마다 기타에서 가르침을 찾았다'는 구절이 나온다. 그의 무소유 무저항적 생애의 지침도『기타』에 깊숙이 접하고 나서 가족을 돌보는 일 같은 소小를 당장에 버리고, 인도의 전 민중을 위한 대大에 몸을 바치기로 결심을 굳힌 것으로 고백하고 있다. 간디로선 가슴 아픈 결정이었을 것이다. 아버지를 일찍 여읜 그에게 장형은 아버지나 다름없는 존재였다. 간디를 영국에 유학을 보내준 것도, 그가 변호사 시험에 합격한 것도 다 장형의 뒷받침 덕이었다. 그럼에도 간디는 가족 부양비 조로 형에게 송금하던 것을 '민중에게 돌리기 위해' 딱 끊겠다고 형의 양해를 구하는 편지를 보냈던 것이다.

간디의 말을 빌릴 것도 없이『기타』는 9억여 명의 신도를 거느리는 힌두교의 3대 경전 중에서도 백미로 꼽힌다.

힌두교를 떠나서, 뭇 고전에 관심 있는 현대 세계인에게도, 신비에 싸인 인도의 고대 베단타Vedanta철학과 인도고유종교에 접근하고 이해하는 데,『기타』는 더 없이 좋은 길잡이가 될 수 있을 것 같다.

군중 속에서 누군가 던진 돌에 우연히 맞은 격이 된 필자로선 그 요기의 신통력에 보답 삼아, 답례로 최소한 독후감 정도는 적어야 할 것 같다. 또한 그의 예견이 딱 들어맞았다는 사실이 시공을 떠나 그에게 전달되기를 은근히 바라는 마음도 없지 않다는 것이 솔직한 심정이다.

잠깐, 서투른 독후감보다도 내가 『기타』의 내용을 어느 정도 파악하였나를 요약하는 것이, 그 요기에게 과제를 받은 학생처럼, 보고하는 취지도 되고, 이 책의 내용을 다른 사람에게 알리는 일이 될 듯싶다.

'바가바드기타'의 유래由來

'바가바드기타(거룩한 자의 노래)'란 힌두교 비슈누visnu 신神의 화신化身으로 여겨지는 크리슈나Krishna의 가르침을 지칭하는 말이다. 주요 등장인물이 크리슈나와 아르주나Arjuna인데 이야기의 배경 설정이 특이하여 본문 내용에 들어가기 전에 우선 그에 대한 설명이 앞서야 한다고 생각된다.

원래 '바가바드기타'는 인도의 고대 세계 역사를 읊은 산스

크리트 대서사시 『마하바라타Mahābharata』 제6권에 들어있는 하나의 일화로써 모습을 나타낸다. 『마하바라타』는 현재 진행되고 있는 '칼리Kali 시대' 이전에 일어났던 사건들을 기술한 것이다. 크리슈나가 그의 친구이며 헌신자獻身者인 아르주나에게 『바가바드기타』를 이야기한 것은, 지금으로부터 5천 년 전, 칼리 시대가 시작되던 때이다. 다음은 『기타』의 배경으로 설정된 시대 상황의 줄거리이다.

드르타라슈트라의 100명의 아들들과, 그 반대편인 동생 판두의 아들들이며 그들의 4촌인 5명의 판다바스Pāndavas 간에 동족상잔의 큰 전쟁이 일어나기 직전 - 인간에게 알려진 가장 위대한 철학적이고 종교적인 대화가 크리슈나와 아르주나 사이에 오고 갔다.

드르타라슈트라와 판두는, 현 칼리 시대 이전의 지구의 통치자였던, 서사시 『마하바라타』라는 이름이 유래된, 바라타Bharata 왕으로부터 계승된 구루Kuru 왕조에서 태어난 형제였다.

그런데 장남인 드르타라슈트라가 장님으로 태어났기 때문에, 그에게 갔어야 했던 왕관은 동생인 판두에게 내려졌다. 판두가 젊어서 죽자, 그의 다섯 아들은 임시로 실질적 왕위에 오른 삼촌 드르타라슈트라의 보호를 받게 되었다. 그리하여 형의 100명의 아들과 동생 판두의 아르주나를 포함한 다섯 아들은 동일한 궁정에서 함께 자라게 되었다. 양편 다 같이 전문가인 트로나의 군사 훈련을 받았으며, 또한 일족의 존경 받는 할아버지 비스마의 신상身上 상담을 받았다.

하지만 드르타라슈트라의 아들들, 특히 장자인 두료다나는 판다바스(판두의 아들들)를 미워했고 질투했다. 또한 장님이며 악의에 찬 임시 왕인 형 드르타라슈트라는, 판두의 아들이 아닌, 자기의 아들들에게 왕국을 물려주기를 원했다.

이리하여, 드르타라슈트라의 동의를 얻은 두료다나는 판두의 어린 아들들을 죽일 음모를 꾸몄다. 판다바스가 생명을 위협 받은 여러 번의 시도를 모면한 것은, 오직 그들의 삼촌인 비두라와 사촌인 크리슈나의 주의 깊은 방어 덕분이었다.

그런데 화신 크리슈나는 보통사람이 아니라, 신격을 지니고 지구에 내려온 신 자체로써 당시의 왕조에서 왕자 역할을 하고 있는 것이었다. 그러한 역할을 하면서 또한 크리슈나는 판두의 처 쿤티의 조카이며, 동시에 판다바스의 어머니 파르타의 조카이기도 하였다. 그리하여 친족으로써 그리고 영원한 종교인으로써, 크리슈나는 정의로운 판두의 아들들을 편애하여 그들을 보호하였다.

하지만 궁극적으로는 교활한 두료다나가 판다바스에게 사기 도박과 다름없는 시합을 걸어왔다. 치명적인 그 시합 과정에서, 두료다나와 형제들은 판다바스의 순결하고 헌신적인 처 드라우

파디를 소유하게 되었다. 그리곤, 왕들과 왕자들의 전체 모임 앞에서, 그녀의 옷을 벗겨 모욕적인 나체로 만들어 버리려고 들었다. 크리슈나 신의 개입으로 그녀는 구조되었지만, 판다바스로 하여금 사기도박에 넘어가 왕국을 사취 당하게 만들었고, 그 결과 그들은 13년간의 추방을 강요당하게 되었다.

추방에서 돌아온 판다바스는 두료다나에게 왕국을 돌려달라는 정당한 요청을 하였지만 일언지하에 거절당했다. 왕자들로써 공공 행정을 이행할 의무감에, 다섯 명의 판다바스는 그들의 요청을 단지 다섯 개의 부락으로 줄였지만, 두료다나는 못 하나 박을 땅도 못 나눠 주겠다는 식으로 교만을 떨었다.

이러한 모든 과정을 통하여, 판다바스는 지속적으로 인내하고 참아 나갔다. 하지만 이제 전쟁은 피할 수 없는 것으로 보였다.

그럼에도 불구하고, 세상의 모든 왕자들은 양편으로 갈라졌다. 한 편은 두료다나 편으로, 다른 한 편은 판다바스 편이 되었으며, 크리슈나 자신은 판두 아들들의 사자使者 역할을 하였다. 크리슈나는 드르타라슈트라의 궁정으로 가서 평화를 호소하였다. 그의 호소가 거절되자, 전쟁은 도저히 피할 수 없게 되었다.

최고의 도덕적 경지의 사람들인 판다바스가 크리슈나를 진정한 신으로 인정한데 반하여, 드르타라슈트라의 불경스런 아들들은 그렇지 않았다. 그럼에도, 크리슈나는 각 적대자의 선택에 따라 어느 편이든 간에 전쟁에 참가하겠다고 제언하였다. 신으로써 그는 개인적으로는 싸우기를 원하지 않으나, 어느 편이든 간에 원함에 따라, 한 편은 크리슈나의 군대를 이용할 수 있고, 다른 편은 크리슈나 자신을 충고자나 도우미로 삼을 수 있다고 제안한 것이다. 책략의 천재인 두료다나는 크리슈나의 군대를 잡아챘고, 판다바스도 크리슈나 자신을 확보하기를 그에 못지않게 열망하였다.

이리하여, 당연히 크리슈나는 이름도 드높이 알려진 아르주나 궁사의 전차 어자御字(마부)가 된 것이다. 이상과 같이, 전쟁 준비가 완료된 두 군대가 서로 대치하고 있는 데부터 『바가바드기타』는 제1장에서 제18장까지 이야기되는 것이다.

『BHAGAVAD-GITA As it is』 본문 요약

아래에 그 일부를 예시하는 바와 같이, 전체가 18장章으로 나누어져, 서론 모두冒頭에 각 장Chapter 별로 내용이 요약되어 있다. 뒤이어 본문에 들어가 700개의 원문 Text를 각 장章마다 필요에 따라 길고 짧게 배분하여 베단타 철학을 상세히 설명하고 있다.

제 1 장: 전쟁 태세를 갖춘 양군의 관찰

서로 싸울 군대들이 쿠루크슈트라Kuruksetra 전쟁터에 양편으로 갈라져서 전쟁 태세로 진을 치고 대치하고 있을 때, 강력한 전사 아르주나는 절친한 친족들, 스승님들과 친구들이 양쪽 군대에서 그들의 생명을 희생하며 싸울 준비를 하고 있는 것을 본다. 슬픔과 연민으로, 아르주나는 힘이 빠지며, 그의 마음은 곤혹스러워져서, 싸우기로 한 결정을 단념하였다.

제 2 장: 『기타』의 요약된 내용

아르주나는 제자로써 심신을 바쳐 화신 크리슈나를 따르기로 하였으며, 크리슈나는 임시적 물체에 지나지 않는 육신과, 영원한 영혼과의 근본적인 특성의 차이를 설명함으로써 아르주나를 가르치기 시작하였다. 화신은 윤회의 과정과 신에 대한 사심 없는 헌신, 그리고 자신을 스스로 깨닫는 사람의 특성에 대한 설명을 한다.

제 3 장: 카르마 요가Karma-yoga

모든 사람은 이 물질세계에서 어떤 종류의 활동이든 종사하지 않으면 안 된다. 하지만 활동은 그 사람을 이 세상에다 묶어두거나, 또는 거기서 풀어주거나 하는 것이다. 이기적인 동기

없이 신이 기뻐하도록 활동함으로써, 그 사람은 카르마(작용과 반작용)의 법으로부터 자유로워질 수 있으며, 또한 그 자신과 신에 대한 초월적 지식을 획득할 수 있는 것이다.

제 4 장: 초월적 지식超越的知識

초월적 지식이란 - 영혼과 신에 대한, 그리고 둘 간의 관계에 대한 정신적인 지식 - 그 둘을 정화하는 것이며 또한 자유로워지는 것이다. 그러한 지식이란 이기심 없는 헌신적 행동(카르마 요가)에서 얻어지는 과실果實을 말한다. 크리슈나는 『기타』의 오랜 역사 이야기와, 신이 이 물질세계에 정기적으로 강림하는 의미와 현실적인 스승guru에게 접근해야 하는 필요성에 대해 설명한다.

제 5 장: 카르마 요가 - 크리슈나 자각 행위

초월적 지식의 불덩어리로 정화된 현명한 사람은, 외부적으로는 모든 활동을 수행하면서도 내부적으로는 그 활동의 소산所産을 포기한다. 그리고 평화, 세속 초연, 인내, 정신적인 예견과 지복至福을 얻는다.

제 6 장: 드야나 요가Dhyāna-yoga

기계적 명상의 실천은 마음과 5감을 조정하고, 파라마트마Pa-ramātmā(신이 가슴에 자리한 형태의 초월적 혼)에 초점을 맞추어 정신집중을 한다. 이러한 실천은 신을 완전 자각함에 있어, 절정에 달하게 된다. - 이하(생략) -

제 7 ～ 17장까지는 힌두교 크리슈나 화신化身에게 귀의歸依하는 자들에게 주는 지침서라 하겠다. 힌두교의 본질을 설명하고, 신도로써 지켜야 하는 계명을 제시하며, 힌두교의 원리를 설파한다. 육신은 영혼이 머무는 임시방편이고, 영혼만이 영원히 존재하여 끝없는 시공 속에서 인간을 포함한 여러 형태의 육체를 전전하며 윤회를 거듭해 영구적으로 영혼의 생명을 이어간다. 그런데 영혼에도 신에 의해 선악 행위에 따라 등급이 매겨 진다. 제반 요가에 의한 집중적인 심신의 수련을 통하여 이기를 버리고 이타적이 되어야 한다. 그리고 죄악을 멀리하고 물욕을 떠난 순수한 마음으로 신에게 귀의해 신의 뜻에 따라야만 신과 일치될 수 있다는 것이다.

마지막으로 제18장에서, 화신 크리슈나의 가르침은 아래와 같이 끝을 맺는다.

제 18 장: 결론 - 완전한 포기

크리슈나는 포기拋棄의 의미와, 인간 의식과 행위에 관한 자연 방식의 효과에 대해 설명한다. 그는 브라만(Brahman)의 실현, 『바가바드기타』의 영광, 그리고 『기타』의 궁극적인 결론은 '종교의 가장 높은 길은 크리슈나 신에게 무조건적인 절대적 사랑의 헌신이다. 그래야만 그 사람이 모든 죄악에서 벗어나며, 크리슈나의 영원한 정신적 존재(혼)가 머무는 곳에 돌아갈 수가 있다'고 설명한다.

책 전체 900여 쪽 중 순 본문만은 700개의 TEXT를 다 합해서 50쪽 내외에 불과하다.

제1장 첫 Text는 장님인 드르타라슈트라왕이 부관 산자야에게 "그들이 어떻게 되었는가"하고 걱정스럽게 질문하는 장면부터 시작된다. 이에 대해 산자야는 눈먼 왕이 볼 수 없었던 전쟁의 전후 경위를 장황히 설명해 나간다. 이야기는 크리슈나와 그의 정의로운 헌신자 아르주나가 전차를 몰고 양 진영이 대치하고 있는 현장에 들어서는 데서 시작된다. 아르주나는 마부 역을 하는 크리슈나더러 동족상잔의 혈투가 시작되기 직전인 양편 한가운데로 전차를 몰고 들어가라고 부탁한다. 거기서 그는 절친한 친족, 스승, 친구들이 양편으로 갈라져 서로 생명을 걸고 싸울 태세임을 목격한다. 비참한 살육 장면을 떠올리며 슬픔에

잠긴 아르주나는 도저히 싸울 수가 없다는 마음에 전쟁을 포기하고 주저앉고 만다. 이에 화신 크리슈나는 뜻밖에도 아르주나에게 왜 싸워야하는가를 천상의 진리로 소상히 가르치기 시작한다.

아르주나가 갖게 된 회의懷疑를 크리슈나가 하나하나 설파하는 대화 형식을 취해서, 전생轉生을 위해 죽음이 필연인 윤회사상을 비롯해 심오한 베단타 종교철학의 원리를 자세히 설명해 주는 내용이다. 신에 대한 초월적 지식과 귀의歸依만이 영원한 생명을 이어갈 수 있으며, 그 방법은 요가 수련으로 무아무욕無我無慾 경지로 정신을 승화시켜 오직 천상의 신에 헌신하여야 영원한 생명을 얻을 수 있다는 것이다.

이상은 수박 겉핥기로 『바가바드기타, As It Is』를 대충 요약한 것이다. 『기타』를 수박에 비유한다면, 위 글은 겉모양을 그려본 것이지, 그 속을 짧은 문장으로 들여다본다는 것은 애당초 불가능한 일이다. 『기타』가 품고 있는 심오한 사상에 접하려면 비록 번역서나마라도 전문을 읽어봐야 한다는 것이 필자의 생각이다.

인종 구분과 경제력

 태고에 황인종·흑인종·백인종 등 세 종류의 인간이 만들어졌는데, 그중에서 황인종이 제일 잘 된 작품(올바른 인간)이라고 들은 적이 있다. 초등학교에 다닐 때 일본인 담임선생이 한 말인데, 신이 사람을 빚어 불에 구웠는데, 덜된 것을 꺼내서 백인이 되었고, 다음 것은 너무 구워 까맣게 태워서 흑인이 되었으며, 마지막으로 알맞게 구워서 제일 잘된 황인종이 되었다는 동화 같은 이야기이다.

 일본이 진주만을 기습 공격하고 나서, 미·영 두 나라 사람을 축생畜生으로 비하하여, 일본 제국신민帝國臣民의 사기를 진작시키기 위한 선동의 일환이었다고 생각된다. 나는 싱가포르에서 잡혀온 영국군 포로들을 동물처럼 취급하는 현장을 실지로 목격한 바도 있어, 선생님의 말씀이 그럴듯하게 여겨졌던 것으로 기억된다.

그런데 그런 생각은 몇 년 안가서 송두리째 무산되고 말았다. 일제의 8·15 무조건항복 후 입장이 반전된 것이다. 차원이 다른 과학문명을 대동하고 상륙한 미군은 그 기세등등하던 일본군을 무장해제 시키고, 온갖 만행을 자행하던 그들을 수용소에 가두고 나니 누가 축생인지 어리둥절할 따름이었다. 먼저의 영국군 포로도 그렇고, 전쟁에 지는 자, 즉 패자가 되면 그 순간부터 몰골이 초췌해지고 비굴해지는 모양이다. 남의 생명을 버러지처럼 경시하던 일본군이 전쟁에 져서 포로의 몸이 되니 저렇게 급변해 옹졸해지나 싶었다.

그러나 저러나 목전에 갑자기 백인종과 흑인종이 나타나니 혼란스러운 일이 한두 가지가 아니었다. 인종의 순위가 뒤바뀐 것이다. 황인종인 일제가 내쫓기고 그 자리에 미군의 군정이 들어섰는데, 그 새로운 지배자인 미군이라는 것이 다름 아닌 백인종과 흑인종으로 이루어진 것이다.

비록 지배자와 피 지배자라는 입장 차와 민족 간에 우열의 의식 차이意識差異가 있었던 것은 사실이지만, 조선인과 일본인 사이에 이민족異民族이라는 의식은 있어도 인종차별이라는 개념은 존재하지 않았다.

우리와 백인·흑인하고는 인종 차가 너무나 뚜렷하다. 인종 문제가 비로소 우리에게 현실로 다가온 것이다. 인종에 우열의 구별이 매겨져 있다는 사실에 당목할 노릇이었다. 1945년 당시 우리가 크게 놀란 것은 백인과 흑인 간의 인종차별 문제가 심각할 정도로 존재한다는 사실이었다. 미국 본토에서는 백인과 흑인이 별도로 끼리끼리 생활한다는 이야기가 차차 나오기 시작하였다.

백인과 흑인의 거주지역이 나눠져 있고, 모든 공공장소에서는 백인과 흑인의 자리가 분리되어 있다든가, 심지어 개인이 경영하는 식당에 '개와 흑인은 출입 금지'라는 푯말이 걸려 있다는 등 도무지 상상할 수 없는 이야기들이 나돌았다. 그런 소문을 뒷받침 하듯, 주한 미군 중에도 흑인만으로 이루어진 중대가 있었는데, 유독 중대장만큼은 백인 대위라는 것이 확인되었다.

미군이 주둔한지 며칠 안 되어 다수의 조선인 노무자가 고용되기 시작하였다. 헤아릴 수 없이 많은 사람들이 부두에서 휘발유 드럼통을 굴리거나, 도로 정비 사업 등에 투입되었고, 미군 영내에서는 식당의 잡부와, 어린 소년들이 막사에 하우스보이로 취업을 하였다. 전체 취업자의 보수는 보잘것없이 작아 겨우 식생활이 유지될 수준이었다.

특기할 사항은 인권 문제라 할 수 있다. 워낙 일본인에게 기본 인권마저 유린된 채 살아왔기 때문에, 인권이라는 개념조차 없었던 시기였음을 감안해도, 미군은 일본인과 비교할 때 별천지에서 온 신사들이었다. 첫째 그 많은 노동력 수요에, 점령군은 강제 동원이라는 것이 없었다. 반드시 소정의 임금이 지불되었다.

하지만 지금 돌이켜보면 전혀 험이 없었던 것은 아니었다. 영어를 하는 사람이 전무 상태라, 언어 장벽이 주요인이지만, 의사소통이 되지 않아 작업 진척이 어긋나는 일이 자주 벌어지고, 감독자인 미군의 비속어가 예사로 튀어나온다. 미군 최하급자의 봉급이 조선인의 노임과는 10배 이상 벌어지니 미군의 기세가 등등할 수밖에. 그나마 다행이었던 것은 미군이 비민주적이거나 부당한 강압적 행동은 거의 없었다는 사실이다.

일제 강점기 내내 수탈과 강압 통치에 민족 우월주의로 피식민지민의 인격적 차별에 일괄되었던 것과는 퍽이나 대조적인 것이었다. 미군이 직접적으로 통치에 관여한 바가 적어, 조선인에 대한 인종차별도 발생할 환경이 아니었다. 너무나 크나큰 국력의 차이로 미국인(백인종)은 우리와는 비교 대상이 아니라, 경외감敬畏感마저 느끼게 되는 이방인으로 비칠 뿐이었다. 그들의 원조로 나라가 지탱되는 판국이었기 때문이었을 것이다.

일제강점기와 광복 직후와 6·25 전쟁 중의 세계 최빈국 상태였던 조선의 사회상을 잠깐 들춰본 것이지만 새삼 금석지감을 금할 수가 없다.

그 후 60여년이 흐른 작금의 세계는 천지개벽이 일어난 것처럼 변했다. 미국은 어떻게 변하였고, 한국이 전 세계에 대해 지니는 위상은 어떻게 변하였나를 살펴보자.

가장 놀라운 변화는 극심했던 미국의 인종차별이 거의 사라진 것이다. 한마디로 흑인 대통령 오바마가 나와 백·흑·황인종으로 이루어진 미국을 통치하는 세상이 된 것이다. 불과 60여 년간에 이보다 더 극적인 변화는 없을 것이다. 미국에서 가장 인기 있는 직업인 정상급의 운동선수층은 거의가 흑인들이 장악하고 있는 상태. 어떠한 공공의 자리도 인종 관계없이 선착이 우선이다. 백인종과 흑인종의 결혼도 흔히 볼 수 있는 세태가 일상화 되었다.

한국의 변화는 미국보다 더 경이롭다. 세계 최빈국에서 중진국을 뛰어넘어 선진국 문턱에 발을 내딛고 있는 중이다. 상전벽해·한강의 기적 등 온갖 찬사가 다 붙어 다닌다. '한국의 교육열을 본받아라(오바마 미국 대통령)' '한국의 경제개발을 배워라(개발도상국가들)' 하는 소리가 꼬리를 물고 들려온다. 심지어 미국의 대학에서 이수한 백인들이 한국에서 취업(한국 대기업 고급인력, 원어민 영어교사 등)을 하고 있다. 심지어 40~60여 년 전에 한국인이 그랬던 것처럼, 그 수가 130만 명에 이르는 개발도상국가 근로자들이 자기나라의 5~10배의 임금을 받고 한국 중소기업에서 한국인이 꺼리게 된 3D 업종 일을 하고 있다.

여기서 우리는 하나의 귀중한 교훈을 얻는다. 우리가 국력이 약해 피침략자로 전락하여 당한 수탈과 겪은 학정의 고통은 세계대전 후 제국주의가 도태됨으로써 소멸된 것이지만, 그 후의 세계질서는 경제력에 의해 좌우된다는 냉혹한 현실을 뼈저리게 체험하게 된 것이다. 무력으로 세계를 양분하여 미국과 맞섰던 소련 연방이 붕괴된 것도 피폐한 경제력이 주원인이었던 것으로 드러났다.

  개인이나 국가나 잘 살고 볼일이다. 경제를 발전시키는 일이 절체절명의 긴요한 과제이다. 우리나라가 2012년 대통령선거전에서 분배 일색의 정책을 펴겠다고 아우성을 쳤는데 그러기에는 아직 이르다. 누구든 간에 경제를 지속적으로 성장시켜 일자리를 창출해 나가야 한다. 그렇게 함으로써 대한민국의 번영은 영원할 것이며 세계인의 부러움을 사는 자랑스러운 국민이 될 수 있을 것이다.

세포분열과 영원한 생명

나는 무엇으로 이루어 졌을까. 얼핏 육체와 정신이 먼저 떠오른다. 육체는 세포로 이루어졌고, 정신은 육체(뇌)에서 발산되는 에너지 파장의 일종이라고 하면 누군가(종교 신봉자)에게 혼쭐이 날지 모르겠다.

『구약성서』「창세기」에는 태초(약 6천 년 전)에 신이 천지와 인간을 창조하였다고 나와 있다. 종교의 특성은 근본적으로 믿음이므로, 여기서는 종교와의 관련성을 일체 배제하고, 오직 과학적 견지에서 접근하는 것임을 먼저 밝히는 바이다.

우주의 형성을 연구하는 과학자들은 지구의 생성 역사를 대략 45~50억년 정도로 보고 있다. 그 후 지구상에 유기물(생명체)이 존재할 수 있는 자연조건이 충족될 때까지 다시 10억년 정도가 흘러야 했다. 모든 생명체의 최소 단위가 단세포單細胞라는 것은 거의 상식화된 지 오래다. 단지 '신비神秘'라는 두 글자로 표현할 수밖에 없는 과정을 거쳐 바다 물속에서 탄생한 최초의 세포는 그 후 무려 35억년을 단세포 상태를 유지하며 헤아릴 수 없는 생사를 거듭해, 세포분자 형태로 진화되면서 조성된 DNA 유전자를 대대로 더욱 발전시켜 가며 전해 내려온 것이다. 현 인류의 체세포가 함유하는 염분의 농도가 '최초의 단세포 출생의 고향'이 바다라는 것을 말해주고 있다는 설의 근거이다.

단세포 생명체의 유구한 진화가 계속되어 오던 중 지구의 생존환경의 획기적 개선과 더불어 지금으로부터 대략 5~6억 년전, 드디어 다세포多細胞 생물체生物體가 해수 상에 나타나기 시작하였다는 것이다. 다세포 생체가 생성되는 과정은 여러 개의 단세포가 서로 붙은 채로 떨어지지 않고 있다가, 유전자 정보가 변해지면서 통합되어 생겨나게 되었다는 것이 학계의 통설이다.

잘 알려진 바와 같이 세포는 분열로 증식한다. 증식은 하나가 둘로, 둘이 네 개로, 넷이 여덟으로, 즉 기하급수적으로 개체 세포수를 늘려간다. 만일에 증식만 무한정 거듭하고 도태나 사멸이 안 된다면 지구는 온통 세포로 뒤덮이고 말 것이다. 따라서 증식된 만큼 비슷한 수가 소멸되어야 밸런스가 맞을 운명을 타고 새로운 세포가 탄생한다는 천리天理가 정해진 것이다. 세포는 말할 것도 없고, 모든 생명체의 출생은 속된 말로 죽기 위해 태어나는 것과 다름없다.

또한 기후의 냉온과 적당한 우량, 물과 공기 중의 산소 함유량 등 자연계 환경이 생물체인 세포의 증식·진화·생존에 적합하도록 개선되어야 한다. 위 조건에 맞지 않으면 도태되는 것이 당연한 이치이다. 현 자연계의 상태로 유추컨대, 최근 수백·수천만 년이, 인류와 같은 고등 동물이 출현할 정도로 지구 역사상 가장 좋은 자연환경으로 조성되어 온 것임에 의심의 여지가 없다. 인류의 역사는 영겁永劫의 시간의 흐름 속에서, 소위 원인猿人 시대 수백만 년을 제외하면 불과 수십만 년, 현생 인류의 원조元祖로 간주되는 호모 사피엔스까지 소급하더라도, 기껏 15만~20만 년 내외라는 눈 깜짝할 순간에 지나지 않음을 알 수 있다. 앞으로 이러한 자연 상태가 얼마나 더 지속할 것인지 숙연해짐을 금할 수가 없다. 부지기수란 수효를 헤아릴 수가 없을 정도로 많다는 표현이지만 영겁의 우주 속에서, 유한인 지구의 생존도는 부지기수가 아니라 수학적으로 영(유한 나누기 무한은 ZERO)에 지나지 않다는 것이다.

생물체 구성의 본론으로 들어가 인체를 예로 들면, 당연히 여러 종류의 다세포로 형성되어 있다. 인간의 육체를 이룩한 세포라는 뜻으로 흔히 체세포体細胞라 부른다. 이들 세포의 특성은 최초의 생물체인 단세포가 태어나서 현재에 이르기까지 35억년의 생명의 역사 동안, 분열·소멸과 진화를 거듭하면서 고도로 발전되어 전해 내려온 유전 정보를 생식生殖세포를 통하여 한없이 이어지는 차대次代에 물려주기를 반복해 왔다. 다시 말해 체세포는 인체의 생명이 유지되는 동안 쉴 새 없이 생과 사를 되풀이 하고 있는 것이다.

생명체에서 체세포의 특성은, 성장기에는 유전자의 명령에 따라 죽는 수량보다 증식되는 수량이 많아지다가 성장이 완성되면 증식과 소멸의 균형을 맞추어 나간다. 그리고는 늙어가면서 그 반대의 궤도를 타게 된다.

인체를 구성하는 전체 체세포의 수명은 세포 당 대략 평균 일 년 반으로, 그 간에 줄줄이 구 세포가 죽고 동시에 새 세포가 태어나는 것이다. 당연히 동시다발로 한꺼번에 생성되는 것이 아니라 인체의 상태·활동 여하에 따라, 때론 더 많이, 혹은 더 적은 수가 강물이 흐르듯 지속적인 분열로 생과 사가 이어지는 것이다. 따라서 체세포의 집합체인 인체의 수명이 평균 80년 정도임에 비하면, 각 체세포의 수명은 본체의 50분지 1에도 못 미치는 것이다.

인간은 누구나 본능적으로 죽음을 두려워한다. 인간의 가장 큰 욕망은 무병장수일 것이다. 태어날 때 길어야 100년이라는 사형선고를 받고 이 세상에 나오는 것이다. 그러면서도 영원한 생명을 바라는 마음을 버리지 못하고, 사람들은 내세를 지향하는 종교에 귀의하게 된다. 종교가 미약한 인간에게 큰 희망이 되어주는 것은 틀림없는 사실이다. 세계의 주요 종교는 하나 같이 내세나 사후 부활復活을 믿는 것이고, 힌두교와 불교에서는 윤회輪廻를 믿는다.

그렇지만 힌두교가 형성된 수천 년 전에는, 인체의 최소 단위인 체세포가 끊임없이 생사를 거듭하며 재생된다는 과학적 이론이 정립되지 않았을 때이다. 그런데 어떻게 인체의 본체 자체도, 체세포처럼 생과 사를 되풀이 하며 전생·현생·내생을 윤회한다는 종교 이념을 탄생시켰는지, 우연치고는 신기하게 맞아떨어졌다는 상념을 지울 수가 없다.

20세기는 과학 분야에서 거시巨視와 미시微視로 양분되는 물리학物理學의 획기적인 발전 시대라 할 수 있다. 1900년대에, 상대성이론相對性理論과 양자론量子論의 대두는 인류의 자연에 대한 관념에 혁명을 일으켜 세상을 크게 바꿔 놓았다. 하지만 과학의 발달에, 정신문명이 병행하여 따라가지 못한 현실을 부정할 수가 없다. 인류의 꿈인 영원한 생명의 추구는 각 생명체의 미시 물리학적 세포의 생사 과정에서 찾아 볼 수 있을지도 모르겠다.

각 생명체 개체個體의 세한된 생존 조건하에서는, 영원한 생명은 얻기가 불가능하다는 것은 너무나 뚜렷한 자연의 섭리이다. 따라서 학술적 기술인 '개체의 생성이 계통적系統的 생성을 반복하는 영원성'에 눈을 돌려야 한다. 생명체의 계통이란 대를 끊임없이 영원으로 이어가는 유전성 계통을 의미한다.

한 인간의 탄생은 일 회 사정에 수 억 개가 방출되는 생식세포인 정자 중 단 한 개가 선택되어, 또 하나의 생식세포인 모체의 난자와 결합함으로써 잉태가 시작된다. 그 정자와 난자가 지니는 DNA속에 실로 35억년에 걸쳐 진화해온 인체의 총체 유전자 정보가 고스란히 함유되어 있다. 모체 내에서 태아의 성장 과정은 예정된 DNA궤도를 따라 체세포의 취사取捨를 실행해 가며 인체의 각 부위를 출산 기에 맞춰 완성해 나간다. 이리하여 정자와 난자의 제공자의 특성을 대략 반반 나누어 지닌 새로운 생명체가 탄생되는 것이다.

새 생명 탄생의 신비는 음(난자)과 양(정자) 어느 한 쪽만의, 다시 말해 양에서 양과, 음에서 음의 직접 복제의 길을 봉쇄하고, 반드시 음과 양의 결합(수정)을 거쳐서만 새로운 양이나 음이 각각 생산되도록 정해진 것이다. 따라서 한 개체의 생명체는 100% 동일한 복제가 되지 않아 당대로 생을 마치고 소멸된다. 그리고 음과 양의 유전자가 뒤섞인 다음 세대가 태어나서 똑같은 과정을 거쳐 다음다음 세대로 개체 별 생명체는 어김없이 이어져 가는 것이다.

창조의 주체가 누구이든 간에, 이상이 하나의 인간이 창조되어 사멸되는 과정의 설명이다. 인간의 영원한 생명의 추구는 한 개체만으로는 애당초 불가능한 일이고, 오직 단속적이나마, 위와 같은 계통적인 유전으로 영원히 이어지는 것으로 운명 지어진 것이다.

이것이야 말로 또한 영원한 생명으로 간주될 수 있는 것 아닌가. 만일에 전세前世와 내세來世가 있다손 치더라도, 또한 현세에 전세를 거쳐 온 사람이 많이 존재한다 하더라도, 전세를 기억하는 사람은 하나도 없지 않은가. 마찬가지로 현세 사람이 내세에 다시 태어나더라도, 지구에서의 현세를 내세에 가서 기억할 까닭이 없다. 그렇다면 내세가 있다고 믿든 말든 간에 현세 사람이 내세에 들어가도 현 지구에서 있었던 일을 기억하지 못한다는 이야기이다.

종교상으로 부활의 뜻이 죽은 자의 육체적 재생인지, 영혼의 불멸을 상징하는 것인지는 알쏭달쏭하다. 형이상학적 문제인 만큼 추상적인 관념상의 개념으로 돌려, 육체를 떠나서 영혼에 한정하는 것이 답인 것 같다. 내세나 신이 있다고 믿는 사람들이 종교에서 얻는 정신적 위안은 분명 제 3자가 거론할 사안이 아님이 분명하다.

철학자 파스칼이 신의 존재를 수학으로 풀이했다. '신의 존재를 아무도 논증으로 입증 못하듯이, 신이 없다는 것도 입증 못하기는 마찬가지다. 따라서 신의 존재 확률은 수학적으로 50%이다. 어느 쪽에 서든지 각자의 선택이지만, 무슨 밑천이 드는 것이 아닌데 믿는 쪽에 서는 사람이 현세에서 최소한 정신적인 안식을 얻을 수 있으며, 만일 내세에 천국이 있다면 그곳에 무임 승차할 수 있는 이점이 있다'는 것이 파스칼의 답이다.

영원한 생명을 희구하는 인류에게 의지할 하나의 과학적 믿음의 지주支柱가 나타났다. 상대성 원리에서 '물질 불멸의 원칙'과 '물질의 에너지 전환' 이론에 의하면, 인간의 정신(Spirit) 즉 영혼은 일종의 에너지이므로 물질로 변환 될 수 있으며, 물질은 영원불멸이기 때문에 영혼의 영원한 존재도 과학적으로 가능하다고 볼 수 있겠다.

단 육체를 떠난 영혼이 홀로 존재할 수 있겠는가는 여기서 논할 문제가 아니다. 분명히 인류의 영원한 숙제로 남을 일이다.

상대성이론의 창시자인 아인슈타인은 신의 존재를 묻는 질문에, "우주의 질서를 관제하는 어떠한 초자연적 힘의 존재를 믿는다"라고 속마음을 토로한 적이 있다. 사람마다 믿는 신의 개념이 다를 수 있다는 본보기라 할 수 있다.

진화론을 믿든 말든 간에, 흔히 원인류猿人類에서 현 인류가 진화되었다는 설이 나돌고 있는 시말은 이렇다. 인간을 타 동물로부터 분간하는 기준으로 거론되는 것이, 두 발로 걷는 보행 기능을 내세운다. 하지만 두발로 걸을 수 있는 것은 사람뿐 아니라 새들도 두발로만 잘도 걸어 다닌다. 그 뿐 아니라 하늘 높이 나는 재주까지 타고났다.

사람이 타 동물보다 월등히 앞서는 능력은 두 손으로 일을
할 수 있을 뿐 아니라 온갖 것을 창작할 수 있으며, 타인과 의사
소통이 가능한 기능과 지능을 지닌 머리와 뇌를 갖고 있다는
데 있다.

단세포에서 출발한 지구상의 생명체가 35억 년 간 현 인류로
진화해 온 과정에 원인류猿人類가 있었다는 학설의 근거는 무엇
일까. 20세기에 들어 과학의 발달로 수없이 발굴된 화석의 연대
측정이 가능해지면서라고 단적으로 말할 수 있을 것 같다. 우연
히 발굴된 한 동물의 화석이 실마리가 된 것이다. 연대 측정 결
과 350만 년 전의 그 화석은 놀랍게도 보행기능을 지닌 현 인류
에 가까운 골격을 하고 있었던 것이다.

인류학자들의 연구 결과, 그 화석의 주인공은 현 인류로 진화
되기 전 단계의 지능과 기능을 지닌 것으로 추정되었던 것이다.
그 후 여러 곳에서 이러한 화석의 발견과 발굴이 이어졌다. 그
중에 발견된 지명을 따라 이름을 '자바·북경 원인原人'으로 호
칭이 붙여진 것들이 있다. 그 것이 원숭이가 진화하여 사람이
되었다는 엉뚱한 오해의 빌미를 제공한 연유로 추정된다. 원인
류의 원도 한자로 原이나 猿으로 쓰기도 한다.

사람과 원숭이는 진혀 종이 다르다. 원숭이가 진화하여 사람
이 된 것은 절대로 아니라는 뜻이다.

중요한 사실은, 그렇다고 그 들 수백만 년 전 화석의 주인들이

현 인류의 직접적인 조상은 아닌 것으로 그 후 밝혀졌다. DNA 검사로 추적한 결과 현존 인류 중에서는 그 들 원인原人들의 후손이 나타나지 않은 것이다. 어떠한 경로를 겪었던 지간에 그 화석들 후손들이 멸종되었다는 것이 인류학자들의 설명이다. 현 인류의 DNA로 역 추적한 결과 우리들의 가장 오래된 직계 할아버지·할머니는 대략 15만 년 전까지 거슬러 올라가 '호모 사피엔스(Homo sapiens)'에서 비롯되었다는 것이 과학적 확증이라는 것이다.

원숭이와 인류와의 관계는 곰과 인류의 관계보다도 더 무관하다는 이야기이다. 곰은 적어도 신화 상에서나마 한국인이 속한 알타이 어족語族과 밀접한 관계가 있기 때문이다. 현존 동물 중에서 지능이 제일 높고 두 발 보행도 가능한 원숭이 종류(침판지, 고릴라 등)가 인간과 약간 비슷한 점이 있다손 치더라도 태고 때부터 종種이 갈라진 것이지, 원숭이가 진화해 사람이 된 거는 절대로 아닌 것이다.

그림 생각

　나는 그림을 좋아한다. 지금은 보기만을 좋아하지만 소년 시절에는 그리는 것도 좋아했다. 친한 친구 몇몇은 사買는 것도 좋아하지만 나는 그림을 사본 적이 없다. 내가 그림을 알게 된 것은 초등학교 4학년 미술(도화) 시간에서이다. 일본인 담임선생이 도쿄 우에노上野 미술학교 출신으로 수업 종료 후에도 학생 지도에 열의가 대단했다. 방과 후, 그는 언제나 빈 교실에 이젤을 세워 놓고 석고 데생이나 유화 그리기에 여념이 없었다.

　4월 초 새 학기가 시작되고 개나리나무가 철 늦게 만발한 꽃잎을 휘날리던 4월 말, 도화圖畵 시간에 우리 반은 2층인 붉은 벽돌 교사校舍 앞에서 크레파스로 사생을 하고 있었다. 날씨는 화창하고 이상 기온인지 검은 교복 등 뒤에 내리쪼이는 햇볕이 더울 정도로 따가웠다. 나는 붉은 벽을 배경으로 도화지 중앙 가까이 개나리꽃나무를 크게 앉히고 위쪽 가엔 유리 창틀을 반쯤 넣어서 색칠과 씨름을 해댔다. 그런데 한참 말랑해진 크레파스가 손에 묻어 여기저기 도화지에 번지는 바람에 그림을 완전히 망쳐 버렸다. 그때 갑자기 '야 굉장하다' 하고 다쓰노龍野 선생님이 내 뒤에서 소리치신다. 선생님은 나를 밀치시고 크레파스를 잡더니 군데군데 여백을 각 색상으로 빈틈없이 메우고 손톱으로 꽃을 일부 긁어내 바탕칠이 노랗게 빛나는 것처럼 바꿔 놓았다. 뭐가 뭔지도 모르는 사이, 내 그림, 아니 선생님과의 합작품은 액자에 넣어져 교실 벽에 학년 내내 걸리게 되었다. 그리고 이튿날부터 반장이라는 감투에다, 방과 후에는 선생님의 조수(?)로 임명된 것이다.

이튿날 수업이 끝나자 다쓰노 선생님은 날더러 남으라고 해놓고 석고 데생에 여념 없이 빠져 내게 눈길 한번 안 주다가 느닷없이 학교 앞 중국 호떡집에 가서 찐 팥빵을 사오라 한다. 나는 부리나케 달려가서 사온 뜨끈한 찐빵 봉투를 든 채 한동안 선생님 뒤에 서서 그가 놀리고 있는 목탄 끝을 신기한 눈으로 쫓았다. 선생님은 한손을 뒤로 돌려 손바닥을 내민다. 나는 얼떨결에 봉투를 건넸다. 선생님은 빵을 반으로 쪼개서 속과 겉피를 따로 뭉치더니 속은 날더러 먹으라 하고, 자신은 애써 사진처럼 잘 그린 그림을 아깝게도 빵 겉피 뭉치를 지우개로 삼아서 다

지워 버린다. 데생용 고급 대형 도화지가 그토록 희귀한 시대였던 것이다.

내가 처음으로 서양화에 접하게 된 날 이야기를 적은 것이다. 점심 거르기가 다반사이던 그 시절, 그 꿀맛 같던 팥 앙금의 입 안 감촉과 함께 지금도 내 안막에 어제 일처럼 되살아나는 다쓰노 선생님의 초상화이기도 하다.

그 후 일 년간 나는 종종 반 친구들 두셋과 함께 다쓰노 선생을 따라 야외 사생을 나가기도 하고 교실에서 정물화 그리기를 번갈아 이어나갔다. 그러면서, 화첩으로 세잔이니 모네니 하는 인상파 화가들의 이름과 그림을 선생님의 설명으로 듣고 보기를 반복하였다. 물론 그림에 대한 이해 여부는 논할 일이 못되지만, 최소한 잠재의식 속에 침전된 그 즐거웠던 추억은 지금도 여전히 남아 있어 이따금 되살아나곤 한다.

광복 익년인 1946년에 중학교에 편입이 되어, 과외 활동으로 제일 먼저 기웃거린 곳은 당연히 미술부였다. 서양화가이신 김순배金舜培 선생님이 지도를 맡고 계실 때이다. 한참 후에 안 일이지만 김 선생은 당시로선 선각자적 이론과 화풍으로 알려졌던 분이다. 그는 도저히 이해가 되지 않는 '피카소'와 '마티스' 같은 화집을 반 강제로 시간 나는 데로 보도록 독려하였다. "너희들 눈이 트이려면 좋은 그림을 봐야 한다. 비록 화집이지만 구상·추상 가리지 않고 자주 보면 눈이 트이게 된다. 그래야 서양화를 알게 되고 장차 내가 무엇을 어떻게 그리겠다는 길이 보이게 될 것이다"라는 것이 김 선생의 지론이었다. 지금 되새겨 봐도 정곡을 찌른 말씀이다. 그 미술반 동기 중에서 미대로 진학한 두 사람의 전업 화가가 나왔다.

내 미술 반 친구 중에는 유별나게 그림이나 골동을 좋아하는 K씨가 있다. 방학 때에도 신라 시대 고적지를 돌며 깨진 토기류 등을 수집해 만지작거리며 즐거워하는 것이었다. 대학을 마치고 취직을 하여서도 그 버릇은 점점 도를 더해가는 낌새였다.

1955년 전후는, 누구나 세 끼 먹을거리에 궁극하던 때였다. K는 회사 일에 전력하는 한편 작은 돈이라도 생기면 틈틈이 미술품 사 모으기에 정신을 팔았다. 그 당시엔 투자라는 개념조차 없었고 단순히 좋아서 한둘씩 사 모으는 것이었다. 그의 초기 수집품은 크지 않은 도자기류와 낙관도 없는 고화에 속하는 동양화 종류였다. 차차 청전·소정 등의 낙관이 보이더니 정선도 한두 장 벽에 걸리기도 하였다.

10년 쯤 지나서 다시 만났을 때 그는 더욱 그림 모으기에 빠져 있었다. 그의 취향도 동양화에서 서양화 쪽으로 옮겨진 듯싶었다. 주머니 사정은 별로 나아진 거 같지 않았지만 눈은 높아져 소수이나마 좋은 그림들이 벽면을 차지하고 있는 것이 놀라웠다. 이중섭과 박수근·김환기·장욱진·유영국 등의 서명이 든 것들이었다. 박수근 화백 서거 직후 열린 유작전에서 구입하였다는 화강암 질감의 소품들이 인상적이었다. 나는 무식하게도 얼마 주었느냐고 물어봤다. 5호 내외가 2~3만 원이란다. 당시 그의 월급으로 한두 장 살 수 있는 금액이다.

다시 사반세기가 흘러갔다. 나는 건축 설계를 업으로 하고 있었고, K는 인사동에서 화랑을 경영하고 있었다. 그는 미술품의 영역을 넓혀 백남준과 요셉 보이스 같은 전위 작가 작품전을 우리나라 최초로 유치하는가 하면, 서구의 추상화까지 손을 대고 있었다. 당시로선 전혀 상업성이 없는 전시회였지만 그는 개의치 않았다.

1990년대 초 어느 날 K한테서 화랑을 설계해 달라는 의뢰가 있었다.

백 평의 대지에 그가 원하는 대로 기능 위주로 설계를 하였다. 우선 주 전시실을 지상 층의 2배에 가까운 바닥 면적을 확보할 수 있는 지하에다 넣기로 하였다. 중앙에 계단 코어를 넣어 코어 중심선에서 지하실 바닥을 양분하였다. 도로 쪽 반은 바닥 면적이 40여 평에 벽 높이를 5.5m로 하여 2~3백 호짜리 대형 그림을 걸게 하고, 나머지 반은 복층으로 만들어, 위층은 전시공간으로 삼아서 중·소 작품 전시 용도로 할당하고 아래층은 바닥을 다시 반분하여 창고와 기계실을 앉혔다,

1~2층도 벽 높이를 3.3m로 잡아 여느 화랑 전시실의 면모를 갖추게 되었다. 그리고 3~4층은 살림집으로 꾸몄다. 특징이라

면 북쪽 지붕에 천창을 서너 개 넣어 자연 채광을 시도하였으며, 내벽은 그림을 걸기 위해 생활공간 일부를 제하고 파리의 화랑을 본떠 건물 전체를 석고보드 일색으로 내장 처리를 하였다. 침실만 건물주의 요청으로 한지(창호지)로 벽과 천정을 마감한 것이다

K씨 고객 중에는 우리나라 유수의 미술품 수집가들이 몇 명 있다. 그 중의 한 사람이 K씨 집을 보고 필자에게 주택 설계 의뢰를 해온 L씨이다. 그 일이 인연이 되어 집이 완공된 후에도, 나는 L씨 집을 자주 드나들게 되었다. 당시만 해도 그는 우리나라 4대 재벌 회사의 공동 설립자로 주력 회사의 회장 자리를 맡고 있는 한국 고도성장 경제사에 이름이 남을 만한 사람이었다. 그런데 놀랍게도 그의 재산 목록을 들여다보니, 살고 있는 집 말고는 다른 부동산엔 관심이 없는 것 같았다. 물론 설립한 회사의 주식도 있을 것이고 다른 동산이 있을 거라는 개연성은 있었다. 그런데 그 후 IMF 바람에 그가 속하였던 그룹은 해체되었고 그가 지녔던 회사 주식은 구조 조정이라는 이름하에 상당 부분이 물거품이 되었다.

그렇지만 그는 여전히 부자일 수가 있었다. 그가 미술품 수집가였기 때문이다. 그가 재벌이라는 지위에서 미술품을 수집하였다면 전혀 화젯거리가 못될 것이다. 필자도 그에 관한 글을 쓰지

않았을 것이다. 그의 미술품 수집은 그가 순전히 봉급만으로 생활을 할 때부터 태생적態生的 욕구로 시작되었던 것이다.

그를 여전히 부자라고 지칭한 것은 잘못된 표현일지 모르겠다. 어차피 팔지 않을 것이면 금전으로 평가한다는 것은 무의미한 일이다. 그에게 해당되는 칭호는 마음의 부자로 치부해 둬야 할 것 같다.

물론 단 한 점도 투자로 산 것은 아니었다. 개인적인 축재는 머리에 티끌만큼도 떠오른 적이 없었던 모양이다. 다른 잡념이 들기에는 회사일이 사활을 걸 정도로 긴박의 연속이었다. 그의 직장은 하루의 취침 시간이 너 댓 시간 밖에 할애될 수 없는 나날이 일 년 내내 계속되는, 수출 전쟁터나 다름없었다. 건강상 쓰러지기 직전의 그를 지탱해 준 유일한 희망이, 가족에 대한 배려 말고는 좋은 미술품을 하나 더 갖는 일념이 있을 뿐이었다.

그가 그림 수집을 시작할 당시에는 그의 봉급도 대수롭지 않았지만 미술품 값도 워낙 쌀 때였다. 회사를 설립한지 6년째 되던 해, 그는 그간 저축한 20만 원을 다 털어 소정·춘곡 등의 동양화 3점을 사는 것으로 드디어 꿈에 그리던 미술품 수집의 문을 두드렸던 것이다. 돈이 생기면 여느 사람들처럼 땅이나 건물을 사는 것이 아니라 그의 마음은 벌써 인사동 회랑 거리로 달려가는 것이다. 초기, 그의 수집은 고가품에만 쏠리지 않았다. 목기木器·도자기·고화·현대화를 가리지 않고 그저 마음에 드는 것으로 표적을 정했다. 그 시절 상품 가치가 없어 내로라하는 수집가들이 아무도 거들떠보지 않던 5~7cm 크기의 명기明器나 연적 같은 도자기 소품을 수백 점 사 모으기도 하고, 조선시대 백자와 고화에 심취되기도 하였으며, 또한 근·현대 동양화와 서양화를 한두 점씩 구입하는 것으로 더없는 기쁨으로 삼고 있었다.

그가 본격적으로 수집에 몰두하기까지는 그의 회사가 수출 제일주의로 질주를 계속하여 업계의 선두 그룹으로 머리를 내미는 것을 기다려야 했다. 봉급만으로는 한계가 있었다. 봉급도 상당하였지만 그림 값도 뒤질 세라 크게 올랐던 것이다.

1977년을 전후하여 수출 호조가 이어져 회사는 이익을 많이 냈다. 배당금만도 상당했다. 그는 기다렸다는 듯이 그 돈으로 되도록이면 그림을 사 모았다.

이때 무엇보다도 중요한 것은 미술품에 대한 그의 취향과 안목이었다. 아무리 돈이 많아도 반드시 좋은 미술품을 매입한다는 보장은 없다. 첫째는 작가를 잘 선택하여야 하며, 작품의 예술성과 장래성을 꿰뚫어 봐야 한다. 둘째는 당연한 일이지만 진품이어야 한다. 진위를 가리기란 쉬운 일이 아니다. 전시회 때 작가가 만든 도록과 대조하거나 전문가의 감정이 필수적이다. 생존 작가의 경우에는, 미심쩍으면, 작가의 직접 확인이 바람직하다. 특히 6·25동란 전후의 유명 화가의 그림은 위작 시비가

지금도 끊이지 않는다. 그 당시의 도록圖錄이 있을 리 없고 그림
이 워낙 고가이기 때문에 유혹에 빠져, 재주가 뛰어난 위작자의
속임수에 넘어가는 일이 생긴다. 미술 보는 눈이 특출하다는 평
을 자주 듣는 위 K씨조차도 한두 번 당했다는 이야기를 직접
들은 일이 있다. 그도 별 수 없구나 하는 생각보다도 그의 솔직
함에 감탄하였던 기억이 새롭다.

한마디로 L씨의 소장품은 조선 미술의 진수이며, 통틀어 걸작
품의 결정체이다. 미술품에 대한 타고난 애정과 그의 모든 것
(재물과 혼)을 바쳐 건립한 금자탑이다. 거기에는 위작이 낄 틈
이 없다. 뛰어난 경영 전문가답게 모든 품목은 진眞확인 필畢이
다. 소장품에 비추어 그의 안목의 특출함이 이미 소문난 대로
저절로 드러남을 알 수 있다.

위에서 우리나라의 대표적인 두 사람의 미술품 소장가에 관
한 이야기를 썼다. 두 사람의 공통점은 어려서부터 그림 보기를
좋아했고 성인이 되어 경제 활동을 시작하자, 한 푼의 여유 돈이
생기더라도 그림 사 모으기에 전력투구를 한 것이다. 그리고 그
들이 35~55년 전에 집중적으로 사 모은 작품들이 지금 뚜껑을
열고 보니 결과적으로 전부 랭킹 최상위에 몰려 있다는 사실이
다. 이는 우연일 수는 없다. K씨나 L씨의 안목이 그만큼 특출하
다는 말 말고는 달리 설명이 되지 않는다. 그 옛날의 랭킹이 반
드시 현재와 같은 것도 아니었고, 우열이 뚜렷하지도 않았을 뿐

더러, 가격도 도토리 키 재기보다는 차이가 났지만 기껏 몇 배 차이였지 지금처럼 몇 십 배 나지는 않았다. 가령 4~5십년 전 작품 가격이 비슷한 A와 B가 있었다면, 지금은 둘 간의 가격차가 10배 이상이 난다는 사례가 드물지 않다.

단도직입으로 K씨와 L씨가 수집한 그림은 동양화, 서양화를 막론하고 거의가 현재 랭킹 최상위에 들어 있는 작가들의 작품이라는 말이다.

이왕 말이 나온 김에 빠뜨리고 싶지 않은 한 외국인 수집가의 이야기가 생각난다. 1900년 전후, 제정帝政 러시아 귀족으로 인상파 그림을 열성적으로 수집한 이반 모로조프에 관해서이다.

모스크바에 있는 푸슈킨PUSHKIN 미술관에는 한국인 단체 관광객이 많이 찾아가지만, 아쉽게도 대개 1층만 대충 훑어보지 더 중요한 볼거리가 있는 2층 인상파 전시실은 거들떠보지 않는다. 아마도 시간에 쫓기는 스케줄 탓도 있겠지만, 그런 그림들이 있는 사실조차 몰라서인 것 같다.

파리 오르세 미술관을 제외하면 모스코바 푸슈킨 미술관만큼 인상파 걸작품이 많이 상설 전시되고 있는 여타 미술관은 없는 것 같다. 세계 미술 전집 인상파편을 그대로 옮겨 놓은 것 같은 전시실에는, 모네·세잔·르노아르·반 고호·고갱 등은 말할 것도 없고, 세계 명화 전집에 실려 있는 거의 모든 유명 인상파 화가의, 외부 세계에 알려지지 않은 20호 안팎의 수작들이 각 화가 당 10~15점씩 약 250여 점이 벽면을 압도하고 있다. 심지어 그림의 파벌이 전혀 다른 '피카소'와 '마티스'까지도 각기 15점씩 자리를 함께 잡고 있다. 더욱 놀라운 것은 이 방대한 인상파 컬렉션Collection의 주요 작품 대부분이 1917년 러시아 혁명 이전에 단 한사람의 제정 러시아 귀족에 의해 이루어졌다는 사실이다.

1900년 전후는 인상파 그림의 상업적 가치가 보잘것없었다. 부유한 귀족이 싸구려 그림에 관심을 가졌다는 것 자체가 당시 로선 이례적이다. 1874년 제1회 인상파 전시회를 시작으로 20여 년간 세간은 몰이해 속에 눈을 꽉 감아, 고호·고갱·쇠라 등이 가난과 무관심 속에 비극적인 생을 마치는 등 인상파가 아직 평가를 못 받고 있을 때였다. 또한 인상파 화가의 수도 파리에만 수백 명이 있었을 터인데, 그 중에서 어떻게 100년 후의 랭킹이 결과적으로 최상위에 드는 화가들의 그림만을 골라서 수 천리 떨어져 있는 모스크바까지 가져 왔을까. 그 귀족의 취향과 안목이 시공을 뛰어 넘은 사실이 우연일 수는 없고 사뭇 놀라울 따름이다.

어쨌든 간에 이는 엄연히 존재하는 현실 이야기이다. 러시아 혁명은 이들 그림을 위해서는 다행히도 국유화의 계기가 되었다. 그리하여 그림이 흩어지는 것을 막아줘, 이렇게 한 곳에서 명성을 떨치며 세계 각국의 여러 애호가들을 끌어들여 그들에게 크나큰 감명을 주고 있는 것이다.

전시실을 뒤로 하면서 나는 문득 러시아 귀족 이반 모로조프에게 뒤지지 않는 안목을 지닌 L씨와 K씨를 떠올렸다. 먼 훗날이라도 그들이 심혈을 기울인 그 뛰어난 수집품들이 흩어지지 않고 한 군데 뭉친 채로 남아서 빈약한 우리나라 미술품 전시에 횃불이 되었으면 하는 간절한 소망이 한동안 아물거리는 것이었다.

여행, 바람 따라 물 따라

내 몸에 유목민의 피가 흘러서 그런지, 나는 아무 데고 돌아다니는 것을 좋아한다. 산이나 바다가 더 좋을 수도 있지만, 마을이나 뒷골목을 여기저기 기웃거리는 것도 나쁘지 않다. 더구나 요새는 하루 만 보 걷기가 건강에 좋다니까 여기저기 싸돌아다닐 구실에 옹색하지가 않아 편하다.

누구나 감수성이 풍성한 소년 시절을 나는 일제하에 중학교도 못가고 일본인 고용살이로 아까운 시간을 2년간이나 허송했다. 유일한 위안거리는 아무거나 닥치는 대로 읽을거리를 찾는 것이었다. 만화나 무협지면 더욱 좋았고 신문 조각, 헌 잡지 가릴 것이 없었다. 돈이 있건 말건 시간만 나면 헌책방을 뒤지고 다녔다. 이 가게 저 가게에서 『루팡LUPIN』같은 탐정 소설이라도 발견하면 염치불구하고 서서 읽다가 주인 눈치가 보이면 슬며시 다른 가게로 옮겨가곤 하던 일이 엊그제 같다.

그때 나는 서양이라는 나라들을 책을 통해 조금씩 알게 되었다. 초등학교 때 담임선생이 서양화가였던 인연으로 서양화에 관심을 갖고 있었던 터에, 헌책방을 드나들면서 서양에 관한 책이 있으면 으레 손이 그리로 가 몇 장 들추어 보기가 일쑤였다. 파리·로마·스위스 등 유럽의 영상이 머릿속에 조금씩 그려지며 그러한 상상의 실체가 현실적인 것으로 점차 머릿속에 형성되어 갔다.

1970년대에 들어서자 한국의 고도 경제 성장이 궤도에 올라, 먹을 것이 해결되고 처음으로 나라의 장래에 희망이 보이기 시작하였다. 하루 벌어 하루 먹는 시대는 막을 내린 것이다.

나는 장래를 계획하기로 마음을 정했다. 그중의 하나가 노후 생활에 대비해야겠다는 생각과 함께 잠재의식 속에서 잠들고 있던 여행 욕구를 충족시켜야겠다는 꿈이 고개를 든 것이다. 나는 저축 플랜을 짜면서 순전히 여행 목적으로 증권저축 통장을 별도로 하나 더 만들었다. 당시의 희망은 정년퇴직 후에 유럽 여행을 목표로 한 것이었다. 나는 총수입에서 저축 가능 금액 중의 10%를 떼어 여행용 통장에 꼬박 입금하고, 성장 업종 위주로 우량주를 단 몇 주라도 끊임없이 다달이 사 들어갔다.

어언 세월은 흘러 1988년 서울에서 올림픽이 열릴 정도로 우리나라는 발전하여 해외여행 자유화라는 꿈같은 날이 왔다. 더 기다릴 필요가 없었다. 15년 간 매집한 여행용 증권저축 통장을 열고 정산을 하니 내가 불입한 금액 합계의 수십 배가 넘게 주식 값이 올라 있었다. '국가고도경제성장'의 위력 덕이었다.

부부 동반으로 우리가 택한 첫 해외여행은 22일 간의 단체 성지 순례였다. 북아프리카와 중동의 기독교 성지를 돌아 서유럽 일원으로 버스와 기차를 타고 도는 알차고 뜻 깊은 여정이었다. 한 가지 아쉬운 것은 단체 여행인 까닭에 수십 년 동안 동경해 온 미술관 순방에까지는 시간 할애가 충분히 되지 않았던 일이다.

나는 꼭 다시 와 봐야겠다는 욕심이 생기는 것을 억누르기가 힘들었다. 미술관뿐 아니라 자연 경관이나 역사 유적지도 다시 찾아보고 싶은 곳이 여러 군데 있었다. 지도 위에 그러한 곳을 표시하다 보니 수십 개나 되었다. 여행에 한번 맛을 들이면 자꾸 나가게 된다는 말은 남의 이야기가 아니었다. 그 후로도 우리 부부는 단체 여행을 여러 차례 더 나갔다.

두 번째는 국교 수교 전인 1989년 천안문사태가 진정된 여름에 한중문화친선협회라는 이름하에 단체로 중국엘 들어갔다. 비자 관계로 홍콩을 거쳐 20여 일간 광주·서안·상해·북경·만리장성 등지를 돌고 동북삼성東北三省으로 옮겨가 백두산에도 올랐다. 그리고 지린시 외각에 있는 아라디 조선족 집성촌을 찾아 한국의 발전상을 알렸고, 고향을 남한에 둔 동포들의 친족 찾기를 도와주기도 하였다.

　오직 정년 후의 유럽 여행을 목표로 모은 돈이 그 후의 여러 여행 경비를 모두 충당하고도 상당액이 남아 있었다. 인도·네팔·태국 등 동남아시아 일원과 북·남미 대양주를 끝으로 단체 여행을 접고, 우리 부부는 마침내 오랜 세월을 두고 그리던 유럽을 지역별로 나눠 미술관 위주로 다시 돌아보는 배낭여행으로 전환하였다.

　1995년 초여름 우리 부부는 러시아와 북유럽을 12일 간 단체로 순방하고 나서 마지막 기착지인 덴마크 코펜하겐에서 일행과 헤어져 마침내 둘만의 여행길에 들어섰다. 먼저 중앙 기차역 근처에다 별 둘짜리 조촐한 호텔을 정하고 이삼일 동안 시내와 덴마크 일원의 고성과 미술관을 찾아 나섰다. 교통수단은 서울에서 미리 끊어온 '유레일' 철도패스(U-RAIL PASS)와 버스를 주로 이용하였고 택시도 간간이 잡아탔다.

　자유 여행의 효과는 다음날 아침에 당장 나타났다. 단체 여행의 구속에서 벗어나, 아침 느지막이 기상하여 시간을 임의로 사용하게 되니 해방된 기분이었다. 관광 안내서에서 방문지를 선택하고 식당을 고를 수 있는 것이 큰 즐거움이 되었다. 여행의 진미가 무엇인지 가슴에 새삼 감미롭게 스며드는 느낌이었다.

그것이 완연한 자유의 향유인지, 세속의 번거로움에서의 해방인지, 또는 두 마리 새가 되어 하늘 높이 날아오르는 비상의 도취감인지도 몰랐다.

코펜하겐 시가지는 과히 넓지 않고, 주요 미술관과 박물관이 호텔에서 도보로 15분 이내에 몰려 있다. 예상과는 달리 전시 중인 소장품의 질과 양이 충족한데 놀랄 따름이었다. 유럽 변방에 위치한 농업·목축·낙농 산업 위주의 자그마한 나라에 '이럴 수가' 하는 탄성이 절로 터져 나온다. 국립미술관에 렘브란트와 마티스·피카소·뭉크 등의 근대 회화가 고루 갖춰져 있는 것이 신기할 정도다. 특히 마티스의 포비즘 전반을 보여주는 여러 점의 작품들이 이목을 끈다.

이 밖에도 덴마크의 자랑인 Thorvaldsen 조각미술관, 고갱 그림을 상당히 많이 소장한 것으로 이름난 Ny Carisberg Glyptotek 미술관 등이 하루 관람으론 어림도 없었다. 자유여행 첫날의 수확치고는 만족이상의 성과였다.

이튿날부터는 오랜 꿈이었던 본격적인 자유여행을 의욕적으로 펼쳐보려고 단단히 마음에 새기며 편안한 잠자리에 들었다.

해외 자유 여행의 진미

　첫 자유여행지인 덴마크에서의 방문지 중 인상이 매우 깊었던 곳은 동호인 간에 이름난 프레데릭스보르그Fredericksburg 성과 훔레백 루이지애나 미술관 공원HUMLEBAEK LOUISIANA MUSEUM PARK이다. 경관이 수려한 공원 바닷가에 자연을 살려 건물 대부분을 지하에 터널을 파서 큰 링(반지)처럼 둥글게 연결시켜 앉힌 독특한 형태를 갖춘 전시실로 이루어진 미술관이 있다. 자연 조건이 좋은 여느 해안가에서 흔히 볼 수 있는 2층으로 된 대형 주택을 현관으로 사용하고 있으며, 지하로 연결되는 부속건물 일부를 제하곤 건물 대부분을 지상이 아닌 지하에다 건축한 것이다. 전시물도 전 세계의 근·현대 대표적 화가조각가들 작품이 고루 망라되어 있다.

해변 가까이 자리 잡은 한 지하 전시실에는 10평 남짓한 조촐한 전망용 부속휴게실이 지상에 머리를 내밀고 오뚝 서있다. 외레순드ORESUND 해협의 호수처럼 잔잔한 물결이 빛나는 장관이 훤히 펼쳐진 야트막한 구릉지 경사면을 교묘히 이용한 것이다. 휴게실 밖은 야외 조각 공원으로 조성되어 잘 다듬어진 잔디가 물가까지 깔려있으며, 유리 벽면 전면에는 출입문을 통해 외부로 나가서 쉴 수 있는 장의자가 서너 개 놓여 있다. 호안 미로·헨리 무어·알렉산더 콜더 등의 대형 걸작품을 비롯해 수십 명의 유명 조각가의 작품들이 넓은 공원 안 도처에 잘 어울리게 배치되어 서로 아름다움을 다투고 있다. 조각 공원 바다 쪽에서 미술관을 살피면 전시관 건축물은 전혀 드러나지 않고, 전망용 작은 휴게실 유리 벽면과 공원 외곽에 서 있는 아름다운 민가가 몇 채 저 멀리 시야에 들어올 따름이다.

전시물은 빈약하면서 건축물만 내세우는 우리나라 몇몇 유명 미술관이 언제 내실에 더 비중을 둘 날이 올 것인지, 하루라도 빨리 다가오기를 바라는 마음 새삼 간절하였다.

다음 목적지는 독일 함부르크로 잡고 국제 특급 열차를 탔다. 유레일패스의 장점은 한두 가지가 아니다. 소련과 일부 구동구권, 그리고 영국을 제외한 유럽 어디든 어떤 열차(완행·특급·TGV)라도, 일등 칸(성인전용, 2등 칸은 학생만)을 정해진 기간

동안 횟수 제한 없이 무료로 사용할 수 있다. 가격은 15일간 통용되는 것이 당시 50만원 정도였다.

기차로 목적지에 닿으면, 먼저 그곳에서 숙박을 할 것인가 아니면 당일로 다음 목적지로 옮겨 갈 것인가를 결정해야 한다. 숙박이라면 호텔에다 짐을 풀지만 이동이라면 짐을 역구내 로커Locker에 넣고 다음 행선지 기차시간 예약을 해 둔 다음 그곳 관광에 들어간다.

함부르크에서 지인을 만나 회포를 풀고, 다음날 오후, 우리는 호기심 따라 장벽이 무너지고 4~5년이 지난 베를린으로 향했다. 서독 구간을 달리는 창밖의 정경은 눈에 들어오는 모든 사물이 잘 개발되고 정돈이 되어 있어, 과연 소문대로 흠잡을 데 없이 발전된 것을 실감할 수 있었다.

구동독 지역으로 기차가 들어서자 갑자기 창밖의 세상이 시간을 30~40년 전으로 돌려놓은 듯이 현대적 감각이 사라진 미개발된 촌락으로 변해 버린다. 서독과 구동독의 통일 전 경제력을 단순 비교하면, 인구 비례는 서가 6,000만에 동이 2,000만, 일인당 GNI는 서독이 3만 불에 동독은 1만 불, 따라서 경제적 국력 차는 9 대 1이었다. 그럼에도 그 격차를 좁히는 데 20년 가까이 총력을 기울이고 난 현 2013년 시점에서도 만족스럽지가 않단다. 한반도 남북의 국력 차는 이보다 훨씬 더 심한데, 방법이 문제이지만 미리 준비를 해 두어야 하는 게 아닐까 걱정스럽다.

기차는 저녁때가 다 되어서 서베를린 초(동물원)역에 도착하였다. 나는 약삭빠르게 머리를 쓴답시고 서베를린을 일부러 지나쳐, 종착역인 동베를린 프리드리히Friedrich역에서 짐을 끌고 내렸다. 서베를린은 호텔 잡기가 어렵고 값도 비싸다는 말에, 동베를린에는 여행객이 많이 가지 않을 것으로 짐작하고 박물관·역사 유적 밀집 지역에 위치한 프리드리히 역을 택했던 것이다.

개찰구를 나오자마자 무엇인가 잘못되었다는 불안이 엄습해왔다. 여행객은 우리 둘뿐이었고, 어두컴컴한 역사 안엔 호객하는 사람도 안내소도 없었다. 분명 동베를린 중심부 중앙역인데 역전엔 호텔은커녕 상점 하나 안 보인다. 해는 저물어 어둑어둑 땅거미가 내리는데 전기를 아끼는지 불빛도 새어 나오지 않는 회색의 중·고층 아파트 건물 군이, 아직 공산주의 깊은 잠에서 덜 깨어난 도시인양, 삭막한 광장 건너 거리를 틈새 없이 겹겹이 메우고 있을 뿐이다. 거리엔 행인의 발길도 드문데다가 영어 한마디 아는 사람이 없었다.

허겁지겁 역으로 돌아가 기차를 다시 타고 서베를린의 번화가인 초역에 내렸다. 그 곳은 불빛이 휘황찬란한 신천지였다. 새삼 몸에 밴 서구 문명이 그렇게 반갑고 편리할 수가 없었다. 숙박비는 비쌌지만 최신 호텔에서 목욕으로 몸을 확 풀고 잠을 푹 자고 나서 다음날 시내 관광버스로 다시 동베를린을 찾아

나섰다. 가장 궁금하던 페르가몬Pergamon 박물관을 가보는 설렘 속에 버스는 동과 서를 갈랐던 비극의 경계선에 다다랐다. 우리의 38도 선을 연상시키는 흔적은 거의 제거되어 분단의 상처는 남아 있는 것이 별로 보이지 않는다. 베를린을 동서로 갈랐던 장벽 일부를 기념으로 남겨놓은 콘크리트 블록 담장이 일부 보존되어 관광 상품 역할을 하고 있을 뿐이다. 우리와는 너무나도 처지가 다른 것에 별 감흥을 느끼지 못한 채 그곳을 살피고 나서 브란덴부르크 문을 경유하여 곧바로 구시가지 문화유산 지역으로 옮겨갔다.

「박물관 섬」 안에 있는 페르가몬 박물관의 명칭은 대제단의 고향인 고대 그리스 유적지(현 터키 Bergama)에서 유래한다. 박물관의 필두 전시물인 제우스신의 대리석 대제단大祭壇은 BC 2세기에 건립한 것인데 1870년대 말에 독일이 발굴하여 베를린에 옮겨서 이 박물관 안에다 재건한 것이다. 그 제단 하나만의 규모만도 높이 9.66m에 길이 30m로 엄청난 크기이다. 복층으로 된 대제단의 돌출부를 감고 둘러싼 아래층 기단의 연 길이가 무려 120m에 달한다. 떼어낸 부조 기단 판의 상당 부분은 회랑에 별도로 전시되고 있다. 그 기단에는 제우스와 거인들의 격렬한 싸움을 표현한 일련의 부조浮彫가 사실적으로 세밀하게 조각되어 있어 그야말로 헬레니즘 조각 예술의 진수를 엿볼 수 있다.

대제단뿐 아니라 규모가 엇비슷한 「미레토스 시장문市場門」과 고대 바빌로니아의 「이슈타르 문」·「행렬 거리」등도 송두리째 박물관 내부에 수용되어 다른 수많은 고대 유물과 함께 그 위용을 자랑하고 있다.

나는 당시에 앞서 바로 전해에 미술품 전반에 정통한 친구와 함께 터키를 여행한 경험이 있었다. 독일인 하인리히 슐리만의 자서전을 읽은 것이 계기가 되어, 슐리만이 어릴 적에 호머의 서사시에서 얻은 영감을 구현하기 위해 일생을 바치고 발굴한 고대 도시 트로이Troy 현장을 확인할 겸, 성서에 나와 있는 애프스Epheus 유적지(현 Efes)를 답사한 것이다.

그 중간에 알렉산더 대왕 휘하의 한 장군이 산등성마루에 세운 고대도시 페르가몬(현 Bergama) 유적지가 있다. 제우스 대제단 유적에 더하여 트라야누스 신전과 언덕 경사면을 이용한 반원형 노천극장이 볼거리였다. 신전은 어느 정도 복원이 되어 몇 개의 건물터 기단과 예닐곱 개의 돌기둥을 묶어서 지붕을 얹기도 하여 제법 옛 모습의 편린이나마 엿볼 수 있었다. 하지만 대제단이 있었던 터는, 아기자기한 촌락이 훤히 내려다보이는 언덕배기에 석조물 잔해만 몇 조각 누워 있을 뿐 대제단의 흔적은 몇 줄의 글이 적힌 푯말이 대신하고 있었다. 이것이 동베를린 페르가몬 박물관의 이름이 머릿속에 깊이 새겨진 연유이다.

박물관을 나서면서 대제단의 고향인 터키의 베루가마 유적지가 머리에 떠올랐다. 만일에 그것이 생명을 지녔다면 에게해의

훈풍을 얼마나 그리워하고 있을까하는 엉뚱한 비애에 젖게 되는 건, 바로 일본에 수탈당한 우리의 문화재와 결부된 가슴 아픈 감상感傷이었을 것이다.

동베를린은 과거의 영화가 응집된 역사의 거리답게 볼거리가 넘쳐 박물관 섬 하나만도 하루 일정으로는 도저히 제대로 관람하기에 버거웠다. 길 건너편의, 왜정 시대 한때는 뭇 젊은이들의 선망의 대상이었던 아인슈타인의 모교인 훔볼트Humboldt 대학에도 감회가 남달랐다. 방학 중이라 한적한 교정에는 아이들만 뛰놀고 있어, 고색창연한 석조 건물은 상대성원리의 산실이라는 과학 이론의 최첨단 감각하고는 동떨어진 듯싶었다. 하지만 아인슈타인의 콧수염하고는 잘 어울린다는 야릇한 이미지가 떠올라 싱거운 웃음으로 발길을 돌렸다.

이튿날 동·서 베를린을 왕래하는 것이 번거로워 후일을 기약하고, 우리 부부는 독일의 피렌체라 불리는 구동독 지역인 드레스덴Dresden행 기차에 몸을 실었다.

예상과는 달리 드레스덴 중앙역 인근은 콘크리트 역사驛舍를 비롯해 시야에 드는 시가지 전체가 아무런 변모도 엿보이지 않는 전형적인 공산국가식 아파트 건축물 일색이었다. 서유럽의 고유 건축물에 눈이 익은 선입감으로 예상했던 경관하고는 너무나 기대 밖이었다. 부리나케 안내소 ①에 들러 시가지 지도를 구해

보니 역사유적 지역인 구시가지는, 역에서 정북 쪽으로 1km 정도 떨어져 있었다. 전후 복구 작업 때, 서유럽처럼 전전戰前 모습으로 복원하지 않고, 역전 일원을 획일적인 아파트 단지로 채워버린 것이다.

2차 대전의 전화戰禍가 막심하였던 드레스덴 구시가지의 복구 작업은 동독 공산 정권 하에서도 상당히 진척되어 외관상으론 원상을 상당히 회복한 듯싶었다. 군데군데 석조 건물 복원 작업이 계속되고 있었지만 관광객에겐 오히려 요긴한 구경거리가 되어 주었다. 막강한 작센Sachsen 왕국의 수도였던 드레스덴은 바로크 양식의 장려한 궁전과 교회 등의 수많은 탑(속칭 100탑)으로 이름을 떨쳤으며, 지금도 「예술과 문화의 도시」로서의 명성에 손색없이 엘베Elbe 강 양안에 왕궁을 비롯해 특출한 건축물과 알찬 소장품이 가득한 미술관이 수 없이 널려 있다. 다음날 그 중 명성이 자자하며 대표 격인 드레스덴 미술관을 감명 깊게 관람하고, 점심 후 두어 곳을 주마간산 격으로 대충 돌아본 다음 오후 5시에 떠나는 프라하Praha행 열차 시간에 맞춰 역으로 달려갔다.

체코Czech의 수도인 프라하까지는 특급으로 불과 2시간 반 거리였다. 기차는 곧 국경을 넘었다. 구공산권 생활상에도 점차 익숙해지면서 기찻길 연변의 농촌 풍경이 가난보다는 차라리 옛 유럽의 정취를 발견하는 즐거움으로 변해갔다. 창밖은 나지

막한 숲이 이어지는 산간 지대 사이사이 옛날 모습 그대로의 농가 정경이 고즈넉하게 누워 있는 것이 정답기도 하고 한편 쓸쓸해 보이기도 한다.

체코의 농촌은 동독의 마을보다도 그나마 외양이 두드러지게 초라해 구공산권의 궁색함을 여실히 드러내고 있었다. 넓은 농지가 있는 것도 아니고 윤택함하고는 거리가 먼 것처럼 보였다. 농가의 규모도 작아지고 달리는 차창에선 현대적인 삶의 분위기라고는 내비치는 것이 좀처럼 보이지 않았다.

'프라하의 봄'은 어디에

'프라하'는 완연히 달랐다. 서구의 번화가와 혼동할 정도로 차이가 없었다. 거리는 밤낮을 가리지 않고 관광객으로 붐볐다. 웬만한 호텔은 빈방이 없었다. 관광 안내소에서 수소문하여 구해준 곳은 제아무리 중심지라 하더라도 값이 터무니없이 비쌌다. 짐을 풀고 밤거리로 나왔다. 거리는 대낮처럼 밝고 사람의 물결로 넘실대고 있었다. 블타바Vltava 강변에는 테라스마다 빈자리가 눈에 뜨이지 않게 서너 명씩 앉아 맥주를 마시며 프라하 성의 야경을 즐기고 있었다. 들리는 말투는 거의 독일어였다. 조명시설이 완비된 교량과 강 건너 일련의 왕궁 건축물이 강물에 비쳐 너울대는 광경은 한마디로 환상적이었다. 체코인들이 세계 제일의 야경이라고 자랑하는 것도 무리가 아닌 듯싶다.

소련과의 대치로 '프라하의 봄' 사건이 발발한 성 바츨라프St. Wenceslas 광장에서 구시가지 광장을 거쳐 블타바Vltava강 카를 교에 이르는 거리는 그야말로 중세를 그대로 옮겨다 놓은 건축물 정수의 집성체라 하여도 과언이 아니다. 중세의 여러 건축 양식이 고루 섞여서 조화를 이루어 중세 건축미의 완성도를 높이고 있다. 로마네스크, 고딕, 바로크, 로코코, 르네상스, 아르누보식 등의 탑이 마치 나 여기 있다는 식으로 서로 다투어 하늘을 찌르고 있다.

건축뿐 아니라 토목 기술에서도 중세의 프라하는 괄목할만한 구축물을 후세에 자랑스럽게 물려주고 있다. 1402년에 완공되었다는 카를 교Karluv Most는 순 돌다리로 길이 516m 너비 9.5m에 교각이 12개이며, 16개의 돌 아치가 상판을 받치고 있다. 유입 수량이 엄청나 물길을 옮기기 힘든 입지 하에 600여 년 전에 이러한 큰 규모의 토목 공사를 성공시켰다는 사실이 놀라울 따름이다. 다리 양쪽 입구에는 통행을 제어할 수 있는 석탑으로 된 출입문이 세워져 있고, 양편 난간 위에는 30기의 성인聖人 조각상이 17~20세기에 설치되어 아름다움과 중세의 운치를 돋우고 있다.

아침나절에 이미 관광객의 발길로 가득 메워진 보행전용의 이 다리를 우리는 인파에 밀리듯이 건너 프라하성에 입성할 수 있었다. 비탈길을 한참 올라가니 아래에서 보기와는 달리 여러 개의 복합 건물이 상당히 넓은 지역을 차지하고 있었다. 무엇보다도 성에서 내려다보이는 프라하 시가지 경관은 탄성이 절로 터질 지경으로 압권이었다. 블타바 강 건너의 구시가지가 바로 눈앞에 손에 잡힐 듯이 누워 있다. 형식이 제각기 다른 탑들이, 서로 아름다움을 겨누듯 솟구쳐 있는 것이 인상적이었다.

프라하 성 안팎에는 미술관과 박물관만도 여섯 곳에 자리 잡고 있다. 정문 밖의 국립미술관(중세와 현대)과 성 안의 왕궁미술관을 대충 둘러보고, 강 건너 시가지로 걸음을 옮겨 구시청사 천문天文 시계탑으로 향했다. 구시가지에는 프라하 출신의 작곡가 스메타나와 드보르자크의 기념박물관과 광장 남단 언덕에 규모가 큰 국립박물관이 있다.

개인적 취향 탓이겠지만 나는 드보르자크의 관현악에서 흘러나오는 보헤미아 특유의 애수에 젖은 멜로디를 혼자서 조용히 듣고 있으면 왠지 어릴 때 살던 농촌에 대한 노스탤지어에 어김없이 빠지게 된다. 태생적 감성의 발로라고나 할까. 고생만 하시다가 돌아가신 어머님 생각에 때론 안막이 젖어오기도 한다. 한국에서 조차 그랬었는데, 여기 보헤미아 현지에서는 더 말할 나위가 없다.

드보르자크 기념관에서는 잠시 나를 잊고 깊은 상념에 빠지기도 하였다. 제정신이 들자 동행자가 어디 불편하냐고 묻는다. 나는 쓸쓸한 웃음으로 발길을 옮겼다. 이웃한 국립박물관을 거처 밖으로 나서니 정면 저 아래 내려다보이는 넓고 긴 성 바츨라프 대광장이 세계 각국에서 밀려드는 관광객으로 가득 차 있었다.

공산 치하였던 1968년 봄에 검열 폐지와 언론의 자유 등이 인정되면서 개혁이 급속하게 추진되었다. 소위 '프라하의 봄'이라는 정치 개혁에 놀란 것은 소련이었다. 이 사태가 동유럽 전체로 파급될 것을 우려한 소련은 바르샤바 조약 기구를 동원해 같은 해 8월 20일 야밤중에 돌연히 무력 침공을 감행하였다. 조약 기구 5개국은 20만을 헤아리는 대군으로 탱크를 앞세우고 침범해 왔던 것이다. 이에 프라하 시민들은 바로 여기 바츨라프 광장에서 목숨을 걸고 격렬한 저항을 벌였지만, 탱크로 밀어 붙이는 무차별적 강제 진압에 슬픈 종말을 고할 수밖에 별도리가 없었다. 그 후 1989년 하벨이 이끈 '벨벳 혁명'으로 압제에서 벗어날 때까지 무려 21년간을 또다시 소련의 지배하에 놓이게 되었던 것이다.

어떻게 보면 이민족인 일제에 항거한 우리의 3·1독립운동과, 광주 민주화 봉기와도 맥이 통하는 항쟁이라고 할 수 있다. 다행이도 두 나라 다 같이 그 후 민주화에 성공하여 이렇게 내가 여기 서 있을 수 있다는 감회에 젖게 된다. 잠시 눈을 감아 봐도 '프라하의 봄' 항쟁 소리는 더 이상 상상이 되지 않았고, 축제의 즐거운 소음만이 요란스런 메아리로 울려올 뿐이다.

하루를 더 묵고 이튿날 오전에 프라하를 떠나기로 하였다.

체코슬로바키아Czech-Slovakia 연방국이 민족과 언어가 서로 다른 체코와 슬로바키아 두 나라로 갈라선 지가 2년도 채 안 되어서인지 헝가리Hungary로 가는 길목의 슬로바키아와 체코의 산야는 경계구분이 되지 않은 채 지나쳤다. 기차는 5시간을 줄곧 달려 슬로바키아 수도인 브라티슬라바Bratislava를 통과했다. 그리고 한참을 더 달린 후에 헝가리 국경에서 사증(비자) 검사를 받았다. 우리는 통일을 이루지 못해서 안달인데 일부러 분단을 택하다니 세상은 고르지도 않구나 싶었다.

하지만 내막을 알고 보면 우리와는 사정이 판이함을 이해할 수 있다. 첫째 이유는 민족 구성이 문제이다. 체코는 체코인이 94%이고, 슬로바키아는 슬로바키아인 86%에 헝가리인 11%로 두 나라는 각각 이민족으로 구성되어 있다. 물과 기름처럼 이질적일 수밖에 없다. 이민족끼리의 동화가 오죽이나 힘들었으면 갈라졌겠나. 우리의 남북 동족 간의 분단하고는 견줄 일이 아니다. 비록 지금은 분단 상태이지만 동족 간의 통합은 시간문제일 터이니, 매우 희망적이어서 얼마나 다행인지 모르겠다.

재미있는 것은 슬로바키아와 헝가리의 역사적 관계이다. 슬로바키아의 현 수도인 브라티슬라바는 오랫동안 헝가리의 지배하에 놓여 있던 도시로서 발전해 왔다. 1563년 당시의 헝가리 제국의 수도 부다가 터키 제국에게 공략당하여 함락되자, 헝가리의 수도는 슬로바키아 브라티슬라바에 옮겨졌으며, 그 후 1830년까지 11명의 헝가리 왕과 7명의 여왕 대관식이 이곳 성 마르틴 교회에서 행하여졌다. 이러한 끈끈한 인연에도 불구하고 1918년 제1차 세계대전 종결 결과 오스트리아와 헝가리 간 이중 제국이 해체되며 독립을 찾을 때, 슬로바키아는 11%의 헝가리 인을 이끌고 그다지 연고가 없어 보이는 체코와의 합병을 택했던 것이다. 아마도 피침략국으로서 고통을 겪은 동병상련의 오랜 원념怨念 때문이었겠지만, 두 식민지가 합쳐 단일 국가로 태어났던 것이다. 결국 이민족과의 동거는 오래 지속되지 못하고 마침내 1993년 1월에 두 나라는 완전히 분리해 독자적인 독립을 선택한 것이다.

도나우의 진주 부다페스트

부다페스트 중앙역에 들어서자 훈훈한 기품이 풍기는 낯선 노부부가 반가운 낯빛으로 우리에게 다가왔다. 대뜸 "자파니스?"하고 손에 든 영어와 일본어로 된 민박 안내서를 내민다. 나는 "No. We're Korean" 하면서 장을 넘기니 제법 깨끗한 작은 아파트 내부 사진이 나온다. 침실·화장실·부엌 등 시설이 제대로 갖춰져 있다. 숙박비도 적혀 있는데 눈을 의심할 금액이다. 일박에 단돈 US $20이다. 프라하의 하루 방값이 여기서는 5일 분이다. 위치가 중심부에서 4km 떨어진 곳이라는 게 결점인데, 대신 경관이 수려한 '도나우Danube' 강에 접해 있고 대중교통이 편리하다는 것이다. 시내버스 정류장이 도보로 5분 이내 거리에 있단다.

그들은 낡은 소형차를 갖고 있었다. 노 숙녀는 영어를 좀 할수 있어 차안에서 띄엄띄엄 자기들 소개를 하였다. 남편은 구 공산 정권의 고위 공무원이었는데 지금은 실직 중이며 자신은 현직 대학교수라 한다. 자기 월급 갖고는 도저히 생활이 되지 않아 딸네 집 빈방을 쓰면서 아파트 민박 수입으로 모자라는 생활비에 겨우 충당하고 있다고 하였다. 한국인 손님은 우리가 처음이란다.

아파트는 20층 안팎의 고층이며, 우리가 머무를 15층 창문으로 강이 내려다 보였다. 10평 남짓한 ONE 룸 아파트는 TV·냉장고·가스레인지가 설치되어 있어 여느 서방 세계와 다를 바가 없다.

여주인은 완비된 부엌 기구 사용 요령을 설명하고 나서 어떠냐하고 우리의 반응을 구한다. 망설일 이유가 없었다. 3일을 묵기로 하고 $60을 선불하였다.

그녀는 환전도 우리가 필요한 만큼 공정 환율보다 유리하게 해주었다. 그러고 나서 열쇠를 내주고 우리를 지하에 있는 슈퍼로 안내하였다. 예상과는 달리 일용품과 식품 조달에 미진함이 없어 보였다. 마지막으로 여주인은 5~6분 걸어서 아파트 근처의 재래식 거주 지역 상점가로 우리를 데리고 갔다. 식당을 몇군데 골라 주는데 헝가리 전통 음식점과 관광객도 종종 들린다는 다소 고급스런 데도 있었다. 저녁때가 되어서인지 여정을

돋워주는 애조 띤 집시의 바이올린 소리가 어디서인가 새어나
온다.

그녀를 보내고 나서 아파트 지하 슈퍼에 내려가 저녁과 아침
요기꺼리로 빵·햄·계란·음료수·과일·야채 등을 장만하였다. 식
품 값이 저렴한데 다시 한 번 놀랬다.

다음날 아침을 느지막이 차려먹고 버스로 관광 중심지로 향
했다. 먼저 강 서안 '부다' 지구에 있는 왕궁의 언덕을 찾았다.
성은 강보다 60m 높이의 평탄한 암반 위에, 중세에 구축된 성
벽으로 에워싸여 있다. 성의 지형은 남북으로 길이가 1.5km 정
도, 동서 폭은 주걱 모양으로 폭이 200~400m 이다.

남단에 강을 향하여 길게 늘어선 왕궁은 전체를 '루드비그'
박물관·국립갤러리·역사박물관이 점유하고 있어, 바로 옆에 자
리한 왕궁극장과 함께 500여m 길이에 달하는 웅장한 자태를
뽐내고 있다. 북단 쪽으로는 길쭉이 '마차시' 교회 등 중세의
역사적인 건축물과 고색이 짙은 민가로 꽉 차 있다.

'도나우의 진주'로 찬사를 받아온 부다페스트의 장관은 '겔
레르트'의 언덕에서 일목요연한 조망으로 여지없이 드러난다.
좌안左岸 왕궁의 언덕으로 눈을 돌려 아래로 내리니 '세체니'
다리를 건너서, '페스트' 지역 북쪽 강변에는 외관과 내장이 현
란의 극에 달한 국회의사당(총 691개실)의 웅자雄姿가 돋보이고,
바로 눈 앞 동쪽에 누워 있는 시가지 중심 지역에는 신·구 양식

의 교회·박물관 등의 온갖 건축물이 중세와 근세의 아름다움을 절도 있게 조화시키고 있다.

국립현대미술관과 국립박물관 그리고 성 '이슈트반' 대성당을 관람하기에도 하루가 빠듯하였다. 또한 헝가리는 온천으로 이름난 나라다. 부다페스트에만 대형 유명 온천이 24개가 있고 몇몇은 노천풀장까지 갖추고 있다.

다음날 오전에는 온천욕, 오후에는 미술관 섭렵, 그리고 저녁에는 집시 음악을 실연實演하는 동네 식당을 찾았다. 관광객은 우리뿐인 듯 손님들은 발짓 손짓으로 한국에서 왔다는 우리에게 따스한 관심을 보인다. 미국에서 친족방문 차 왔다는 동네 노인 한사람이 식당에 들어서면서 영어가 통하게 되었다. 우리의 알타이어와 비슷한 우랄Ural어를 사용하는 민족답게 다정다감한 사람들이다.

어떤 역사학자는 기원전 2~1세기 경 한漢나라에게 밀린 몽골계 흉노족이 동서로 연결된 초원을 서진하여 동유럽까지 세력을 뻗쳤다는 것이다. Hun-gary라는 이름에서 추정할 수 있듯이, 혹 훈Hun족의 침략을 받았을 때 입은 혼혈의 영향인가 하는 엉뚱한 생각까지 하게 된다. 차마 현지인에게 물어볼 수는 없었지만 훈족의 피가 섞였을 것이라는 학자들의 억측에 일리가 있다는 여운이 남는다.

3박이 끝나 집안을 청소하고 정돈을 하는데 집주인이 찾아왔다. 대뜸 부탁이 있단다. 한국말로 민박 추천서를 써줄 수 없느냐는 것이다. 나는 진심에서 우러나오는 말로 직업적인 숙박업소가 아니라 친척과 같은 친절한 민박이라는 것을 한글로 적고 내 이름과 서명을 남기는데 주저하지 않았다. 내용을 설명하였더니 그녀는 감격하며 고마워한다. 그녀의 청으로 추천서를 영어로도 써주었다.

그녀의 주선으로 크로아티아 통과 비자를 받고, 우리는 오전에 로마행 급행열차를 탔다. 6인승 일등 컴파트먼트 칸에는 우리 부부 두 사람뿐이었다. 부다페스트를 떠나 100km쯤 달리니 창밖에 발라톤Balaton 호수가 나타났다. 때마침 여름 휴가철이라 각 숙박 시설 중심지마다 제각기 현란한 수영복을 걸친 유럽 각국의 벌거숭이 피서객으로 한창 붐비는 중이었다. 눈부시게 반짝이는 에메랄드 빛 호수면에는 흡사 인어 떼처럼 인파가 출렁거리고, 색색의 파라솔이 야생화처럼 널려있는 백사장 사이사이에는 태양 욕을 즐기는 반 누드의 인체와 세상만난 것처럼 뛰노는 아이들의 모습이 손에 잡힐 듯이 차창 밖에 펼쳐진다. 중유럽 최대의 호수답게 기차는 80km구간을 경사가 완만한 호반에 바짝 붙어서, 끊임없이 나타나는 크고 작은 휴양지를 지나치기도 하고 정차도 해가며 힘차게 달려간나.

다시 찾은 이태리와 남프랑스의 낭만

기차는 한밤중에 통과 비자 검문을 받고 크로아티아의 수도 인 자그레브Zagreb와 슬로베니아를 지나쳐 아침 일찍 베네치아 Venezia에 다다랐다. 비엔날레가 한창인 거리는 예상과는 달리 숙박 시설에 여유가 있었다. 성 마르코 사원을 둘러보고 바로 앞의 선착장에서 배를 타고 목적지인 전시장으로 향했다. 한국 관이 완공된 후 첫 전시여서 기대가 컸다. 다행히 전시된 작품은 재미가 있었다. 하지만 전시관 건축에 문제가 있어 보였다. 우연 히 만난 서울 K미술관장 O씨도 같은 의견이었지만, 신축한 영 구 건물인데 천장이 얕고 벽이 좁아 200호 이상의 대형 현대화 는 걸 수가 없어 보였다. 한국을 대표하는 중요한 전시관인데 왜 현상 공모를 하지 않고 이렇게 옹색한 전시 공간이 되었는지 이해가 안 간다.

이태리는 두세 번째이지만 피렌체·로마·폼페이·밀라노 등을 각 1~2박 하면서 미술관과 역사 유적을 섭렵하고 지중해에 면한 모나코와 남프랑스 해안 도시 니스Nice를 찾았다. 모나코에서 일박을 하고 그레이스 켈리 왕비로 잘 알려진 왕궁이 있는 언덕에 올랐다. 바다를 향하여 좌편에는 모나코 전경이, 정면은 코발트색의 망망 지중해가, 우편은 니스 시가지와 코트 다쥐르 Cote d' Azur의 해안이 한눈에 들어오는 가슴 후련한 경관에 한동안 눈을 뗄 수 없었다.

왕궁 내부를 관람하고 곧바로 니스로 옮겨 갔다. 니스 주변에는 근·현대 미술사에 찬란히 빛나는 보석들이 도처에 박혀 있는 유서 깊은 지역이다. 숙소를 정하고 나서 오후에 시내에 있는 니스 미술관과 니스 근·현대 미술관을 둘러보았다.

다음날은 마르크 샤갈Marc Chagall 미술관을 시작으로 드디어 다년간 꿈에도 그리던 마티스Matisse 미술관으로 향했다.

샤갈은 니스시 당국이 그가 원하는 대로 건물을 지어 준다면 성서를 주제로 한 그의 그림을 전부 기증하겠다는 제의를 했다. 그 중 방 하나의 내부 바닥과 벽면을 5각형으로 만들어 300호 정도 되는 대형 그림을 벽마다 한 점씩 걸어 놓았는데 과연 압권이었다. 공과 사가 마음을 같이 해, 세계적으로 이름이 난 샤갈의 그림이 금전적 거래 없이 한 장소에 이렇게 여러 점이 모여 있다니, 너무나 부러운 일이었다. 더구나 그는 프랑스인도 아니고 피카소가 그렇듯이 이민족인 유태인이다.

마티스 미술관은 장소부터가 특이했다. 그가 생의 만년晩年을 보낸 개인집이라는데, 어찌 된 일인지 로마 시대의 투기장이 있는, 니스 시내 공원 안에 제법 큰 3층 건물로 버젓이 서 있다. 그가 애용하던 화실에는 이젤이며 화구며 의자 등 모든 실내 장치가, 심지어 창문을 통한 바깥 풍경까지도 그의 그림 속에 나와 있는 그대로다. 그의 몇몇 그림은 창작한 구성이 아니라 실경을 있는 그대로 그의 독특한 화풍으로 옮겨놓은 것이었다.

그의 그림 배경에 종종 나타나는 특이한 문양도 그가 정성껏 수집한, 대서양 쪽으로 흐르는 중앙아프리카 콩고 강의 지류인 가사이Kasai 강 하류에 왕국을 세웠던 '구바' 종족 고유의 수직포手織布 문양을 본뜬 것임이 밝혀졌다. 황색, 다갈색, 검정색의 천연 염료로 물들인 야자 섬유실로 다양한 형태의 기하학적 문양으로 수를 놓으면서, 표면만큼은 실을 길게 늘어뜨려 가위로 알맞게 잘라내 양탄자 식으로 두툼하게 돋우는 수법이다. 그런데 특기할 사항이 있다. 50cm 사방의 자수 직포에, 형태가 동일한 문양은 절대 되풀이해서 사용하지 않는 법이다.

이 직포의 용도는 콩고가 벨지움Belgium의 식민지였던 시절, '구바' 족의 장례식 때 전통적으로 망자의 공물供物로 사용되었던 것이다. 문양도 영혼을 위로하기 위한 목적 때문에 각기 개성이 달라야 한다는 것이다. 영혼마다 이러한 독특한 여러 문양이 표출하는 아름다움을 제각기 달리 향유하라는 뜻이란다. 그것을 마티스가 그의 그림 속에 적절히 배치함으로써 현대적인 추상화와 같은 신비로운 분위기를 자아내는 효과를 보고 있는 것이다.

그 오묘한 문양의 직포가 마티스의 창작이 아니라는데, 왠지 나는 그의 솔직한 사생寫生에 마음이 푹 놓이고 그에게 인간적인 친근감마저 드는 것을 느꼈다. 한 가지 아쉬운 점은 마티스 미술관의 이름에 걸맞게 그의 그림이 많이 걸려 있지 않았던 사실이다.

다음날 조식을 서둘러 끝내고 한 시간 거리인 방스Vence 행 시외버스를 탔다. 도중 카뉴쉬르 메르Cagnes-sur Mer에는 지중해 현대미술관과, 거장 르노아르가 부인의 죽음과 류머티즘의 고통하고 싸우며 마지막 12년을 살았던 집이 있다. 두 곳을 들르고 나서 오후에 생폴 드 방스St. Paul de Vence 행 버스를 다시 잡아탔다. 보통 생폴이라고 부르는데, 방스에서 조금 떨어진 곳이다. 생폴은 작은 중세 도시로서 언덕배기에 꼬불꼬불 미로처럼 난 좁은 골목길을 오르내리고 있으면 양쪽 집들이며, 마을 정취가 마치 내가 시간을 거꾸로 돌려 중세에 들어와 있는 것 같은 착각이 들 정도다.

생폴에서 서북으로 2km정도 동떨어진 야트막한 산지에 마그

재단Fondation Maeght 현대미술관이 있다. 버스에서 내려 10분쯤 걸어 올라간다. 이 미술관은 독특한 건축 설계와 세계 최고 수준의 수장품 상설 전시로 명성을 떨치고 있다. 과연 소문대로 다양한 전시실에는 벽면마다 마티스·피카소·미로·샤갈 등 근·현대 거장들의 걸작이 수없이 걸려있다. 넓은 야외 잔디에도 근현대 조각품들이 자태를 경연하듯이 널려 있어 관람자의 발길을 끌어당긴다.

다시 버스로 이웃한 방스Vence에 도착하니 6시가 넘어 있었다. 위도緯度 관계로 여름해는 아직 하늘 높은데 관광은 다음날 아침으로 미뤄야 했다. 방스는 작은 소도시라기보다 큰 마을이라고나 할까, 뜻밖에도 작은 호텔조차 없었다. 안내소에서 식사가 딸린 민박집을 소개 받았다. 방이 너더댓 개 되는지 정원에 차린 식탁에 서너 팀이 저녁과 아침, 맛있는 가정 요리를 화기애애한 분위기 속에 대접받았다.

방스의 유일한 볼거리는 로자리오 샤펠Chapelle du Rosaire이다. 우리에겐 일반적으로 '마티스의 천주교 묵주성당'으로 알려져 있다. 버스 정류소에서 북쪽으로 걸어가서 내리막길에 들어서면 계곡 건너 언덕 경사면 중턱에 성당 비슷한 건물은 확연히 구별되지 않지만 텔레비전 감청 불량 지역의 안테나처럼 가냘프고 높다란 십자가가 눈에 들어온다. 좁은 차도를 6~7분쯤 숨을 몰아쉬며 올라가니 길은 경사면 중턱을 구부러져 계곡과 수

평으로 뻗어간다. 곧 빈약한 외줄기 십자가가, 지붕에 얹힌 엉성한 철골 종鐘걸이 위로 덩그러니 높이 솟은, 일견 창고 같은 외양을 한 건물 옆면 앞에 서게 되었다. 계곡 쪽 길가에 붙은 이 나지막하고 초라한(?) 건축물이 바로 마티스가 만년晩年 4년동안 심혈을 기울여 제작하였다(지었다)는, 미술계에 널리 알려진 그 유명한 마티스의 묵주성당黙珠聖堂인 모양이다.

아마도 1905년 마티스가 뜻을 같이하는 화가들과 개최한 전시회에서 야수파野獸派라는 조소嘲笑를 받게 된 그림을 처음 대했던 사람들이 느꼈던 것이, 바로 지금 내가 건축가로서 이 집 후면에서, 너무나 보잘 것 없는 겉모습을 보고 느끼는 것과 별차 없었을 것이라는 생각이 들었다.

그런데 아니다. 섣부른 결론은 절대 금물이라 하지 않았는가. 옆으로 돌아가 축대 아래 현관문을 내려다보고 있으려니 벌써 명화를 대하는 순간 엄습하는 달콤하고도 새콤한 입맛 아닌 눈맛이 솟아오른다. 도로가의 석축 아래쪽 급경사면에 지은 집이라 바닥이 도로면보다 많이 낮았다. 계단을 내려가서 자리 잡은 성당 전면 입구 '화싸드Facade'가 마티스의 그림 한 폭과 다름없다. 왜소하게 보이는 도로 면 위의 벽 높이보다, 기다란 건물 옆면에 난 출입구의 벽 높이는 당연히 차가 크게 난다. 건물 내부 천장이 그만큼 높다는 뜻이다.

내부는 어느 한 장면도 더할 나위가 없는 3D 입체화이다. 사진기로 어디를 담으나 한 장의 회화로 손색이 없어 보일 것 같다. 정문 반대 편 제단祭壇을 좌우로, 북쪽 벽은 대략 4~5m쯤 되는 높이의 백색 타일 벽으로 되어 있고, 남쪽 벽엔 같은 높이의 9개로 구성된 일련의 스테인드글라스 창문과 그보다 1m 정도 상부가 낮은 같은 모양의 5개의 창문이 나 있으며, 창틀 위는 반원으로 처리되어 있다. 각 창문 사이의 흰 타일 기둥은 서양 신전의 열주列柱를 연상시킨다. 스테인드글라스를 통하여 들어오는 레몬황黃과 농록濃綠 그리고 코발트색으로 구성된 3색의 광선은 백색 벽타일 화면에 굵은 검은 선으로 그려진 선묘線描라고도 할 수 있는 소묘素描 「성 도미니크」와 「십자가의 길 가기」의 그림에 비치면서 잘 어우러져 환상적인 종교적 도원경을 구현하고 있다.

돌아오는 길에 계곡을 건너서 성당을 다시 눈여겨 더듬어 보았다. 이번에는 한눈에 잡혔다. 석축 위에 자리 잡은 건물 벽면에 난 10여 개의 창문과 열주가, 지붕 위로 높이 솟은 십자가와 함께 뚜렷하다. 몸체는 자그마하지만 종려나무에 에워싸여 제법 천주교 묵주성당의 완연한 모습으로 주변의 낡은 서민 주택을 수호하듯 마을을 내려다보고 있다. 아까 그 자리에서 처음 살폈을 때 식별 못했던 것은 여느 유명한 천주교 성당에 걸맞은 크기의 건물일 것이라는 선입감 때문에 설마하니 무심코 지나쳤던 탓이다.

흔히 건축 설계를 조각彫刻 제작에 비유하지만, 둘 사이에 공통점이 있는 것은 분명하다. 마티스의 묵주성당은 그 공통점의 경계를 넘어, 건축이라기보다 서민적 주변과 겸허히 어울리는 박소朴素한 외관까지 포함해 차라리 전체가 완벽한 예술 작품이라고 하는 것이 타당할 것 같다. 여기서 건축은 미술품 전시 목적 위주의 일반적 미술관 내부처럼 그림의 액자 노릇이나 조각의 대臺 역할만을 하고 있는 것이 아니다. 그러한 건축에 대한 비하와는 달리, 보잘 것 없는 겉모양에도 불구하고 마티스 묵주성당은 도리어 작품과 한 몸이 되어 예술성의 상승효과를 자아내고 있다고 하는 말이 더 합당할 것 같다.

앙티브Antibes와 프로방스Province지방

니스에서 버스로 출발하고 잠시 해변 정경에 눈을 떼지 못하고 달린 것 같은데 어느새 앙티브의 바다 쪽 성벽이 나타났다. 이곳은 피카소 3대 미술관 중 하나인 피카소Picasso 미술관이 있는 그다지 크지 않은 항구 도시다.

좁고 길게 바다로 돌출된 곶 끝에 암반으로 된 작은 언덕이 있다. 그 위에 그다지 크지 않은 '그리말디Grimaldi' 성채가 있어, 피카소가 한때(1946년) 머물면서 작업을 하였던 곳이다. 지금은 내부 전체를 피카소 미술관이 차지하고 있다.

오전 10시 개관 시간에 앞서 다다랐는데 50m 가량의 긴 대기줄 뒤에 서야 했다. 전시된 소장품의 다양함과 가늠할 수 없을 정도의 많은 수량에 압도당하였다는 고백을 먼저 해야겠다. 피카소가 이곳에 체재 시 제작하였다는 도자기 작품의 색다른 경지와, 완숙한 노년기 회화 작품의 자유자재한 천재성의 극치적인 발현에 경이로움이라고 할까 위경이라고 할까 그저 말문이 막힌다. 도자기 그림은 차치하고, 한 예로 피카소의 인물 데생을 들어 보겠다. 그는 연필을 잡고 끊기는 법 없이 인물화를 사실적으로 그려내는 마술을 부려, 나는 장난기로 연필 선을 추적했으나 끝내 끊김을 찾아내지 못했다. 이중섭 화백의 은박지 그림에 비슷한 면이 있는 것에 위안을 삼아야 했다.

중학교 미술반 시절 그토록 지겹던 미술 전집의 강요된 반복 학습 효과가 지금 내 눈을 열어준 것이라는 깨달음에 감개무량할뿐더러 우리나라 현대 회화의 선각자이신 고 김순배 선생님의 선견지명에 고개가 절로 숙여진다. 비록 소유를 떠나 감상하는 것 만으로라도, 미술의 참맛을 이해하고 즐긴다는 것은 인간의 행복추구에 빠트릴 수 없는 요소 중의 하나임에 의심의 여지가 없다.

후일담이지만 나는 이듬해 파리와 바르셀로나에 있는 다른 두 피카소 미술관을 찾지 않을 수 없었다. 학생 시절 마지못해 화집을 들췄던 눈이 어언 피카소에 대한 경외감으로 변질되어 수 천리를 마다하지 않고 일부러 찾아다니게 되다니 사람 일은 알 수 없는 일이구나 싶다.

다음날 남프랑스 여정의 마지막 목적지인 인상파의 고향이라고 할 수 있는 프로방스 지방으로 향한다.

엑상프로방스Aix-en-Provence는 폴 세잔느Paul Cezanne가 1839년에 태어나서 1906년에 생을 마친 곳이다. 그의 생가와 마지막 작업을 하던 아틀리에는 유품이 공개되고 있지만 유감스럽게도 그의 고향에는 그라네Granet 미술관에 몇 점이 걸려 있을 뿐 그 외에 그의 그림이 전시되고 있는 데가 없었다. 프로방스 지방에 세잔느 미술관이 없다는 것은 미리 알고 있었지만 구태여 이 지방을 찾은 것은, 그와 반 고호Van Gogh 등 후기인상파 대가들이 화구와 이젤을 짊어지고 찾아 다녔다는 강렬한 태양 빛이 작열하는 인근 산야와 농촌 풍경에 쏠렸던 나의 오랜 호기심을 풀어볼 심사에서였다.

8월의 태양은 생각보다 더 강렬하고 더 뜨거웠다. 택시를 타고 포르방 광장에서 동쪽으로 뚫린 세잔느로路를 달려 그가 수없이 화제畵題로 삼았던 단골 모델인 생트 빅투아르 산이 잘 보이는데서 내렸다. 하얀 바위가 군데군데 드러난 것이, 바위의 흰색과 코발트색 하늘의 대조가 극렬하여 그가 빛만을 강조한 것이 아님을 알 수 있을 것 같았다.

걸어서 돌아오는 길이 무덥긴 하였지만, 가까이 보이는 농가의 정취가 인상적이었다. 그대로 캔버스에 옮겼으면 하는 생각이 문득 들었다. 적황색 지붕에 흰색에 가까운 엷은 다갈색 돌로 된 벽과 어우러져, 도처에 만발한 해바라기 밭과 그 위의 코발트색 하늘과의 완벽한 조화는 그 자체로 영락없이 한 장의 인상파 그림이었다. 찬란한 빛과 색의 눈부신 향연이 눈앞에 펼쳐지고 있는 것이다.

내친김에 일부러 완행열차를 타고 북쪽으로 40여 km를 달려 베르동강 건너 뤼베롱 국립자연공원까지 갔다가 곧바로 기차를 갈아타고 되돌아 나왔다. 천천히 달리는 기차로 왕래하면서 차창 밖 농촌을 마음껏 눈여겨 볼 심산이었다.

올리브나무와 키 작은 해바라기는 둘 다 식용유를 추출하기 위한 작물이라 하지만, 지금은 오직 내 눈요기를 위해 심어 놓은 것이나 다름없다. 여기 빛과 색의 현란絢爛한 천지는 19세기 말 인상파 그림과 함께 내 안막에서 이따금 환상처럼 점멸해 두 개의 동일한 형상으로 겹쳐졌다 꺼졌다 한다. 한낮의 열기로 달아오른 남불南佛의 하늘과 대지는 강렬히 작열하는 햇빛을 눈부시게 튕겨내고 있다. 연녹색 열매가 주렁주렁 매달린 포도밭이 진주처럼 눈부신 농가와 더불어, 전형적인 인상파의 화폭을 장면마다 끝없이 자아내고 있는 것이다.

그 길로 마르세유Marseille로 나와 일박하고, 이튿날 근대미술관Musee des Beaux Arts을 급히 들르자마자 급행열차로 아를Arles을 다음 행선지로 정했다. 구름 한 점 없는 검푸른 하늘 아래 프로방스 특유의 적갈색 흙바닥 사이사이로 펼쳐지는 농

작물의 녹색과 황색의 경연은 끊임이 없는 조각보처럼 이어지고 있다. 반 고호가 해바라기를 그린 땅으로 기차는 달려가고 있는 것이다.

아를은 인근의 님Nimes과 함께 로마 시대 고대 유적과, 음악회·연극 축제 등으로 관광객을 끌어들이고 있지만 나의 주된 목적은 조금 달랐다. '고호'가 캔버스에 옮겨 놓은 대상물이 있는 장소에 내 호기심은 더 쏠려 있었던 것이다. 물론 그가 작업하였던 당시의 흔적이나, 세상에 알려지지 않은, 그의 작품이라도 볼 수 있다면 더 이상 바랄나위가 없을 것이다. 잠깐, 욕심이 지나친 것 같다. 고호의 그림은 이미 충분히 보지 않았는가. 네덜란드 암스테르담 반 고호 미술관에서 열린 그의 사망 100주기 기념 전람회에서 무려 250여점에 이르는 고호의 불후의 걸작들을 본지가 얼마나 된다고.

아를은 고호가 해바라기·개폐식 다리 등 세인의 사랑을 가장 많이 받고 있는 특출한 그림을 여러 점 그린 도시이며, 그가 입원하였던 정신병원 부지에는 반 고호 문화센터가 들어서 있다. 하지만 아를에는 뜻밖에도 고호의 그림을 소장하고 있는 미술관이 없다는 것이 안내 책자에 적혀 있다. 그럼에도 나의 마음은 이 작은 도시에 자석처럼 이끌렸다. 아를하면 누구나 반 고호가 연상되겠지만, 나에겐 또 하나의 이름인, 이웃한 땅 퐁비에유Fontvieille도 귀에 설지 않은 이름이다. 알퐁스 도데Alphonse

Daudet의 단편 작품집인 『나의 풍차방앗간 소식Lettres de Mon Moulin』중 예닐곱 편을 불어를 배우던 학생시절 사전과 씨름하면서 읽은 추억이 있기 때문이다. 1866년 경, 도데의 작품 무대였던 그 '풍차 집'이 아를에서 동북쪽으로 10km 쯤 떨어진 '퐁비에유' 작은 언덕 위에 지금도 남아 있어 관광 명소가 되고 있다는 것이다.

아를은 B.C. 1세기와 A.D. 1세기에 걸친 로마 시대에 번창하였던 고대 도시로, 당시의 유적들이 잘 보존되어 있어 볼거리가 많은데 놀랐다. 역에서 중심지를 향해 5분쯤 걸어가면 고호가 살았던 라마르틴 광장이 나온다. 정면 건너에 성벽과 성문Cavalerie이 있고 안으로 들어서면 구시가지가 시작된다. 직진하여 조금 걸어가니, 볼테르Voltaire 광장 안내소 ①에서 예약한, 아무 연관도 없이 이름만 반 고호인 별 2개짜리 호텔이 있다. 겉은 서울의 중형 모텔만도 못 하지만 집안은 분위기가 있었다. 점심을 간단히 챙기고 나서 우선 가까운 원형투기장鬪技場, Arenes으로 걸어갔다. 건설 당시는 3층으로 2만 명을 수용하였다지만, 2층까지 남아있는 지금도 1만 2천여 명을 수용할 수 있으며 시즌에는 투우 경기가 자주 벌어진단다. 남쪽으론 보르니에Bornier 광장 바로 건너편에 고대 극장Theatre Antique과 생 트로핌St. Trophime교회 회랑回廊이 나란히 위용을 다투고 있다. 이밖에도 500m 인근에는 이 지역에서 연대가 가장 오래된 고대 포럼Forum

에 속하는 지하 회랑과 4세기의 콘스탄틴Constantin 공동 목욕탕 등이 있고, 또한 고호가 화폭에 옮겨 놓은, 그가 입원하였던 병원 정원이 100년 전과 같은 모양으로 같은 자리에 반 고호 기념 공간Espace van Gogh으로 복원되어 있다.

중심지에서 벗어난다면 고호와 관련된 장소로 꼭 들르고 싶은 곳이 두어 군데 더 있다. 하나는 동남 방향으로 1km 쯤 외곽에 있는 로마 시대 묘지 터인 알리스깡Les Alyscamps이며, 고호가 누차 캔버스에 옮긴 곳인데 유적지 보존 상태도 당시와 변함없단다.

또 하나는 가보지 않아도 그 장소가 고호의 그림으로 환히 떠오르는 조용한 시골 운하에 놓인 반 고호의 개폐식 다리Pont-van Gogh이다. 버스로 3km를 달려 '고호다리' 정류장에서 내리면, 그가 그렸던 실경이 100년의 시공을 넘어 바로 눈앞에 펼쳐진다. 고호다리하며 자그마한 농가며 그림과 똑같이 복원되어, 변함없는 주변 경관 속에 당시의 분위기가 여실하게 풍겨나온다. 버스 출발 시간까지는 여유가 있었다. 그림 속에 나오는 농가도 기웃거려 보고, 제방도 없이 평지와 다름없는 운하를 따라 그가 그렸던 풍경 속으로 한참 동안 걸어 들어가 보았다. 하지만 그가 창조한 그 강렬하게 휘돌아 치는 색채의 원점은 비록 눈부시게 작열하는 오후의 햇살 아래에서도 나 같은 범부凡夫의 눈에는 비춰 들어오지 않는다. 눈앞엔 한적한 농촌이 뜨거운 열기에 지쳐 낮잠을 자듯 조용히 누워 있을 뿐이다.

나는 문득 그의 고향인 네덜란드의 안개 낀 암울한 천지를 연상해 보았다. 고호가 본 프로방스의 빛은 그의 눈에 익은 고향의 빛과의 차이에서 오는 착시와 같은 환상이 아니었나 하는 엉뚱한 상상을 해보았다. 분명한 것은 그가 의도적으로 색을 과대 표현한 것은 절대로 아니고, 그의 눈에 비친 대로의 색일 것이다. 그는 이곳에서 발견한 빛과 색을 혼자 향유하는 것이 아까워 다른 친구들과 공유하기 위하여 그들을 불러들이려 하였고, 거기에 응한 것이 유일하게 '고갱'이었던 것이다.

고호의 색감이 '세잔'하고는 시각차가 있었지만 오히려 인류는 다행히도 프로방스를 무대로 동시대에 같은 파에서 개성이 뚜렷한 두 사람의 천재 화가를 갖게 된 것이다.

이튿날 아침 프로방스 지방 최종 방문지 아비뇽Avignon으로 향했다. 아비뇽은 구시가지 전체가 높은 성벽으로 에워싸인 중세 도시로서, 아비뇽(생 베네제) 다리(Pont St. Benezet)와 14세기 초 법왕청으로 사용하던 궁전 건물이 출중한 유적이다. 기차역 앞 광장을 건너 성문 안으로 발을 옮기니 '리퍼불리크 대로'가, 길 양편에 교회·수도원·미술관·일반 상가 등 다양한 중세의 건축물을 거느리고, 시청 앞 시계탑 광장까지 반마일쯤 뻗어 있다. 거기서 우측으로 다소 굽은 길을 200m 정도 더 가면

구형矩形의 광장이 나온다. 거대한 법왕청 건물은 광장 동쪽에 50m 높이에 폭이 4m인 거대한 벽으로 둘러싸여져 있다. 법왕은 요새要塞안에 높이 혼자 도도하게 앉아서 세인의 접근을 막았던 것 같다. 건물 안은 넓기만 했지 내부 장치가 제거되어 볼거리가 별로 없었다.

북으로 언덕길을 올라가니 전망이 확 트인 공원이 있는데, 바로 눈앞에 로느Rhone강이 내려다보인다. 좌측으로 아비뇽 다리가 강 초입에서 네 번째 교각부터 끊어진 채, 흐르는 물살을 힘겹게 버티어내고 서 있다. 다리는 12세기에 한 목인牧人에 의해 나무다리로 세워졌던 것을 13세기 말에 석교로 개축한 것으로, 길이가 900m에 교각이 22개였으나, 17세기 대홍수로 유실되어 지금은 교각이 4개만 남아 있다. 그 목인이 후에 다리의 명칭이 된 '베네제St. Benezet' 성인이다. 두 번째 교각 위에는 성 베네제를 섬기기 위해 건축한, 동화에 나옴직한 작고 예쁜 성 니콜아 교회가 서 있어 사람들의 접근을 유인하고 있다.

좌측 하류로 좀 떨어진 곳에 '달라디에' 다리가 보인다. 강건너 마을의 경관도 일품이다. 지도에 '빌뇌브 레자비뇽'이라고 나와 있는 마을에는 높은 탑과 성채도 있어 문득 가보고 싶은 충동을 일으킨다.

귀로에는 쁘띠 빨래Petit Palais 미술관과 고호를 포함한 인상파 그림을 볼 수 있는 앙글라동Angladon 미술관을 차근히 돌아

보고 예약한 파리 행 야간 침대차에 몸을 실었다. 마음은 이미 파리로 달려 인상파 전용 미술관 오르세Orsay를 수년 만에 다시 찾는다는 기대로 꽉 차 있었다. 프로방스의 감흥이 살아 있는 동안, 한시바삐 후기 인상파의 그림을 실감 있게 확인하고 싶은 욕심으로 가슴이 설레는 것이었다.

중학교 미술반 시절부터 꿈에 그리던 프로방스 지방을 나름 대로 맘껏 즐긴 여행이었다. 그 여행에서 각인된 잊을 수 없는 장면들은 지금도 여전히 망막 속에 살아있어, 그러한 그림들의 실물이나 화집을 접할 때마다 당시의 짜릿한 감회가 되살아나 곤 한다.

장 푸르니에 화랑

20여 년 전 파리 퐁피두 현대 미술관 근처에 있었던 한 화랑에 대한 인상이 아직도 선명하다. 1991년 7월 초 서유럽의 주요 미술관 순방 길에 들렀던 파리는 그야말로 서양 미술의 천국이었다. 그 몇 해 전에 단체관광으로 하루 밤을 묵으면서 루브르Louvre 박물관과 오르세Orsay 미술관을 주마간산 격으로 대충 훑어보기만 했던 아쉬움이 막심하였다. 이번에는 작심을 하고 업무 틈틈이 며칠을 두고 크고 작은 이름난 미술관을 맘껏섭렵해 다니며 연래의 소망을 풀 수 있었다. 가는 곳마다 상상을 초월하는 방대한 양의 걸작 일색의 미술품 소장을 자랑하고 있었던 것이다.

여기에 적으려는 내용은 그러한 미술관에서 감상한 작품에 관해서가 아니다. 그 방대한 소장품 형성에 밑바탕이 된, 그리고 앞으로도 계속될 것임을 짐작할 수 있는 특이한 단서를 잡은 듯싶어, 실지 겪은 경험담을 적으려는 것이다. 앞서 업무라고 비친 것도 그 어떤 대수로운 것이 아니다. 서울 강남에 지을 규모가 작지 않은 한 화랑 설계를 의뢰 받아, 건축주 J씨의 취향도 탐지하고 겸사겸사 설계에 참고삼을 양으로, 그와 동반하여 역사가 오랜 파리의 근·현대 화랑과 미술관 건축물들을 두루 살피는 일이었다.

당시 파리에는 미술 화랑이 수없이 널려 있었지만, 흔히 5대 화랑, 10대 화랑이라고 일컬어지는 일류화랑 중에 주인의 성명을 옥호로 삼은 '장 푸르니에Jean Fournier' 화랑이 있었다. 무슈Monsieur 푸르니에는 70대 중반을 넘은 예술적 혼과 소양이 절로 묻어나오는 전형적인 파리 신사였다. 설계 의뢰인이며 나의 오랜 친구인 J씨와 함께 그를 만나 화랑 설계에 관하여 요모조모로 자문을 구했다. 무슈 푸르니에는 온갖 열의를 다해, 그보다 더 자상히 성의껏 답변해 줄 수가 없었다. 젊어서 한때 건축가를 지향하였다는 그는 물론 J씨와의 두터운 우정의 배경도 있었겠지만, 규제 때문에 그가 파리에서 이루지 못한 화랑 건축을 J씨와 나로 하여금 서울에서 실현되기를 바란다는 말까지 하는 것이었다. 일종의 대리 만족을 구하는 말투였지만 영업의 비밀까지도 아낌없이 털어놓는 것이 예사로운 일이 아니었다.

파리 구시가지 중심에 자리한 '푸르니에' 화랑 건물 자체는 명성에 걸맞지 않을 정도로 규모가 아담한 편이었다. 파리 구시가지의 엄격한 건축 규제는 소문보다 더 유별난 것 같았다. 대로변, 뒷길 가릴 것 없이 창문 하나 뜯어 고치는 데도 제약을 받는다. 집이 낡아 헐게 된 수백 년 묵은 낡은 건물도 외부 개축은 어림도 없단다. 원상 복구만이 가능하다는 것이다. 화랑 간판도 눈여겨봐야 시야에 들어올 정도다. 간판 공해라는 낱말조차도 생소한 도시였다.

조명이 어스레한 현관과, 서가書架가 한쪽 벽면을 차지한 사무실을 거쳐 전시실에 들어서면서야 비로소 갑자기 눈이 번쩍 뜨인다. 전시실이 통로를 사이에 두고 남북 두 개의 방으로 나눠졌는데, 천장이 얕은 북쪽 전시실은 소품들이 상설 전시되고, 남쪽 방은 자연색을 살린 두툼한 목재 보(빔Beam)가 총총히 건너진 창틀 위로 천장 전체의 4분의 3을 반투명 유리로 덮은 천창天窓이 뚫려 있다. 환히 비추는 자연 채광이 벽·바닥 할 것 없이 흰색 일색으로 처리된 실내를 화사하게 비추고 있었다. 벽 높이가 족히 5m가 넘어 보이는 30~40평 크기의 주 전시실은 때마침 한 중견 작가의 드로잉이 전시 중이었는데, 퐁피두 미술관에 예매되었다는 남쪽 긴 벽면 중앙에 걸린 대형 그림 두 점이 퍽이나 인상적이었다.

실내 공간 전체가 백색 일변도로 처리된 것은 관람자의 시선이 방해 없이 그림에게로 쏠리도록 유도한 것으로 당시만 하더라도 한국의 사정과는 퍽이나 다르다는 생각을 떠올리면서 발길을 돌리려는데, 푸르니에 씨가 '잠깐' 하면서 우리를 그의 방으로 인도하는 것이었다. 마룻바닥을 덮은 양탄자 조각을 들어내고 그 밑에 깔린 목재 마루판 뚜껑을 들어 올리니 지하로 내려가는 나무 계단이 나타났다. 지하 공간은 대략 20평 정도로 전시실 밑쪽으로 길게 뚫려 있었다. 한쪽 벽면 전체가 칸막이가 된 여러 층의 선반으로 되어 있는데 거의가 캔버스 두루마리로 꽉 차 있었다. 지하실의 용도는 캔버스 보관 창고인 듯싶은데 왜 우리를 데리고 내려왔는지 의도를 몰랐다.

푸르니에 씨는 우리의 궁금증을 풀어 주듯이 설명한다. "일층 창고는 작업실을 겸하여 유통 중인 전시용 캔버스 등을 보관하고, 여기 지하실은 장기 보관할 물건을 두는 데"라고 하며 나를 쳐다본다.

이때 J씨가 한국말로 나에게 귀띔한다. "야. 이거 전부 다 그림이잖아." 자세히 보니 캔버스 두루마리는 뜻밖에 하나 같이 그림을 겹겹이 돌돌 말아 놓은 것이 역력하였다. 전시가 끝나면 캔버스와 나무 테를 분리해 그림을 이렇게 보관하는 모양이다. 이보다 더 기발한 공간 활용법은 없을 성싶다.

화랑 선물은 원래, 아마도 백여 년 전에 다가구 주택으로 시은 것인데 지하실은 포도주 저장고로, 가구家□ 수대로 칸막이를 했던 것을 헐어내고 그림 캔버스 보관 창고로 개조된 것이란다.

화랑 밖으로 나와 단둘이 되자, J씨는 사뭇 어이가 없다는 듯이 "지독한 영감 같으니. 나한테는 10년 동안 단 한마디 없더니, 너한테는 단 하루 만에 그 기막힌 창고를 보여준 거야"하며 싫지 않은 표정이다. 나 때문에 자기도 처음으로 보게 되었다는 것이다.

나는 말대꾸를 안 했지만 속으론 고개가 절로 숙여지는 것이었다. 무슈 푸르니에는 생면부지인 내게 화랑을 설계함에 있어 그림 보관 창고의 중요성을 몸소 폐부에 닿게 일깨워 준 것임을 은연중에 알아차린 것이다.

장 푸르니에 화랑에는 10명 안팎의 전속 화가들이 있는데 그 중에 서울에서도 개인전을 몇 차례 연 한국인 황호섭 씨가 들어 있다. 그에게 지하실 이야기를 건넸더니 깜짝 놀라며 그곳은 극비의 장소인데 자기가 알기로 외부 사람으로는 내가 처음이라면서 파리의 화랑 운영 체제에 대해 자세히 설명해 주었다. 파리에서는 웬만한 화랑이면 거의 젊은 화가들을 키우고 있는데, 푸르니에 화랑에서도 여러 명의 유망주를 선별하여 학비·생활비 등을 대주고 있다는 것이다.

예컨대 장래성이 있다고 판단되는 어느 한 사람을 새로이 화랑 소속 후보로 지목하면 그가 경제적인 구애拘礙를 받지 않고 웬만큼 작품이 인정을 받게 될 때까지, 일로一路 그림에만 정진하도록 시한時限 없이 후원을 계속한다는 것이다. 시간이 흘러 어느덧 공모전에 입상을 하는 등 신인화가로 기량을 인정받게 되고, 무엇보다 화랑 주인이 전시회를 열만하다고 판단하게 되면 화가는 전시회 준비에 돌입한다. 드디어 개인 전시회가 열리면, 미술 애호가들에게 그림이 마음에 들거나, 또는 아무개 화랑이 장래성을 인정한 화가라는 선입감으로 그림을 사가기도 한다는 것이다.

가령 그림이 30점 중 반이 팔렸다면 수입 금액을 3대 7 비율로 화랑과 화가가 각각 나눠 갖는다. 나머지 반은 캔버스 두루마리가 되어 지하실로 내려간다. 이런 식으로 소속 화가들의 전시회만도 연간 10여 회가 열리고, 수십 년간 두루마리가 쌓여 가면 지하실 선반이 채워지는 것은 당연한 결과다. 더 나아가 화랑이 키운 화가 중에 일류 화가가 몇 명쯤 나오지 말라는 법도 없다. 그런 화가들의 두루마리도 긴 세월 동안 여러 개가 쌓여 있을 법하다. 이름이 알려지면서 그간 팔려나간 것도 많겠지만, 남아있는 작품도 상당할 터인데 그것들을 금액으로 환산하면 천문학적 액수에 달할 것이 자명하다. 실지로 고명한 화가의 회고전 때 두루마리가 몽땅 동원된 예가 한두 번이 아니란다. 아무리 오래된 그림도 팔리면 3대 7씩 분배는 변함없다는데……. 파리 유명 화랑의 위력이 대단하다는 실감이 그제야 확연해지는 기분이었다.

당시 한국에서는 화랑이나 미술관을 설계·시공함에 있어 중점을 두는 것이 건물의 외관과 내부를 어떻게 하면 남보다 특이하게, 아름답게 꾸미느냐에 초점이 맞춰지는 것이지, 정작 모셔 앉힐 '그림을 관람자로 하여금 어떻게 하면 보다 더 자연스럽고, 편안하고, 더더욱 돋보이게 하느냐'에 대해서는 부차적 문제였던 것이 사실이다. 그런데 파리에서는 퐁피두 현대 미술관은 말할 것도 없고 하다못해 개인 화랑까지도 무슈 푸르니에처럼 내부 공간을 그림 위주로, 오직 그림이 편안히 머물도록 중립적인 공간을 마련해주는데 생각을 모은다는 사실이 놀라울 따름이었다.

이제 장 푸르니에 화랑 이야기도 끝맺을 때가 된 것 같다.

1993년 11월 서울 청담동에 J씨의 O화랑이 준공되었다. 그리고 이듬해 장 푸르니에 화랑 소속의 프랑스 정상급 저명 화가의 작품전시회가 열렸다. 지하층 바닥 면적 80여 평을 반으로 나눠 드리운 복층 2층과 5m를 넘는 높이의 벽면을 지닌 지하 주 전시실, 그리고 40여 평의 1층 전시실을 추상화로 가득 채운 전시회가 성대히 막을 올렸다.

J씨의 초청을 받은 장 푸르니에 씨가 불편한 노구를 무릅쓰고 대한민국을 찾았다. 아침 일찍 화랑에 당도한 나에게 J씨는 "그 영감 지하실에 푹 빠져 한 시간째 안 나오고 있어. 너를 기다리는 모양이야"라고 하며 미소를 띤운다. 건축에 대해 이것저것

자꾸 묻는데 몰라서 제대로 대답을 못했다는 것이다.

　아무도 없는 지하실 바닥에서 나는 푸르니에 씨의 손을 굳게 잡았다. 그는 정감어린 "Congratulation" 외마디로 오랜 구면처럼 무척 반가워한다. 그러곤 "정확하게 내가 꿈꿨던 대로입니다"고 하며 다시 내손을 잡는다. 나는 머리를 숙이며 진심에서 우러나는 고마운 마음으로 대꾸했다. "메르씨 보쿠(Merci beaucoup). 선생님의 조언이 이 모든 것을 가능케 하였습니다." 그의 능숙한 영어와 나의 짧은 프랑스어 때문에 우리는 주로 영어로 소통했다. 무슈 푸르니에는 화랑 건물 전반에 대해 조명·통풍·냉온방 장치까지 세세히 알고 싶어 했다.

　그에게 지하 복층 밑층에다 20여 평을 창고로 잡아 놓은 것을 보여주면서 "여기에 캔버스 두루마리를 채우려면 30년은 걸리겠지요"라고 하는데 어느새 J씨까지 내려와 있어 세 사람이 동시에 웃어댔다. 무슈 푸르니에는 2층에 자리한 수장고收藏庫와 3~4층 생활공간 천장에 뚫어 놓은 서너 개의 천창天窓 조형에도 깊은 관심을 나타냈다. 특히 살림집 북쪽 면 계단박스 천장 전체를 천창으로 처리하여 자칫 음침하기 일쑤인 북향 공간에다 햇빛을 들인 것을 자기 일처럼 반가워했다. 계단과 천창의 조형이 잘 어울린다고도 했다.

　"이런 화랑 건물은 파리나 뉴욕에서도 보지 못했다"는 과분

한 칭송을 남기고 무슈 푸르니에가 돌아간 지 2주 만에 파리로 부터 묵직한 소포가 우리 집에 배달되었다. 떠나기 전에 내게 꼭 주고 싶은 책이 있어, 돌아가는 대로 발송하겠다며 집 주소를 적어 갔었다. 큰 기대를 하지 않았는데 보내온 책은 놀랍게도 금전으로는 바꿀 수 없는 희귀본이었다. A4용지 풀 사이즈 크기에 상하권 650여 쪽에 달하는 대형 판이다. 최상급으로 장정된 한정판으로 일반 배포가 제한된 것으로 짐작된다. 책에 담긴 내용의 무게가 막대하듯, 이 책 두 권의 물리적 중량도 자그마치 3.2kg이나 된다.

『principes d'analyse scientifique vocabulaire de L'ARCHITECTURE』(건축학 용어의 과학적 분석 원론)이라는 책 이름이 말해 주듯이 건축학 전문 서적이다. 특히 하권은 400여 쪽에 달하는 전체 지면에 프랑스의 기념비적 문화유산에 속하는 여러 역사적 건축물의 도면이 망라되어 있다. 치수가 표시된 평면도와 입면도, 그리고 주요 부분 전반을 담은 상세도詳細圖, 스케치, 사진 등이 물경 1,500여점이나 빽빽하게 수록되어 있는 것이다. 상권은 그에 대한 해설서이다.

분명 이들 건축물의 영구 보존에 대비한 국가적 기록물임에 틀림없다. 스케치도 사진에 버금가게 정밀하고 사실적이다. 자료 수집을 포함한 저작 기간이 여러 해 걸렸을 성싶다. 이 한

질의 책으로 누구든 원한다면 프랑스 문화재급 건축물의 복원이 하시라도 가능할 것이다. 1972년 프랑스 정부 문화부에서 비매품으로 직접 발간한 것으로 앞으로 우리 집 가보로 삼아야 할 것 같다. 자칫 잘못 공개되었다가 누군가에 도용되어 저작권 시비에 휘말리게 된다면 선의의 증정자인 무슈 푸르니에에게 누를 끼치게 될 수도 있어 심히 염려스럽다.

단 한 번의 만남이 계기가 되어 이런 귀중한 책이 내 손에 무상으로 들어온 경위가 고마움의 감회를 넘어, 이따금 나를 숙명 같은 형이상학적 관념으로 빠지게 한다. 세상에는 전혀 예상치 못한 뜻밖의 일이 어느 날 갑자기 일어나는구나 싶다. 새삼 내가 세상을 위해 할 일이 무엇인가를 곰곰이 생각하게 된다.

수년 전에 천수를 다 하신 무슈(Monsieur) 푸르니에를 위해 깊이 머리 숙여 명복을 빌고 싶은 심정이 이따금 은연중에 절로 우러나오곤 하는 작금이다.